本书获南京师范大学戏剧与影视江苏省高校优势学科资助

文学影视改编的进路：
理论与实践

朱怡淼 著

南京大学出版社

图书在版编目(CIP)数据

文学影视改编的进路：理论与实践 / 朱怡淼著. ——南京：南京大学出版社，2024.6
 ISBN 978-7-305-27791-7

Ⅰ.①文… Ⅱ.①朱… Ⅲ.①中国文学－电影改编－研究 Ⅳ.①I207.35

中国国家版本馆CIP数据核字(2024)第076318号

出版发行	南京大学出版社
社　　址	南京市汉口路22号　邮　编　210093
书　　名	文学影视改编的进路：理论与实践 WENXUE YINGSHI GAIBIAN DE JINLU LILUN YU SHIJIAN
著　　者	朱怡淼
责任编辑	施　敏　　　编辑热线　025-83596027
照　　排	南京南琳图文制作有限公司
印　　刷	江苏凤凰数码印务有限公司
开　　本	718 mm×1000 mm　1/16　印张 15　字数 210千
版　　次	2024年6月第1版　2024年6月第1次印刷
ISBN 978-7-305-27791-7	
定　　价	50.00元

网　址：http://www.njupco.com
官方微博：http://weibo.com/njupco
官方微信号：njupress
销售咨询热线：(025) 83594756

* 版权所有，侵权必究
* 凡购买南大版图书，如有印装质量问题，请与所购
　图书销售部门联系调换

目 录

· 理论编 ·

第一章 文学与影视艺术:叙事体系 …… 3
 第一节 文学在电影成为第七艺术路上的作用 …… 4
 第二节 文学影视改编史略 …… 17
 第三节 影视艺术对文学的反哺 …… 34

第二章 跨媒介叙事视域下的文学影视改编 …… 46
 第一节 互文性:文本生成的基础 …… 47
 第二节 跨媒体叙事理论 …… 58
 第三节 影视改编理论基础 …… 70

第三章 文学影视改编的思路与原则 …… 81
 第一节 如何看待原著精神 …… 82
 第二节 文学影视改编的意义 …… 92
 第三节 从名著到一般文学作品的改编 …… 102

· 实践编 ·

第四章　结构:布局谋篇 ………………………………………… 115
　第一节　背景:可能世界 ………………………………………… 116
　第二节　故事模型 ……………………………………………… 125
　第三节　叙事模型 ……………………………………………… 135

第五章　人物:角色设计 ………………………………………… 148
　第一节　主题与人物 …………………………………………… 149
　第二节　人物镜像 ……………………………………………… 161
　第三节　增删、合并与调整:影视改编中的人物处理策略…… 167

第六章　类型:经典范式 ………………………………………… 175
　第一节　现实题材小说的影视改编 …………………………… 176
　第二节　悬疑推理小说的影视改编 …………………………… 187
　第三节　科幻小说的影视改编 ………………………………… 199
　第四节　玄幻小说的影视改编 ………………………………… 211

参考文献 ………………………………………………………… 226

致　　谢 ………………………………………………………… 235

理论编

第一章　文学与影视艺术：叙事体系

1895年12月28日，法国的卢米埃尔兄弟（Auguste Lumière & Louis Lumière）在巴黎卡普辛路14号大咖啡馆（Grand Cafe）放映《工厂大门》《火车进站》等短片，这标志着电影的诞生。电影在诞生之初并没有获得足够的重视，它被知识分子看作只供下等人娱乐、消遣及逃避现实社会的"玩意儿"。为了争取更多观众，获得更多的商业利润，也为了取得自己的合法地位，并在文化影响力上发挥更大的作用，电影开始改编文学作品。作为一门新生的艺术表现形式，电影不仅对文学作品中的人物、故事内容等进行改编借用，也在技巧、结构、氛围及诗意营造等方面模仿文学作品。电影从一种能够引发"现代性震惊"的奇观影像，发展为一门讲述故事的新型艺术样式，受到越来越多不同国家、不同年龄、不同文化背景的观众的喜爱，由此雪洗了被视为向未受教育的底层民众提供不成熟娱乐形式的耻辱。电影选取文学作品进行改编一般基于两个标准：一是经过学界、行业、社会检验的经典作品，这些作品往往被知识分子认可并被大众熟知，本身就具备一定的社会影响力；二是引发社会热议或极具商业潜力的文学作品。电影改编文学作品的同时，也在发行量、美学风格与文化影响力上反哺文学作品。

第一节　文学在电影成为第七艺术路上的作用

吉尔·德勒兹(Gilles Deleuze)说:"一个事物的本质从不出现在开始,而是出现在中途,出现在它的发展过程中和它的力量得到巩固时。"①电影诞生之初缺乏系统性的、深刻的内容,所以它并没有被看作一门艺术,而只是依靠复印现实生活中的活动影像吸引观众,它只是工业革命过程中许多科技发明中的一种。当电影无法单纯通过视觉奇观吸引观众时,电影开始学习讲述故事,但因为格调不高而受到知识分子的鄙视,此即电影早期的"题材危机"。随后,电影直接改编经典文学作品、拓展时长并不断挖掘自身的艺术潜力,最终获得了大多数观众的认可,电影由此成为"第七艺术"②。

一、电影的视觉奇观及其第一次危机

随着科学技术的发展,由机器生产的视觉文化产品在19世纪开始走入人们的日常生活中。1839年,法国人路易·达盖尔(Louis Daguerre)发明的银版摄影术标志着摄影的正式诞生,机械复制时代为插图小说、幻灯片、摄影集、立体视镜的大批量生产创造了条件。电影也是科技发展的产物,到19世纪末期,电影需要的物质条件和技术条件都已经具备,欧美地区的一些人已经开始拍摄并放映动态影像

---

① [法]吉尔·德勒兹:《电影1:运动-影像》,谢强、马月译,湖南美术出版社2016年版,第6页。
② 1911年,意大利诗人和电影先驱乔托·卡努杜(Ricciotto Canudo)在《第七艺术诞生》一文中首次提出"电影是一门艺术"的理论主张,这一"宣言"是把初生的电影引入艺术殿堂的最早的理论论述。参见许南明、富澜、崔君衍:《电影艺术词典》,中国电影出版社2005年版,第29页。

(moving pictures)。人们通常将1895年12月28日法国的卢米埃尔兄弟在巴黎卡普辛路14号大咖啡馆放映《工厂大门》《火车进站》等短片视为电影诞生的标志。卢米埃尔兄弟及其摄影师们以现实主义的手法将生动的现实世界记录在电影胶片上,他们拍摄的题材包括家庭生活片《婴儿的午餐》《金鱼缸》《玩纸牌》《下棋》《钓虾》等,工作题材的影片如《工厂大门》《木匠》《铁匠》《拆墙》等,新闻片如《代表们的登陆》等,街景影片如《里昂戈德里埃广场》等。他们将摄影师派往世界各地,将不同地域的自然与人文风光拍摄下来,再将洗印好的胶片带到世界各地去放映。

与此同时,卢米埃尔兄弟及其摄影师们也尝试一些特技摄影或移动摄影技巧,以增强电影的奇观性。1896年1月上映的《拆墙》,是有史以来第一部"倒放"的影片,画面中已经倒塌的一面墙突然从一片灰尘中竖立起来,好像自动修复好了一样;采用同样技巧的影片还有《迪案娜在米兰的沐浴中》,电影为观众呈现了一个反向跳水的动作,跳水者的脚首先浮出水面,紧接着跳上跳板。同年,卢米埃尔兄弟的摄影师欧仁·普洛米奥(Eugène Promio)发明了"移动摄影",如由他拍摄的影片《埃及:尼罗河两岸的全景》(*Egypt: Panorama of the Banks of the Nile*,1896),就是把摄影机放置在船上拍的,这种拍摄手法获得了很大的成功,成为后续电影拍摄普遍采用的技巧,甚至发展为一种被称为"幽灵之旅"(Phantom ride)的类型片。英国沃里克贸易公司(Warwick Trading Company)1898年摄制的《巴恩斯特珀尔——火车头前的风景》(*View from an Engine Front - Barnstaple*)就是一部展现火车轨道沿路风景的影片,威廉·保罗(Robert W. Paul)1900年剪辑的《比卡狄利马戏团的摩托车表演》是第一部有意识地用移动摄影法拍摄的富于戏剧性的外景影片。但在不久之后,观众对这种放置在船上或火车上的"活动摄影机"已经没有那么大的兴趣了。

另一位法国电影创作者乔治·梅里爱（Georges Méliès）是魔术师出身，他对电影的奇观性更加敏感。1896年他拍摄了影片《胡迪尼剧院的消失女子》(Escamotage d'une dame au théâtre Robert Houdin)，梅里爱通过"停机再拍"的方法表现了一个魔术表演的场景。在这部影片中，梅里爱自己扮演的魔术师把一位女士变成了一具骷髅；英国塞西尔·赫普沃思（Cecil Hepworth）的影片《汽车爆炸》(Explosion of a Motor Car, 1900)同样采用了这种停机再拍的方法。其后梅里爱利用更多技法表现电影的魔法性，他甚至利用自己的摄影棚摄制搬演的时事新闻片，如《潜水员在"缅因号"残骸上工作》(Divers at Work on the Wreck of the "Maine", 1898)、《德雷福斯事件》(The Dreyfus Affair, 1899)。在拍摄《管弦乐队队员》《音乐狂》等片时，梅里爱用到了多次曝光的摄制技巧，他还使用手工上色技术，在黑白胶片上添加颜料以使绘制的布景显得更加美观。1900年以后，梅里爱的电影在英国的游艺场被当作吸引观众的精彩节目之一。

早期电影也已经有意识地利用剪辑技巧并将手工上色工序化，1903年至1904年，法国百代兄弟公司（Pathé Frères）创制出一套为发行拷贝手工着色的系统，每一种颜色都有对应的印模，着色操作在流水线上进行，从而大大提高了胶片着色的效率。百代公司导演费迪南·泽加（Ferdinand Zecca）制作的影片《阳台上的风景》(Scenes from My Balcony, 1901)中已经使用了主客观镜头的连贯剪辑。英国布莱顿学派的詹姆斯·威廉姆森（James Williamson）1900年制作的影片《大吞噬》(The Big Swallow)呈现了愤怒的主人公"吞噬"摄影机的奇观影像；史密斯（G. A. Smith）制作的影片《玛丽·简的不幸》(Mary Jane's Mishap, 1903)将表现演员面部表情的近景镜头插入全景镜头之中，以吸引观众的注意力。

电影最初依靠"现代性震惊"的视觉奇观性吸引观众。据说在放映

《火车进站》时,观众会下意识地躲避屏幕上正面开来的火车——尽管那时候的电影是黑白的、无声的,是每秒不足 24 帧的动态画面。美国著名导演马丁·斯科塞斯(Martin Scorsese)在其 2011 年执导的电影《雨果》(*Hugo*)中再现了这一场景。电影的这种视觉奇观性是电影本体的一种体现,文化的发展与技术的进步共同促进电影视觉奇观性的迭代升级,从无声到有声,从黑白到彩色,从二维到三维,从 16 帧(fps)到 120 帧(fps),从 4∶3 标准画幅到变形宽银幕,从 35 mm 胶片到 IMAX 胶片,从摄影影像到计算机生成影像(CGI),从某种意义上来看,这些影像技术参数的变化都是为了增强电影的视觉奇观特性。100 多年后,当詹姆斯·卡梅隆(James Cameron)的数字 3D 电影《阿凡达》(*Avatar*,2009)上映时,观众也会因为其逼真的视觉效果而引发下意识的身体动作。

卢米埃尔兄弟为了吸引更多观众,甚至故意让摄影师到大街上"拍摄"来来往往的行人,摄影师在熙熙攘攘的街头装模作样地转动摄影机的手柄,只是假装做出拍摄的样子,以使路人误以为自己被拍摄到胶片中,为了在银幕上看到自己的样子,观众纷纷涌入电影院。但好景不长,卢米埃尔兄弟通过电影"复印"现实带给人们单纯的视觉新鲜感已经无法吸引到足够多的观众,纯粹的视觉奇观已经把电影引向了"死胡同"。美国学者乔治·布鲁斯东(George Bluestone)引用埃尔温·帕诺夫斯基的观点指出,"'对活动电影的欣赏,其最初的基础,并非是对某一特定事物的客观兴趣,而是会活动的东西这一事实所引起的单纯的喜悦',至于这东西是什么,并不要紧。我不妨将帕诺夫斯基先生的这个论述引申为'而是会活动的形象这一事实所引起的单纯的喜悦'"[①]。到 1897 年,电影带给观众的新奇性已经消失殆尽,原本在大都市放映

---

① [美]乔治·布鲁斯东:《从小说到电影》,高骏千译,中国电影出版社 1981 年版,第 6 页。

的影片只得到外地去做流动放映。电影在一些节日市场上与 X 光、无线电报、飞艇模型等"科学奇迹"放在一起展示。在 1902 年的欧美地区,当电影最初给观众带来的新鲜感不复存在的时候,只有巡回放映才能真正收取到一些费用,在都市中,电影甚至只能作为综合商场招揽顾客的一个噱头,可以免费观看。

这是电影自诞生以来遇到的第一次危机,电影能够带给观众的绝不仅仅是视觉奇观,如果电影创作者仅在视觉奇观性上下功夫,电影就不会成为一门艺术,更会因此失去大批观众。想要改变这种尴尬的状况,电影必须像小说、戏剧那样叙述故事。① 于是,"电影从短小的、令人震惊的'吸引力'向以人物、表演为基础的'故事'转变,开启了一个相似的现代性转变,即从'吸引力'爆炸性的、断断续续的能量向系统控制的叙事力量转变"②。卢米埃尔兄弟也尝试拍摄一些讲述故事的影片,如他们在 1897 年制作了影片《基督受难》,这部影片受到欧美地区广大电影观众的喜爱。但卢米埃尔兄弟并没有沿着故事片这样一条路一直走下去,总体来看,他们对电影创作的尝试是浅尝辄止的。1905 年,即电影正式诞生十年之后,卢米埃尔兄弟就解雇了摄影师,几乎完全放弃了制片业务,开始专门经营摄影机和影片拷贝业务。百代公司的《基督受难》获得长期成功,发行的拷贝多达几千部,1907 年又摄制了新版,这部影片的成功直接使百代走向一条新的电影创作道路,即"艺术影片"的创作之路。

到 1904 年,故事片(fiction film)已经成为电影行业的主要产品种类,电影变得更长,系列镜头成为必然,电影不再仅仅是一个展示视觉

---

① [法]乔治·萨杜尔:《世界电影史》,徐昭、胡承伟译,中国电影出版社 1995 年版,第 16-20 页。
② [美]汤姆·甘宁:《现代性与电影:一种震惊与循流的文化》,刘宇清译,《电影艺术》2010 年第 2 期。

奇观的装置,而需要讲述一个能更容易被观众理解的故事。乔治·梅里爱说,电影必须讲述一些故事,且这些故事可以比戏剧故事更复杂、更令人惊奇。① 从某种意义上来讲,电影的摄影、布光、表演、剪辑、字幕开始为叙事服务,因果关系和时空关系变成电影创作中的一个基本问题。在电影诞生的早期,为了增强电影的叙事性,影片中往往会插入一些字幕或文字画面(书信、报纸标题等)来增强叙事的明晰性,影院甚至会安排专门的解说员现场解说电影的故事情节。从1900年到1915年,电影形成了两种不同的消费体制:一种体制建立在银幕与观众之间发生"炫耀碰撞"的关系上,即奇观性;另一种体制则要求观众首先沉浸于银幕上的虚构世界,即叙事性。在电影史中,"这两种互不相同的体制始终同时存在"②。

二、电影诞生之初受到的贬抑

中国宋代的城镇中设有一种休闲、娱乐的文化场所,被称为"瓦舍勾栏",瓦舍内设有食店、茶坊、摊铺、酒肆、看棚、勾栏等,勾栏则指瓦舍内的演出场所,常常表演杂技、说书、杂剧、院本、鼓子词、傀儡戏、影戏等节目。③ 在传统观念中,这些活动仅供消遣、休闲和娱乐,这些营生被认为是社会地位低下者从事的职业,杂技演员、戏曲演员、吹鼓手等被看作"下九流"。

与此类似的是,电影也诞生于欧美城市中的杂耍剧场、小型街头剧场、定期集市、游艺场、建筑屋顶或咖啡馆的露天花园等综合型休闲娱

---

① [加]安德烈·戈德罗:《从文学到影片:叙事体系》,刘云舟译,商务印书馆2010年版,第32页。
② [加]安德烈·戈德罗:《从文学到影片:叙事体系》,刘云舟译,商务印书馆2010年版,第42页。
③ 纪德君:《宋元时期瓦舍众伎的交流与互鉴》,《学术研究》2021年第7期。

乐场所。法国电影学者马赛尔·马尔丹(Marcel Martin)总结了早期人们对电影的偏见，电影诞生早期，人们普遍认为"电影是低微的，因为它是所有艺术中最年轻的，它出身于一种不显眼的、足以再现现实的机械化技术；因为极大部分观众都只把它视为一种娱乐……每个人都认为只要是针对电影，他就有权成为评判员"。同时，电影也被认为是廉价的，因为它在许多情况下都带有闹剧、色情与暴力的表现，是滚滚而流的视觉鸦片河。① 在1905年之前的美国，对于大多数蓝领工人而言，电影票价比较昂贵，镍币影院的出现降低了观影成本，电影吸引了更多中低层的观众，来自社会各阶层的人聚集在同一个电影院看电影。华纳兄弟、米高梅、环球、二十世纪福克斯等好莱坞知名电影制片厂都是从经营镍币影院开始的，镍币影院的迅速扩张也引发了另外的问题，"许多宗教团体和社会工作者认为镍币影院是一个把年轻人引入歧途的不良场所，电影被看作一个卖淫和抢劫的训练场"。②

法国存在主义哲学家萨特(Jean-Paul Sartre)在其自传小说《词语》(*Les mots*)中记述了早期电影院内的状况，其时的电影院被看作"贼窝"，且因为电影"下等人"的表现手法引起了正人君子的愤慨。1917年，法国社会评论家爱德华·布兰(Edouard Poulain)在其著作《反对电影》(*Contre le cinéma*)中称电影是教唆犯罪的学校；法国戏剧家安托南·阿尔托(Antonin Artaud)甚至到1933年都认为未老先衰的电影让千万双眼睛陷入影像的白痴世界。③ 于果·明斯特伯格(Hugo Münsterberg)是最早研究电影的理论家之一，然而他却认为在电影院

---

① [法]马赛尔·马尔丹：《电影语言》，何振淦译，中国电影出版社2006年版，第2页。
② [美]大卫·波德维尔、克里斯汀·汤普森：《世界电影史》，范倍译，北京大学出版社2014年版，第56页。
③ 李洋：《利奥塔与异电影的谱系学》，《新美术》2020年第6期。

被人遇到是一件不光彩的事。① 杜哈梅(Duhamel)将电影看作"小孤岛上的娱乐",以供不识字的人或生活艰辛、忧愁满腹的可怜人消遣散心②。

所以电影被其时的上流社会认为是仅适合野蛮人、女人和小孩消遣的"玩意儿"也就不足为奇了。影院混乱嘈杂的环境使正经人很少看电影——至少他们会选择在剧院的楼厅里,以便与那些士兵、女仆、女工和老人区隔开来。曾几何时,有人认为电影院聚集了一群人一起看电影是为了一种仪式感,这种想法多少有些一厢情愿。因为在电影诞生的早期,电影观众聚在一起仿佛是为了一场灾难而不是因为某个充满仪式感的节日,萨特认为这样恰恰揭开了人与人之间的真实关系:黏合性,大家都平等地坐在不那么优雅舒适的座位上,将那些虚情假意的所谓仪式感抛之脑后③。

除了被贬损和鄙夷之外,电影也被认为是一种危险的娱乐形式,由于早期用于电影放映的灯具采用明火照明的方式存在引发火灾的隐患,也导致了人们对电影的偏见。1897年,在巴黎的一次电影放映中,用于电影放映的乙醚灯引发了火灾,大约125人在此次火灾事故中丧生。④

不仅如此,电影创作者也并不看好这一娱乐形式,当乔治·梅里爱打算向卢米埃尔兄弟购买放映机时,卢米埃尔兄弟并没有同意,他们给出的理由是,电影只是一个挣快钱的工具,不值得长期投资,当电影带

---

① [美]达德利·安德鲁:《经典电影理论导论》,李伟峰译,世界图书出版公司2013年版,第5页。
② [德]瓦尔特·本雅明:《摄影小史》,许绮玲、林志明译,广西师范大学出版社2017年版,第104页。
③ [法]萨特:《词语》,潘培庆译,生活·读书·新知三联书店1988年版,第83—86页。
④ [美]大卫·波德维尔、克里斯汀·汤普森:《世界电影史》,范倍译,北京大学出版社2014年版,第34页。

给人们的新鲜感消失时,就无法依靠电影赚钱了。或许这只是卢米埃尔兄弟搪塞梅里爱的一个借口,或者的确如他们所言,兄弟二人并不看好电影的发展前景。至少在他们看来,电影不太可能会形成一门产业,或成为一个重要的艺术门类。当电影制作惯例发生转变时,梅里爱的戏法电影(trick films)也受到观众的冷落,与此同时,梅里爱手工制作电影的方法无法与百代等公司工业化的制作手法相抗衡,到1922年时,他因为沉重的债务问题停止了电影制作。

由此可见,电影形成稳定的商业放映之前,许多作家、记者和影评人都将电影贬低为一种廉价的娱乐方式,仅为都市大众提供逃避世俗生活的虚幻景象,电影媒介本身也只适合于格调不高、煽情类型的虚构作品,而其时的小说已经可以作为高雅文化的重要组成部分,受到知识分子的青睐。

三、电影经由文学改编获得合法性

电影诞生之初首先吸引的是社会中上层的观众,他们经济基础较好,也有更多闲暇时间,并对新鲜事物充满兴趣与好奇,能够第一时间看到这种新奇的事物也是他们区别于"下等人"的一个方面。但随着电影的奇观性很难再吸引到更多中上层观众,梅里爱的影片开始吸引更多儿童观众,百代公司的电影则赢得更多处于社会底层的观众;美国镍币影院的出现使更多蓝领工人可以看到电影,于是电影也无法再为资产阶级带来任何体现身份差异的优越感。一个不同时代的故事,也能说明上述问题。1980年代,一位住在美国中部小镇的教授因为钟爱帕索里尼(Pier Pasolini)的电影,常常乘飞机到纽约的艺术影院去看帕索里尼的电影,在他看来,小镇上的人充其量只会看那些商业大片,而无福消受真正的电影艺术,他并不觉得飞到纽约看电影是浪费时间和金钱,相反,这一行为给他带来一种优越感。1990年代,这位教授在小镇的音像店里发现帕索里尼电影的 DVD 全集才几十块钱,大多数人都可以负担得起,而且这些电影可以反复多次观看,于是,他不再有去纽约看艺术电影的动力,艺术殿堂陷落了,他那种心理上的优越感荡然无存。①

随着中上层观众对电影逐渐失去兴趣,电影不得不招揽更多蓝领观众,虽然镍币影院让更多低等收入的人看到电影,但也确实呈现出一种无序的发展状态,如对色情内容的展示,以喜剧的方式处理通奸行为,重演死刑、凶杀等暴力题材的影片在镍币影院发展初期相当普遍。这些影片显然为中产阶级和上层观众所不齿,更引起了广泛的社会关注。1907 年到 1908 年间,因为"题材危机",许多影院都没有观众光顾而相继倒闭了,很多人认为电影将逐渐消亡。除了内容格调不高以外,电影仍然没有找到处理复杂情节和人物心理的有效手段,电影讲述故事的能力并没有被完全发掘出来。模仿成功的电影作品成为一种行之有效的商业手段,但几个题材的故事来回重演的时候,已经让人对电影产生了厌倦之感。其时的电影创作已经有了剧本的概念,但那些剧本多半是由失意的文人、失业的新闻记者、落伍的演员或不知名的政论家所写,而且这些人撰写剧本的报酬极低,很难保证剧本的水准。

1908 年末,纽约市关闭了该市所有的镍币影院,一些地区成立了本地电影审查委员会。这种电影审查委员会是私人组织,与电影制作机构的自我审查一道促进电影向着规范的方向发展。与此同时,与早期综合娱乐场所和镍币影院不同的是,专门针对文雅观众和上层社会的影剧院陆续出现,观影的收费标准也有所提高。与这些硬件的提升相对应的是,电影的创作题材和内容也发生了变化,强调叙事性的,篇

---

① 戴锦华、王炎:《返归未来:银幕上的历史与社会》,生活·读书·新知三联书店 2019 年版,第 161 页。

幅更长的、与相对高雅的小说、戏剧关联性更强的影片相继出现。

与电影奇观性相得益彰的是电影的叙事性,卢米埃尔兄弟的《水浇园丁》就是一部单一场景、单一镜头的短片,但已初露叙事性的端倪:正在花园浇水的园丁意味着一个安定的开局;一个小孩子在园丁身后用脚踩住水管是一个激励事件,打破了"园丁浇水"这一事件的平衡;当园丁看向水管喷水口时,调皮的小孩松开了踩在水管上的脚,水流从喷口喷到园丁的脸上,矛盾升级;园丁发现是小孩子捣鬼并追逐小孩,是故事的高潮;园丁抓住小孩并拍打他的屁股则是故事的结局。该片获得观众的喜爱,表明用电影叙述故事情节的可能性,并为以后的电影艺术进一步发展开辟了道路。梅里爱是将电影引向戏剧道路的第一人,也是较早进行文学改编的电影创作者,他的《月球旅行记》(*A Trip to the Moon*,1902)影响了众多电影创作者,并成为科幻片的鼻祖。英国影片《义犬求主》(*Rescued by Rover*,1905)①是较早将动物作为主要角色的叙事电影,影片已经能够通过画面清晰流畅地讲述宠物狗协助主人找回被偷婴儿的故事,重复的场景按时间顺序分割开来,宠物狗出门搜寻、返回通知主人、与主人一同前往营救婴儿的过程顺次呈现,令人了解故事情节的同时,也让观众感动和欣慰,这部影片在商业上大获成功,共卖出几百部拷贝。

面对镍币影院引发的社会负面评价,电影公司为改善电影的公共形象,开始发行针对中产阶级和上层社会的、更具声望的电影,电影在叙事上变得更为复杂,篇幅变得更长,改编文学名著或根据重要历史事件改编的故事成为一种有效的策略。1909 年,大卫·格里菲斯(David W. Griffith)拍摄了根据罗伯特·勃朗宁(Robert Browning)的诗剧《比芭走过》(*Pippa Passes*)改编的电影,并直接引用了原诗中的一些

---

① 该片制作人为塞西尔·赫普沃思,导演可能是卢因·费扎蒙(Lewin Fitzhamon)。

诗句作为字幕。莎士比亚（William Shakespeare）的戏剧越来越成为电影创作者青睐的题材，它们陆续被改编成多部影片。

1910—1920年代，德国电影业通过改编文学经典作品获得合法性，从1913年开始，就出现了作家电影（非作者电影），如《他者》（*Der Andere*，1913）、《乡村道路》（*Die Landstraße*，1913）、《布拉格的大学生》（*Der Student von Prag*，1913）等。作家电影获得声誉，很大程度上是因为撰写剧本或电影所改编的原创文学作品的作家，而电影导演则很少被提及。不难理解，德国的作家电影是较早之前法国艺术电影的对等物。除了改编文学作品中的人物、故事情节等内容以外，电影也在学习文学的表现技巧，系列电影的悬疑结尾处理手法，就是模仿19世纪的连载小说，总是在一个故事讲完的同时，为下一个故事留下悬念。也有很多电影导演开始学习文学作品中的氛围与诗意营造技巧，由此，电影雪洗了"被视为向未受教育的底层民众提供不成熟娱乐形式"的耻辱。

英国作家查尔斯·狄更斯（Charles Dickens）的小说衍生出许多电影改编作品，狄更斯小说中的叙事模式与电影先进的故事讲述技巧之间的关系，比任何其他作家作品和电影之间的关系都更为密切。首先，他的小说长期以来都被认为具有很强的电影性，谢尔盖·爱森斯坦（Sergei M. Eisenstein）称狄更斯为"电影叙事鼻祖"，并将诸如平行蒙太奇、镜头分类和叠化等电影技巧的发明归功于狄更斯，他认为这些技巧创造的电影语言与狄更斯散文化的语言有着相似的视觉效果，读者总是能在阅读狄更斯作品的同时看见镜头。其次，除了视觉性，狄更斯对情节设计也有着无拘无束的热情，他的小说《远大前程》（*Great Expectations*，1861）被视为一部"情节设计黄金时期"的小说，充满了复杂而可信的巧合、故意曲解或误导的信念，这些都为他小说中的故事增添了神秘的色彩。在不擅长讲故事的作家笔下，这些巧合可能会显得矫揉造作，狄更斯却可以将错综复杂的情节天衣无缝地编织进他的叙事结构之中，从而构成故事自然结果的一部分。最后，狄更斯有意在连载小说中融入某些结构设计，每一集都会提前行动，解决上一集提出的问题，并同时提出新的问题，使读者进入一个扣人心弦的时刻，翘首企盼下一集情节尽快刊出。《远大前程》虽为长篇小说，却具有典型的三幕式结构：主人公皮普的童年及其可预见的"前程"、实现前程、前程的破灭。① 这一结构与罗伯特·麦基（Robert McKee）关于故事"大情节"结构的经典设计原则不谋而合：

> 经典设计是指围绕一个主动主人公而构建的故事，这个主人公为了追求自己的欲望，经过一段连续的时间，在一个连贯而具有因果关联的虚构现实中，与主要来自外界的对抗力量进行抗争，直到以一个绝对而不可逆转的变化而结束的闭合式结局。②

所以，狄更斯的小说被多次改编成影视剧就显得顺理成章了。

正是向文学模式看齐的做法有意无意地支配了20世纪初电影的体制化进程。电影诞生以前，在人类想象性作品结构的历史发展中发生了一个革命，它对于现代媒体的整个历史而言具有决定性的意义，这就是大众小说的出现，由此，大众阶层开始进入文化领域，大众文化成为全社会的共同文化，小说成为一种分享现实与想象的认识模式，电影最初趋向于小说，主要是趋向于小说的认识模式。③ 经由文学作品改

---

① ［英］伊冯娜·格里格斯：《文学改编指南：改编电影、电视、小说和流行文化中的经典》，阎海英译，中国华侨出版社2021年版，第130—142页。
② ［美］罗伯特·麦基：《故事：材质、结构、风格和银幕剧作的原理》，周铁东译，中国电影出版社2001年版，第54页。
③ ［加］安德烈·戈德罗：《从文学到影片：叙事体系》，刘云舟译，商务印书馆2010年版，第215页。

编,电影争取到了更多的观众,除了原有的中下层观众外,电影也开始获得受过教育的中上层观众的认可。所以可以说,正是通过对文学作品的改编,电影的身份才能获得提升,这些变化主要表现在三个方面,且这三个方面形成一个良性循环,一是电影在学理上获得合法地位,随着越来越多经典作品的出现,电影已经被视作一门艺术;二是电影获得了更多的观众,也因此可以获得更多的商业收益;三是电影有了更大的文化影响力。所以,电影为了自己的合法地位,在最初的文学改编过程中,一方面针对高雅文化和经典名著,另一方面,也有单纯从商业角度来考量,即改编那些引起社会轰动效应或极具商业价值的小说。

第二节　文学影视改编史略

在影视发展史中,有很多经典作品是直接从文学作品改编而来的,也有许多影视剧虽为原创剧本,满足了一些坚持"纯电影"理念的人的执念,但这些作品往往受到文学作品的间接影响。"电影的发展史是与文学相伴共生的历史"[1],据美国学者莫·贝加估算,从1927年到1928年奥斯卡电影金像奖开始评奖算起,"四分之三以上的'最佳影片'是改编作品;而获奖影片中,大约又有四分之三是根据小说和短篇故事改编的。那些创下了空前票房纪录的统计数字甚至更有利于小说改编的电影:据《综艺》杂志1977年报道,在二十部最赚钱的影片中,有十六部是改编作品——如果把《十戒》也算上——其中有十四部是根据小说改编的"[2]。客观而言,挪用现有故事作为电影制作的基础是18世纪中后

---

[1] 朱怡淼:《选择与接受:新时期以来电影对中国现当代文学作品的改编》,南京师范大学2012届博士学位论文,第9页。

[2] 陈犀禾:《电影改编理论问题》,中国电影出版社1988年版,第317页。

期戏剧实践的延续,而非电影投资人或创作者独创的一种改编策略。①

一、无声片时期的文学影视改编

在 100 余年的电影史中,文学改编电影在全部电影作品中始终占据较高比重。电影对文学、戏剧等叙事艺术的改编由来已久。当电影纯粹的视觉奇观性无法吸引观众时,文学、戏剧的叙事性帮助电影第一次渡过难关;当电影因为"题材危机"被社会贬抑时,改编经典文学、戏剧作品成为电影进入艺术殿堂的钥匙。叙事性是小说和电影之间的共性,是词语语言和视觉语言中最普遍的共同倾向。在小说和电影中,无论是文字符号还是视觉符号,都是通过时间被顺序地理解的,这种顺序性引起一个展开的结构,即外叙事整体,它永远不会在任一符号群中充分呈现,而是在每个符号群中得到暗示。②

"基督受难"的故事从 1897 年开始被卢米埃尔、霍尔曼、基尔希纳(里尔)等人拍摄成多个版本的电影;百代公司制作的影片《醉汉梦》中采用了爱弥尔·左拉(Émile Zola)的小说《小酒店》(L'Assommoir)里的一些插曲;乔治·梅里爱的《月球旅行记》是根据儒勒·凡尔纳(Jules Verne)的《从地球到月球》(De la Terre à la Lune, 1865)和 H. G. 威尔斯(Herbert George Wells)的《登月第一人》(The First Men in the Moon, 1895)两部小说改编的。

梅里爱的电影影响了很多同时代的电影导演,百代公司甚至专门安排一位导演费迪南·泽加来模仿梅里爱"明星影片公司"和英国布莱顿学派的成功作品,并获得广大观众群体的认可。"如果乔治·梅里

---

① [英]伊冯娜·格里格斯:《文学改编指南:改编电影、电视、小说和流行文化中的经典》,阎海英译,中国华侨出版社 2021 年版,第 128 页。
② [美]达德利·安德鲁:《电影理论概念》,郝大铮、陈梅等译,上海文艺出版社 1990 年版,第 133-134 页。

爱,正像他自己所说的那样,是'把电影引上戏剧道路'的第一个人,那么,埃德温·鲍特便是把电影引上电影道路的第一个人。今天一般人都公认他是故事电影之父。"①埃德温·鲍特(Edwin S. Porter)原是一名新闻片摄影师,后来成为美国爱迪生公司的一名导演,他有权使用爱迪生公司复制的所有其他公司制作的影片,也据此可以系统研究最新的电影制作技巧。鲍特的《一个美国消防员的生活》(*Life of an American Fireman*,1903)像是模仿威廉逊的一部影片,他的《火车大劫案》(*The Great Train Robbery*,1903)是对英国弗兰克·S.莫特肖(Frank S. Mottershaw)执导影片《邮车被劫记》(*Robbery of the Mail Coach*,1903)的模仿,并成为美国西部片的肇端;鲍特也深入分析了梅里爱的《月球旅行记》,并对其制作方式非常认可,即用系列镜头讲述一个故事,鲍特的《一个美国消防员的生活》就采用了这种制作手法;同年,他还创作了根据小说《汤姆叔叔的小屋》(*Uncle Tom's Cabin*)及同名舞台剧改编的电影,在这部电影中,鲍特首次使用了插入字幕引导每一个镜头的方法。

美国著名导演格里菲斯也曾表示:"我的一切应归功于梅里爱。"②格里菲斯当过新闻记者、消防员、诗人和冶金工人,他从列夫·托尔斯泰(Leo Tolstoy)、莫泊桑(Guy de Maupassant)、杰克·伦敦(Jack London)等著名作家的小说,阿尔弗雷德·丁尼生(Alfredlord Tennyson)、罗伯特·勃朗宁的诗,安德烈·德·洛德(André de Lorde)、弗朗索瓦·科佩(François Coppée)的戏剧中汲取艺术营养,写过一些戏剧、小说和诗。格里菲斯早期拍摄的多部影片都是由文学作

---

① [美]刘易斯·雅各布斯:《美国电影的兴起》,刘宗锟等译,中国电影出版社1991年版,第39页。
② [法]乔治·萨杜尔:《世界电影史》,徐昭、胡承伟译,中国电影出版社1995年版,第28页。

品改编而来,他改编了包括杰克·伦敦的《只是一块肉》(《为了黄金》)、托尔斯泰的《复活》、查尔斯·里德(Charles Reade)的《修道院与家庭》在内的多部小说。格里菲斯 1915 年执导的影片《一个国家的诞生》(*The Birth of a Nation*,1915)改编自种族主义作家托马斯·迪克森(Thomas Dixson)的小说《族人》(*The Clansman*)。① 这部时长三个多小时的影片以分镜结构全片,不同景别的镜头、主观镜头及运动镜头的运用具有划时代意义,该片是默片时代的经典作品,也是世界电影史上一部具有里程碑意义的影片,更是好莱坞电影统治全球电影市场的开始。爱森斯坦在一篇名为《狄更斯、格里菲斯和今日电影》的文章中,阐述了格里菲斯怎样从狄更斯的文学作品中获得重大创新启示,爱森斯坦认为,格里菲斯在电影技巧上表现的魄力和他的道德观念,至少可以部分地溯源于他对文学形式的爱好。② 格里菲斯自己也说:"狄更斯的写作方法就是我现在所使用的方法,唯一不同之处在于我的故事是用形象来叙述罢了。"③格里菲斯并非许多电影技法的原创者,而是一个集大成者,是格里菲斯的艺术野心而非纯粹的原创性,使他走在了同时代电影创作者的前面。格里菲斯吸收各派或各个导演点滴的分散发明加以融会贯通,组成一个电影叙事与表意的系统,他被人熟知的"交叉蒙太奇"并非原创,却使这种表现手法在电影中达到最佳状态。他执导的影片《伯图里亚的朱迪斯》(*Judith of Bethulia*,1914)直接模仿意大利的"历史奇观片"(historical spectacle),而《一个国家的诞生》和《党同伐异》(*Intolerance: Love's Struggle Throughout the Ages*,1916)更是

---

① [美]大卫·波德维尔、克里斯汀·汤普森:《世界电影史》,范倍译,北京大学出版社 2014 年版,第 99 页。

② [美]乔治·布鲁斯东:《从小说到电影》,高骏千译,中国电影出版社 1981 年版,第 2-3 页。

③ [美]刘易斯·雅各布斯:《美国电影的兴起》,刘宗锟等译,中国电影出版社 1991 年版,第 110 页。

这种影片风格的代表性作品,《党同伐异》是格里菲斯电影达到艺术最高峰的标志,也是默片时期美国电影艺术最高点的标志。

在电影史中,提到意大利,普通观众的第一反应或许会是二战后的新现实主义影片,但第一次惊艳世人的意大利电影是古装商业大片。1908年,意大利的安布罗修(Ambrosio)公司制作了影片《庞贝城的末日》(*The Last Days of Pompeii*),该片根据英国小说家爱德华·布威-利顿(Edward Bulwer-Lytton)的历史小说改编,上映后大获成功,该片也使"历史奇观片"成为早期意大利电影的代名词,这种影片风格直接影响了美国电影和德国电影,如恩斯特·刘别谦(Ernst Lubitsch)制作的《杜巴利夫人》(*Madame Dubarry*,1919)。同年,丹麦导演维果·拉尔森(Viggo Larsen)拍摄了根据法国著名小说家小仲马(Alexandre Dumas)的小说《茶花女》(*Kameliadamen*,1908)改编的同名电影。

法国百代公司组织成立了由居根汉姆和皮埃尔·德库塞勒二人领导的"作家与文学家电影协会",他们背靠300位"第一流的、最有名的"作家,根据洗印出来的每米正片来计算原著作者的版权报酬。导演阿尔伯特·卡普拉尼(Albert Capellani)在德库塞勒的指导下,根据文学家的原著小说改编电影,每周摄制一部影片。1912年6月,卡普拉尼根据维克多·雨果(Victor Hugo)的原著小说《悲惨世界》(*Les Misérables*)改编的电影制作完成,标志着卡普拉尼和"作家与文学家电影协会"达到了他们的全盛时代。其后,卡普拉尼又摄制了根据里什潘原著改编的长片《诱惑》,以及根据雨果原著改编的《九三年》(*Quatrevingt-treize*,1921)等影片,但在电影市场反响一般。拉菲特兄弟成立了"艺术影片公司"(Film d'Art Company),邀请著名作家、演员、布景师和音乐家制作了影片《吉斯公爵的被刺》(*L'assassinat du duc de Guise*,1908),影片获得巨大成功,但这一模式却没有在"艺术影片公司"延续。虽然该公司后来也摄制了根据朱尔·勒梅特尔的原著《尤利西斯的归来》改编的电影,但因为过于浮夸而反响平平,"艺术影片公司"的成功更像是昙花一现,公司于1911年被出售。但运用顶级团队创作高雅影片的思路仍被法国其他几家制片公司沿用,并直接影响了意大利、丹麦、英国的电影创作,美国则充分发挥了这种电影运作模式的商业价值,为以后好莱坞电影畅销全球奠定了基础。阿托瓦于1916年至1922年根据文学名著改编摄制了6部电影(表1-1)。

表1-1 法国导演阿托瓦改编电影片目(1916—1922)

影片名称	上映年份	原著作者
《科西嘉兄弟》	1916	大仲马
《罪人》	1917	弗朗索瓦·科佩
《海上劳工》	1918	维克多·雨果
《塞格利埃家的小姐》	1919	朱尔·桑陀
《土地》	1921	爱弥尔·左拉
《阿莱城的姑娘》	1922	阿尔封斯·都德

尽管社会呼吁电影走向高雅艺术之路,电影人也在努力朝着这个方向前进。但电影除了是一门艺术外,它首先是一件商品,这是电影的本质特性之一。除了改编文学名著提升自己的品位之外,电影也改编那些受到读者欢迎的报章连载小说。1911年,法国的费雅德和高蒙宣称要把法国电影从《蒙面大侠》一片的负面影响中拯救出来,让电影朝着更高的水平发展,但当《蒙面大侠》获得商业上的成功后,高蒙就摄制了《方托马斯》(Fantomas)系列片,前者改编自报章连载小说家蓬松·杜·泰拉依的原作,后者改编自皮埃尔·苏维斯特(Pierre Souvestre)和马赛尔·阿兰(Marcel Allain)的长篇小说。这两部在商业上取得成功的影片不久就被美国系列影片所仿效,1913年12月29日,芝加哥100家影院同时上映了根据《芝加哥论坛报》连载的小说摄制的第一部电影《卡斯林奇遇记》(The Adventure of Kathlyn),这部影片使《芝加

哥论坛报》的销量在一周内提高了15%。

中国第一部电影是北京丰泰照相馆的任庆泰摄制的京剧《定军山》片段,而《定军山》的故事则取材于中国古典小说《三国演义》,影片由京剧表演艺术家谭鑫培表演,可以说,中国电影是在与戏曲、小说、民间传说等传统艺术互动的基础之上诞生并发展起来的。中国历来就有笔记小说等通俗文学的存在,但借助报纸杂志等新兴传媒手段、大量涌现于城市文化市场的现代通俗文学,却是与中国电影的诞生和发展同步进行的。较早参与电影制作的作家群体是鸳鸯蝴蝶派文人,二十世纪二三十年代各影片公司摄制的约650部影片中,"绝大多数都是由鸳鸯蝴蝶派文人参与创作的"①。

1922年,新亚影片公司摄制了根据法国侦探小说《保险党十姊妹》改编的电影《红粉骷髅》,该片由管海峰导演,片长达12本,该片模仿了美国影片《秘密电光》中的一些做法,取得了商业上的成功。

1926年,天一公司开始摄制改编自民间故事和古典小说的电影,如《梁祝痛史》《义妖白蛇传》《珍珠塔》《孙行者大战金钱豹》《唐伯虎点秋香》《花木兰从军》《刘关张大破黄巾》《西游记女儿国》《铁扇公主》等,此后其他制片公司纷纷跟进,取材于《水浒传》《封神榜》《三国演义》《七侠五义》《西游记》《聊斋志异》等古典小说的影片被大批量生产。1928年,明星公司的张石川根据平江不肖生(向恺然)的小说《江湖奇侠传》改编的电影《火烧红莲寺》获得成功,并引起其他公司效仿,形成中国特有的武侠神怪片的热潮,仅《火烧红莲寺》就在三年内拍摄了18部,这是中国最早获得巨大商业成功的系列电影。1932年,张石川导演了根据著名作家张恨水同名小说改编的电影《啼笑因缘》,《啼笑因缘》原著小说最早于1930年连载于《快活林》,并于1931年由上海三友社正式

---

① 程季华主编:《中国电影发展史》(第2卷),中国电影出版社1963年版,第56页。

出版。小说刊出后引起轰动并被广播、评话、戏曲、滑稽戏、连环画、小调评弹等改编。导演张石川注意到该小说的商业价值,遂将之改编成电影,影片共拍摄 6 集,分 3 部上映,部分为默片,部分为有声片。①

1930 年初,以鲁迅为首的中国左翼作家联盟(简称左联)在上海成立,左联提出文学艺术的大众化问题,同年冬,中国左翼戏剧家联盟成立。茅盾的小说《春蚕》发表后受到广泛好评,1933 年,夏衍将小说改编为电影剧本,明星公司选择程步高任导演将《春蚕》搬上银幕,电影《春蚕》在文学史和电影史上均具有开创性意义,是左翼文学与民族电影联姻的一次大胆尝试,在很大程度上纠正了日益低俗和散乱的文艺观,补充了早期电影中所缺失的时代感和民族性,构成一种新的电影美学风格。②

二、有声片时期的文学影视改编

电影发明之后迎来的第一次技术革命就是声音的出现,电影的帧速率也被固定在 24 帧每秒(fps)。默片时期,在影院已经有现场演奏的音乐或专门安排的解说员在银幕旁边解说剧情,但声音无法在系统内实现自动、同步播放。1927 年美国电影《爵士歌王》(*The Jazz Singer*)的上映,标志着有声片时代的来临。需要说明的是,《爵士歌王》并非完整的有声片,而是在影片中加入了几处道白与唱歌的内容,真正意义上的有声片是 1928 年上映的美国影片《纽约之光》(*Lights of New York*)。有声电影的出现引发了一些争议,卓别林、普多夫金、爱森斯坦、金·维多、雷内·克莱尔等人表达了对有声片的贬斥。在商业领域,美国的有声片在非英语国家发行时也遇到阻力,观众不明白演员

---

① 张燕、钟瀚声:《张恨水〈啼笑因缘〉的多元改编历史与香港文化呈现》,《民族艺术研究》2021 年第 5 期。
② 丁亚平:《中国电影通史》,中国电影出版社 2016 年版,第 131-133 页。

对白所表达的具体意思,即使在英国,观众也对美国人的口音不以为意。随后,美国电影使用"配音译制"的方法解决了这一问题,这一方法一直持续到电影中同步"对白字幕"的出现,当前影院中已很少放映"译制片"。

声音介入电影,使得电影的叙事与表意能力得到极大加强,电影观影门槛变得更低,从而使电影可以吸引更多的观众。与此同时,电影对文学的改编也迈上新的台阶,电影可以更加便利地以对白、独立、旁白的形式直接、自然地引用文学作品中的语言。从此,电影中的画面与声音相辅相成,共同完成电影的叙事与表意。声音的介入在某种程度上更强化了电影对文学、戏剧作品的改编,编剧或原著小说的作用被进一步放大,美国百老汇成功的戏剧作品被有计划地拍摄成影片,《芳华虚度》《绿色的牧场》《单行道》《小妇人》等影片的成功,往往并非导演执导功力的体现,而是原著小说本身所拥有的价值把观众吸引到电影院。

1930年代到1960年代是美国电影的经典好莱坞时期,这一时期形成了几种受到观众认可的类型片。经典类型片的特点可以概括为三个方面:定型式的人物、公式化的情节与图解式的影像。正如托马斯·沙茨(Thomas Schatz)所言,美国西部片的程式在电影诞生之前就已形成,殖民民间音乐、印第安人俘虏传说、詹姆斯·费尼莫尔·库柏(James Fenimore Cooper)的小说《皮袜子故事集》(*Leather-Stocking Tales*)、19世纪通俗罗曼史和其他文化形式共同构成西部片程式的谱系,成熟的声音录制技术与摄影机的自由运动则让西部片焕发出新的生命力。① 科幻小说比科幻电影更早出现在人们的视野中,法国作家儒勒·凡尔纳从1863年开始,先后发表了《气球上的五星期》《地心游记》《环绕月球》《海底两万里》《80天环绕地球》等60余部科幻小说。

---

① [美]托马斯·沙茨:《好莱坞类型电影》,冯欣译,上海人民出版社2009年版,第52-54页。

英国作家 H. G. 威尔斯 1895 年发表的《时间机器》,是较早描写时间穿越和未来世界的小说;《星际战争》(1898)虚构了火星人与地球人之间的战争故事。① 美国作家菲利普·迪克(Philip K. Dick)1967 年发表的小说《逆时钟世界》(*Counter-Clock World*)呈现了时间逆向发展的世界。这些科幻小说构成科幻电影的基础,直接影响了科幻电影中的世界观建构、故事情节、角色设置甚至艺术风格。小说相对电影是较早成熟的一种艺术形式,电影类型在形成的过程中受到已有小说类型的影响,如"黑色电影"(film noir),黑色电影的概念由法国批评家在 1946 年提出,noir 意为黑色、黑暗、阴郁,黑色电影大都是犯罪题材,但也与诸如社会问题片、间谍片等进行杂糅互涉。黑色电影来源于 1920 年代出现的美国冷硬派(hardboiled)侦探小说,影像风格上受到德国表现主义、法国诗意现实主义的影响。《马耳他之鹰》(*The Maltese Falcon*,1941)改编自侦探小说家达希尔·哈米特(Dashiell Hammett)的同名小说,讲述了一位侦探在替雇主办案时,无意中涉及了一桩谋杀案并牵连到"马耳他之鹰"雕像的故事。该片开创了黑色电影的许多惯例,如故事主人公通常是男性侦探或罪犯,他们往往具有悲观、自我怀疑的性格和冷漠且超脱的世界观,片中女性角色通常性感迷人又背信弃义,将男主人公引向危险之路;故事发生的背景为大都市,又以黑夜中的小巷、廉价酒吧为具体场景等。冷硬派小说家雷蒙德·钱德勒(Raymond Chandler)、詹姆斯·M. 凯恩(James M. Cain)和康奈尔·伍尔里奇(Cornell Woolrich)的作品都曾被改编为电影。②

电影中的声音直接促成了新的电影类型,如歌舞片、神经喜剧片等。《爵士歌王》称不上一部真正的歌舞片,但它预示了歌舞电影许多

---

① 陈阳:《影视文学教程》,中国人民大学出版社 2020 年版,第 24—26 页。
② [美]大卫·波德维尔、克里斯汀·汤普森:《世界电影史》,范倍译,北京大学出版社 2014 年版,第 303—304 页。

重要的特征。① 神经喜剧片也被称为"矫揉造作的喜剧",是法国通俗笑剧和伦敦、中欧地区同类喜剧的新变种,有别于卓别林等默片时代四大喜剧明星的动作喜剧,神经喜剧开始大量依托机智诙谐的台词制造笑料,"争吵"成为此类影片的一个典型特征。从德国到美国拍摄影片的刘别谦最早尝试这种影片类型,他拍摄的《天堂里的烦恼》(*Trouble in Paradise*,1932)在欧美地区获得了商业上的成功,但也引来一些争议,有人认为该片中的一些内容有伤风化。小说家达希尔·哈米特注意到了《天堂里的烦恼》中不道德的成分,并在《风流侦探》的剧本中优化了角色的身份,从而获得巨大成功。神经喜剧片的代表作是1934年弗兰克·卡普拉(Frank Capra)导演的《一夜风流》(*It Happened One Night*),该片故事的内核是"灰姑娘"般的童话,富人是天真、善良的,穷人是有无限可能的,富人与穷人门不当户不对的结合也可以开出幸福的花朵,这一主题符合其时美国的主流价值取向,在1934年到1945年间极为盛行。

1928年,美国通用电气公司在纽约州试验播出的独幕剧《女王的信使》(*The Queen's Messenger*)被认为是世界上第一部电视剧。1930年,英国广播公司(BBC)在试播期间播映了电视剧《花言巧语的人》(*The Man with the Flower in His Mouth*),该剧根据意大利著名诗人、小说家、剧作家皮兰德娄(Luigi Pirandello)的同名独幕剧改编,观众可以听到演员对白的声音。电视剧的出现,进一步丰富了影像艺术的表现和传播媒介。同时,电视的出现及发展对电影造成一定的冲击,但这种冲击更像是一种"鲶鱼效应",促使电影进一步创新与改进。1935年,美国诞生了世界上第一部彩色电影《浮华世界》(*Becky Sharp*),该片根据英国小说家威廉·梅克比斯·萨克雷(William Makepeace

---

① [美]托马斯·沙茨:《好莱坞类型电影》,冯欣译,上海人民出版社2009年版,第193页。

Thackeray)的讽刺小说《名利场》(Vanity Fair: A Novel without a Hero, 1847)改编,影片中首次使用色彩来表现一些戏剧性的场面,如用红色表现滑铁卢战役前的军中舞会,虽然略显幼稚,但也显现出一些新意。

声音进入电影以来,中国出现了独具特色的戏曲片,其舞台布景、音乐类型、表演风格都包含了迷人的中国传统美学思想。中国第一部影片《定军山》主要强调动作,声音则可以记录下戏曲的唱腔,费穆先后拍摄了多部戏曲片,包括《斩经堂》(1937)、《古中国之歌》(1941)、小放牛(1948)以及中国第一部彩色电影《生死恨》(1948)。另外,从无声片《桃花泣血记》(1931)、《神女》(1934)等到有声片《一江春水向东流》(1947)、《八千里路云和月》(1947)、《小城之春》(1948)等,早期中国电影有意无意地借鉴中国诗词艺术的主题、创作手法、美学思维,追求文本和影像的诗意表达。①

从中华人民共和国成立到改革开放,中国大陆地区的文学影视改编主要体现在两个方面:一是阶级社会中的电影宣传;二是对著名作家文学经典的改编。1948年,中共中央宣传部在《关于电影工作的指示》中提出:"阶级社会中的电影宣传,是一种阶级斗争的工具,而不是什么别的东西。"②1951年,文化部在《加强党对于电影创作领导的决定》的报告中指出:"电影是最有力和最能普及的宣传工具,同时又是一个复杂的生产企业。保证电影能及时生产而顺利完成政治宣传任务的决定关键,乃在于电影剧本创作的具体组织工作与思想指导。"③例如杨沫

---

① 王海洲:《中国电影与文化传统》,中国电影出版社2022年版,第71—72页。
② 转引自胡菊彬:《新中国电影意识形态史(1949—1976)》,中国广播电视出版社1997年版前言,第4页。
③ 转引自吴迪:《中国电影研究资料(1949—1979)(上卷)》,文化艺术出版社2006年版,第81页。

根据自己同名小说改编的《青春之歌》(1959)反映出中国共产党的先进性;凌子风根据梁斌同名小说改编的《红旗谱》(1960)表现出革命道路的艰辛与伟大,根据曲波同名小说改编的《林海雪原》(1960)成就集体意志中的英雄神话;水华根据罗广斌、杨益言的小说《红岩》改编的《在烈火中永生》(1965)突出了中国共产党人顽强的斗争精神。在对著名作家文学作品的改编中,有根据老舍同名小说改编的《我这一辈子》(1950)、《龙须沟》(1952),根据茅盾小说改编的《腐蚀》(1950)、《林家铺子》(1959),根据赵树理同名小说改编的《小二黑结婚》(1950),根据巴金小说改编的《秋》(1954)、《寒夜》(1955)等,这些作品大多配合当时的政治运动,发挥了电影无产阶级思想教育的功能。

中国改革开放以后,第五代导演开始初露锋芒,他们主要拍摄一些艺术电影,并通过参加国际电影节的评奖获得话语权和合法性(表1-2)。

表1-2 文学改编电影获得国际A类电影节奖项一览表(1980—2000)

影片名称	上映年份	所获奖项(国际)	导演	原著作者及名称
《红高粱》	1987	柏林国际电影节最佳影片金熊奖	张艺谋	莫言《红高粱》
《本命年》	1990	柏林国际电影节个人成就银熊奖	谢飞	刘恒《黑的雪》
《大红灯笼高高挂》	1991	威尼斯国际电影节银狮奖	张艺谋	苏童《妻妾成群》
《秋菊打官司》	1992	威尼斯国际电影节金狮奖	张艺谋	陈源斌《万家诉讼》
《香魂女》	1993	柏林国际电影节最佳影片金熊奖	谢飞	周大新《香魂塘畔的香油坊》
《霸王别姬》	1993	戛纳国际电影节最佳影片金棕榈奖	陈凯歌	李碧华《霸王别姬》

(续表)

影片名称	上映年份	所获奖项（国际）	导演	原著作者及名称
《活着》	1994	戛纳国际电影节评审团大奖	张艺谋	余华《活着》
《一个都不能少》	1999	威尼斯国际电影节最佳影片金狮奖	张艺谋	施祥生《天上有个太阳》
《我的父亲母亲》	1999	柏林国际电影节银熊奖	张艺谋	鲍十《纪念》

1980年代以来，经典文学作品先后被搬上电视荧屏，如中国古典小说四大名著《红楼梦》《西游记》《水浒传》《三国演义》先后被改编成电视剧，《封神演义》《聊斋志异》等古典小说中的故事也被多次改编为影视作品。鲁迅、老舍、茅盾、巴金、张爱玲、李碧华、莫言、王朔、刘震云、苏童、余华、严歌苓等现当代作家的小说被先后改编为影视剧，平江不肖生、金庸、古龙等人的武侠小说也被多次搬上电视荧屏。

三、数字网络时代的文学影视改编

数字网络技术的出现进一步激发了广大人民群众文学创作的热情，越来越多的人通过网络发表自己的文学作品。这些文学作品也为影视创作提供"原料"，相对于工业化生产的影视作品而言，文学作品的创作成本更低、容错率更高。中国网络文学的发展正好伴随着中国影视产业快速发展的时期，"21世纪初网络媒介在文学与影视中的广泛应用不但激活了文学与影视的各自发展，同时也将文学与影视更为密切地结合了起来"[①]。与此同时，数字网络时代的"参与式文化"逐渐兴

---

① 徐兆寿、巩周明：《网络文学二十年影视改编概论》，《中国现代文学研究丛刊》2019年第5期。

起,粉丝经济成为一种可观的经济现象和文化现象。一个成功的文艺文本的出现会带来大量粉丝,这些粉丝会在不同媒介之间对该原生 IP 保持兴趣,这样一种现象也为文学影视改编提供了新的文化背景。

中国的网络文学影视改编肇始于中国香港和中国台湾地区。1998年,中国台湾地区蔡智恒(网络昵称:痞子蔡)在网络上发表小说《第一次的亲密接触》,被公认为是中国第一部网络小说,该小说 2000 年即被改编为同名电影,但口碑不高。2001 年,根据网络小说《北京故事》改编的电影《蓝宇》上映,该片由著名导演关锦鹏执导,曾获得多个电影节奖项。其后大陆地区的导演也纷纷参与到网络文学影视改编的热潮之中,张艺谋根据艾米同名小说改编导演的《山楂树之恋》(2010)的仍然延续其擅长的文艺片路数;徐静蕾根据李可同名小说改编导演的《杜拉拉升职记》(2010)的票房突破 1 亿元;滕华涛根据鲍鲸鲸同名小说改编导演的《失恋 33 天》(2011)的票房超过 3 亿元,获得商业上的巨大成功;陈凯歌根据文雨的《请你原谅我》改编导演的《搜索》(2012)关注到网络暴力问题;苏有朋导演的处女作《左耳》(2014)改编自饶雪漫的同名小说。这些网络小说及其改编的影视作品贴近年轻人的审美趣味和文化心理,在市场上的表现可圈可点。

2022 年,中国网络文学市场规模达到 389.3 亿元,同比增长 8.8%,网文作家数量超过 2 278 万人,网文用户规模达到 4.92 亿。除了巨大的市场规模,网络文学越来越呈现出主流化、精品化的发展趋势,并受到官方和主流学术界的重视,144 部网文被收入中国国家图书馆,16 部作品被英国的大英图书馆收录。[①] 早在 2015 年 10 月中共中央出台的《中共中央关于繁荣发展社会主义文艺的意见》中就明确指

---

① 中国社会科学院文学所"网络文学发展研究报告"课题组:《2022 中国网络文学发展研究报告》,2023 年 4 月。

出,"推动网络文学、网络音乐、网络剧、微电影、网络演出、网络动漫等新兴文艺类型繁荣有序发展,促进传统文艺与网络文艺创新性融合"①。2017年1月,中共中央办公厅、国务院颁发的《关于实施中华优秀传统文化传承发展工程的意见》中指出:"实施网络文艺创作传播计划,推动网络文学、网络音乐、网络剧、微电影等传承发展中国优秀传统文化。"②2021年3月,十三届全国人大四次会议表决通过的《国民经济和社会发展第十四个五年规划和2035年远景目标纲要》中继续强调,加快壮大数字创意、网络视听、数字出版、数字娱乐、线上演播等产业。③ 与此同时,中国网络文学对外影响力持续加强,截至2022年年底,中国网络文学向海外输出1.6万余部作品,海外用户超过1.5亿人,覆盖200多个国家和地区。④ 网络文学逐渐成为网络文艺对外传播的急先锋,⑤成为推进民族文化自信自强的重要力量,也成为中国流行文化的一张名片,一个海外网络用户认识中国、了解中国越来越重要的文化窗口。网络文学IP的影视改编无疑是促进网络文学精品化和经典化的有效路径之一,对于网络文学的进一步繁荣发展具有重要的促进作用。

网络文学影视改编进一步释放了文艺文本跨媒介叙事的潜力,文学影视改编不再单独针对著名作家的经典作品,而是关注到网络语境

---

① 《中共中央关于繁荣发展社会主义文艺的意见》,http://www.gov.cn/xinwen/2015-10/19/content_2950086.htm。

② 中共中央办公厅、国务院办公厅:《关于实施中华优秀传统文化传承发展工程的意见》,《人民日报》2017年1月26日6版。

③ 《中华人民共和国国民经济和社会发展第十四个五年规划和2035年远景目标纲要》,https://www.gov.cn/xinwen/2021-03/13/content_5592681.htm。

④ 马季:《中国网络文学给世界提供全新阅读模式》,《中国文化报》2023年8月24日第3版。

⑤ 庄庸、刘肖:《国家网络文艺战略研究:中国文化强国新时代》,福建教育出版社2018年版,第386页。

下甚至整个文学史中"大量未读"(great unread)的文本,文学语言的艺术性被弱化,影视制作团队更加注重故事的吸引力和情节的生动性。推理小说作家紫金陈(原名:陈徐)理工专业出身,这个学习背景使他的推理小说充满严密的逻辑性,任何一个小的物品都有可能成为促成情节变化的关键道具,在《坏小孩》中,朱朝阳因为个子不高,所以经常读一本名叫《长高秘籍》的小册子,而这本"秘籍"后来成了拯救他生命的一个关键因素,张东升在可乐里下了毒,普普和丁浩喝了可乐中毒身亡,朱朝阳因为看到《长高秘籍》中曾说如果想要长高就不能喝碳酸饮料,所以逃过一劫。然而其作品中诸多直白粗糙的语言表述却受到读者的诟病,如《坏小孩》中"叶驰敏停顿一下,过了几秒,眼泪就如兰州拉面般滚了出来"[1],《长夜难明》中"但保安伸出大手,像张印度飞饼一样拦在了他面前"[2]等使用不当的修辞手法。总体而言,原著中的这些瑕疵并没有影响改编影视剧的品质,影视剧改编过程中凸显了原著故事的戏剧性和严密的逻辑推理而弱化了文学语言表述方面的劣势,所以紫金陈小说改编的剧集往往比原著获得更高的评价(表1-3)。

表1-3 紫金陈推理小说剧集改编及其网络评分

小说名称	剧集名称	上映年份	豆瓣评分(小说/剧集)
《无证之罪》	《无证之罪》	2017	7.2/8.0
《坏小孩》	《隐秘的角落》	2020	7.3/8.8
《长夜难明》	《沉默的真相》	2020	8.6/9.0

数字网络时代文学改编的影视剧进一步拓宽和丰富了影视作品的题材与类型元素,在故事主题的表现上更加多元,出现许多现象级作

---

[1] 紫金陈:《坏小孩》,湖南文艺出版社2014年版,第368页。
[2] 紫金陈:《长夜难明》,云南人民出版社2017年版,第2页。

品,如现实题材的《大江大河》(2018—2024)、《风吹半夏》(2022),玄幻题材的《花千骨》(2015)、《三生三世十里桃花》(2017),穿越宫斗题材的《宫》(2011)、《步步惊心》(2011)、《庆余年》(2019),悬疑题材的《无证之罪》(2017)、《沉默的真相》(2020)、《隐秘的角落》(2020),架空历史题材的《琅琊榜》(2015),寻宝探险题材的《盗墓笔记》《鬼吹灯》系列影视剧,元叙事结合跨层叙事的《刺杀小说家》(2021),时间循环题材的《开端》(2022),青春成长与爱情题材的《七月与安生》(2016 & 2019)、《失恋33天》(2011 & 2012)等。

第三节　影视艺术对文学的反哺

你们将会看到,这个带摇把的嗒嗒响的小玩意儿将给我们的生活——作家的生活——带来一场革命。这是对旧的文艺方法的一次直接冲击。我们将不得不去适应这影影绰绰的幕布和冰冷的机器。需要一种新的写作方式。我已想到这一点,我能感到将要来临的是什么。但我是很喜欢它的。场景的迅速变换、情绪和经验的交融——这要比我们已习惯的那种沉重、拖沓的作品好得多。它更贴近生活。在生活里,变化和转折也是在我们眼前瞬息即逝,内心情感犹如一场飓风。电影识破了运动的奥秘。那是它的伟大之处。

——列夫·托尔斯泰

电影创造新的认识形式和观察方式,如特写镜头、蒙太奇等,这些电影技巧有助于小说家创新自己的写作手段。影视艺术巨大的文化影响力也使小说家的写作目的发生了变化,有些作家写作的目的之一就是希望原著小说能够被改编成影视剧。许多美国"黑色小说"明显追求双重目的,一是小说本身的商业价值,二是为了让好莱坞把它搬上银幕。① 影视改编本身就是实现文学商业价值非常重要的一条路径,这一点在网络文学中表现得更为明显,《庆余年》《择天记》等热门网文作者猫腻表示:"网络文学天然具有商业属性……任何文学作品的影视改编,都会扩大作品本身的知名度。"②

一、影视剧在商业上对文学的反哺

文学影视改编在商业上对文学或作家的影响主要表现在两个方面:一是原著小说的热卖,使出版社和作者获得更多商业收益;二是影视改编有利于提高作者的知名度,为作家后续创作铺平道路,使作家可以在更舒适的状态中写出自己想要表达的思想和观点。对处于成长发展阶段的作家而言,这两个方面的影响尤为明显。影视作品上映后,再版的原著小说往往也会在封面等显著位置打上影视剧改编的字样,甚至有的小说再版时直接改成了影视作品的名字,如严歌苓的小说原名为《你触碰了我》,电影上映后该小说再版已更名为与电影相同的名字《芳华》;阿耐的小说《大江东去》是一部讲述改革开放前20年国有企业、集体企业、民营企业发展历程的作品,小说被改编为电视剧《大江大河》(2018—2024),并获得观众的普遍好评,豆瓣网友对三部电视剧分别打出了8.8分、8.8分、8.3分的高分,打破了国产电视剧"续集必差"的魔咒,阿耐的原著小说再版时也直接将名称改为《大江大河》;张艺谋的电影《我的父亲母亲》(1999)改编自鲍十的中篇小说《纪念》,其后鲍十又将小说续写为长篇,并改名为《我的父亲母亲》,出版单行本。

---

① [法]安德烈·巴赞:《电影是什么?》,崔君衍译,文化艺术出版社2008年版,第76页。
② 陈帅:《接续传统 灌注情怀 力求经典——网络文学作家猫腻访谈录》,《创作与评论》2017年第4期。

严歌苓表达了对文学影视改编的矛盾心情:"现在很多小说家,包括我自己,都是靠影视做广告,这是可悲的,但是媒体时代的必然现象。如今又似乎是'有欲则刚'的时代,影视财大气粗,文学向影视靠拢,也是经济社会'物竞天择,适者生存'达尔文法则的又一次证实。"①莫言对文学作品的影视改编持开放态度,他认为经典作品的改编需要与时俱进,好的文学作品是具有持久生命力的,他自己也一直非常支持自己作品的改编者能够大胆发挥想象力,让一些在原著中看起来不起眼的细节,变成影视作品里光彩夺目的情节。② 客观而言,作家的作品受到影视创作者的青睐是好事,作家参与影视编剧工作也无可厚非,但对于一个作家而言,写作单纯是为了获得影视改编则会本末倒置。莫言也曾表示:"写小说时,小说的准则是最高的准则,绝不能为了迎合电影而降低自己的调门。"他曾坦言在创作自己的小说《白棉花》时过多考虑了电影改编的问题,那时候"我忘记了一个作家最重要的是要在小说中表现自己的个性。这个性包括自己的语言个性,包括通过小说中的人物,表现自己的喜怒哀乐,包括丰富的、超常的、独特的对外界事物的感受"③。

所以巴赞(André Bazin)说:"因文学杰作被搬上银幕后有所减色而恼火是荒唐的,至少为文学着想也不该如此……所有出版物统计数字表明,经电影改编后,文学作品售出册数激增。"④电影《大卫·科波菲尔》公映时,原著小说的阅读量陡增;《大地》使原著小说销量突然提高到每周3 000册;《呼啸山庄》电影的出现,使小说的销量超过了它出

---

① 庄园:《女作家严歌苓研究》,汕头大学出版社2006年版,第283页。
② 宋宇晟:《莫言忆张艺谋改编〈红高粱〉:6万字剧本被缩到2万字》,人民网,http://culture.people.com.cn/n1/2019/0510/c1013-31077016.html。
③ 王国平:《作家,是否适合编剧这顶"帽子"?》,《光明日报》2011年12月22日第9版。
④ [法]安德烈·巴赞:《电影是什么?》,崔君衍译,文化艺术出版社2008年版,第87页。

版以来95年内的销量总和。此外,《傲慢与偏见》《桃源艳迹》《莫比·狄克》《战争与和平》等影片的上映同样促进了原著小说的销量。①2019年电视剧《亲爱的,热爱的》播出后使原著小说日销量增长20多倍,《小欢喜》播出后原著销量更是达到上一年同期销量的39倍。

客观而言,一部小说在长久时间里获得较高的发行量有多种因素的影响。一是这部作品本身具有较高的文学价值,经受住了时间的考验;二是读者审美水准的提升,不只是小说,其他文艺作品也会面临这样的状况,特别是带有先锋性、实验性的作品;三是不同地域的观众可能会对文学作品有不一样的感受,而这种好感也会影响到其他国家或地区的读者,如残雪在中国文学中被定义为一个异常,但从某种意义上说,残雪是当代中国文学中唯一一个似乎无保留地被欧美世界所至诚接受的中国作家;②四是各类评奖;五是影视改编。相对而言,影视改编的影响力更大,对小说发行量的提升更加明显。

作家张翎的小说《余震》被导演冯小刚改编成电影《唐山大地震》(2010),该小说还在2013年被改编成电视剧。在"一席"的演讲中,张翎不无感慨地说道,"就是这部电影,彻底改变了我作为小说家的命运。从那之后,我的发表之路就慢慢变得平坦起来了"。张翎同时提到,一个作家的经济状况太好,就会不利于他/她的写作,因为那样作家就会与普通人分离开来,从而失去敏锐的观察力和同情心,他/她的作品也就无法与最广大的读者群体产生共鸣;而如果一个作家的经济状况比较糟糕,也不利于他/她的写作,因为那样作家就会因为生活方面的压力而无法写出真正源于心灵的作品。③

---

① [美]乔治·布鲁斯东:《从小说到电影》,高骏千译,中国电影出版社1981年版,第4—5页。
② 戴锦华:《残雪:梦魇萦绕的小屋》,《南方文坛》2000年第5期。
③ 张翎:只有记住的才可以存活,https://yixi.tv/#/speech/detail?id=1239。

紫金陈在其微博中表示："影视化（改编）对我来说一个是经济基础，出版钱是很少的。另一方面影视化能让更多人看书，曲线救国增加销量，对我来说销量是精神层面的认同感追求。不管如何，看过我书的读者都该相信我是对创作特有追求的作家，尽管放心，我小说只会越写越好，决不会变成为钱而写作的，不然我也不会写《长夜难明》这（种）题材了。"[1]

"今天人们从屏幕和银幕上'看'的文学，远远多于他们从书本上'读'的文学……在这样一个大众传媒文化中，作家、艺术家的知名度，往往是其在电视屏幕和报纸上的复现率来决定的"[2]，学者李杰的论文《比较文学中的大众传媒研究》意在强调传播媒介及其系统在文学接受过程中的作用，其实，大众传播和数字传播除了形成文学传播媒介的同时，也在扩大"文字文学"的审美风格和影响力。2024年2月15日，美国人工智能研究公司OpenAI发布了人工智能视频生成大模型Sora，该模型可以创建最长60秒的逼真视频，可以深度模拟真实的物理世界，能生成具有多个角色、包含特定运动的复杂场景，但前提是以用户输入的"文本提示"为基础，从这个层面来看，用户的语言表述直接影响到视频生成的效果。

二、影视艺术在审美风格上对文学的反哺

承前所述，影视艺术在整个发展历程中不断吸纳文学艺术中的精华，影视艺术不仅对文学作品中的故事、角色等内容进行引用和改编，也借鉴文学艺术的形式风格和技巧。随着影视艺术普及程度越来越高，普通人观看影视剧的渠道越来越多、越来越便捷，影视艺术已经成

---

[1] 紫金陈新浪微博（2016年12月15日），https://weibo.com/1300701003/Emdty8q5R?pagetype=profilefeed.

[2] 李杰：《比较文学中的大众传媒研究》，《中外文化与文论》2001年第1期。

为人们日常生活中一种普遍存在的获取知识和信息的媒介及休闲娱乐形式。影视艺术也在反向影响着作家的写作风格与技巧。

电影在遭遇"题材危机"后就开始借鉴经典文学作品中的故事、人物甚至文学的表现技巧、氛围与诗意。与此同时,世界文学也已经开始步入了现代主义时期。在这一过程中,许多作家的写作风格也不同程度地受到电影这样一种新媒介样式的影响。

现代主义文学大师弗兰兹·卡夫卡(Franz Kafka)的文学思维和创作动力中存在强烈的电影倾向,他在很小的时候就表现出极强的形象思维,这种思维方式使他将视觉媒介融入自己的作品之中,卡夫卡在其独特的观察模式中使用各种电影技巧,如景别变化、蒙太奇、运动镜头、移焦、变焦以及将角色安置在电车、火车、船等移动物体上等。卡夫卡创造了一种观看的文化,使他能够利用电影的跨媒介性将电影叙事融入文学作品的叙事之中。卡夫卡在早期就对电影着迷,从1908年到1913年,卡夫卡是一个狂热的电影观众,他熟记每周的电影放映时间表,并时常被电影感动得热泪盈眶,也喜欢拖着姐妹、朋友一起去看电影。但同时,他也对电影图像的自动化和时空扭曲感到不安,快速变化的图像令他无法充分探索想象的空间。阿多诺、本雅明、克拉考尔等二十世纪的文化批评家都在卡夫卡的文学作品中发现了电影的特质,卡夫卡的写作融入了一种新兴的、由电影共享和支持的视觉概念。"卡夫卡的作品既呈现了电影与文学之间复杂的再媒介化过程,也阐明了新运动影像媒介所拥有的解放潜力的维度。"在《乡村婚礼的筹备》(*Wedding Preparation in the Country*)中,卡夫卡采用了类似拍摄电影的技巧进行写作,如定场镜头的展示、不同距离的变焦镜头等,他甚至用"遮幅镜头"来表现主人公爱德华·拉班(Eduard Raban)的观察视野。在他的另一部作品《一次战斗纪实》(*Description of a Struggle*)中,读者可以看到场景的快速切换、摄影机运动、视点(point of view,

POV)镜头、定场(全景)镜头、特写及正反打镜头等电影技巧,他正是通过这些技巧来描述无名叙述者夜间穿越布拉格街道时所见到的景象的。①

英国现代作家詹姆斯·乔伊斯(James Joyce)也是一位影迷,他经常光顾电影院。乔伊斯创作的小说《一个青年艺术家的画像》(*A Portrait of the Artist as a Young Man*,1916)、《尤利西斯》(*Ulysses*,1922)、《芬尼根守灵夜》(*Finnegans Wake*,1939)等具有明显的电影化元素与风格。乔伊斯与苏联蒙太奇派电影导演和理论家爱森斯坦可为惺惺相惜,乔伊斯视爱森斯坦为电影领域的莎士比亚,他在1929年11月27日致友人的一封信中写道:"在新艺术的殿堂里,爱森斯坦秉承莎士比亚的天才,赋予电影文本的质地,理应有个重要的位置。"②爱森斯坦则在1932年一篇名为《请用吧!》的文章中写道:"只有电影才能捕捉人的思想的全部过程的表象。而这一点在乔伊斯出色的《尤利西斯》中的布鲁姆的内心独白中,得到了极其卓越的解决。"③爱森斯坦的经典影片《战舰波将金号》(*Potemkin*,1925)中"奥德萨阶梯"一幕被认为是"吸引力蒙太奇"的肇始与典范,在这种技巧中,影片中的时间大于现实时间,导演往往将随意挑选的、独立的感染手段自由组合起来,但这种自由组合又具有明确的目的性,即感染观众,使之在情绪上受到震撼,并达到一定的主题效果。④ 在小说《尤利西斯》第十章中,乔伊斯截取了19个实体空间上平行发生的19件事,像剪辑电影画面般快速切换,而这19件事都发生在下午三点钟。同时,乔伊斯在创作《尤利西斯》时

---

① [美]罗杰·F.库克:《后电影视觉:运动影像媒介与观众的共同进化》,韩晓强译,广西师范大学出版社2023年版,第168—171页。
② 张飞明:《爱森斯坦与乔伊斯》,《书城》2007年第8期。
③ 陈阳:《影视文学教程》,中国人民大学出版社2020年版,第97—98页。
④ 许南明、富澜、崔君衍:《电影艺术词典》,中国电影出版社2005年版,第30—31页。

采用类似电影拍摄的流程,即先设计好全书的总体框架,然后并不按照小说从起始到结尾的顺序进行写作,而是时而写某个部分,然后再写与之不相关的另一部分,这与拍摄一部电影的流程是一样的,电影的拍摄往往需要考虑转场成本,所以并不完全按照故事发展的顺序进行拍摄,乔伊斯将这种"拼图游戏"般独特的写作手法称为"镶片"。

美国作家欧内斯特·海明威(Ernest Emingway)的小说《世界之都》(1936)、《乞力马扎罗的雪》(1936)、《有的和没有的》(1937)和《丧钟为谁而鸣》(1940)具有明显的电影化特征,海明威常被称为电影化作家。《世界之都》的叙事视点是第三人称的,而这种视点的优势是"活动起来更方便",由此,海明威可以在文中运用一种电影化的平行剪辑技巧。《世界之都》的主人公帕科和恩里克开始模拟斗牛时,海明威切入帕科的两个姐姐去电影院看电影,接着切入教士们,而后再切入斗牛士,最后再回到帕科和恩里克,然后再是这几个场景之间的交替变换。[①] 这种技巧是在电影、电视剧和计算机超文本中经常使用的一种叙事模式,某些场景会被有意打碎,两个或两个以上的场景根据超文本中的"热点区域"任意跳转,或形成情节上的呼应与互补,或直接产生一种戏剧化的叙事效果,以增加观众和读者的注意力和参与度。除此之外,英国作家弗吉尼亚·伍尔夫(Virginia Woolf)、法国小说家玛格丽特·杜拉斯(Marguerite Duras)、中国的新感觉派小说家、张爱玲等都明显受到电影的影响。

中国当代作家阿耐的小说中也有直接借鉴影视艺术的写作技巧,如在小说《余生》中,女主人公于扬了解到刘局长与其丈夫的矛盾后,用激将法刺激刘局长的丈夫,诱使刘局丈夫回家后对刘局长拳脚相加,当

---

① [美]爱德华·茂莱:《电影化的想象——作家和电影》,邵牧君译,中国电影出版社1989年版,第229页。

刘局丈夫离去,于扬回到宾馆房间,"打开电视,居然有最喜欢的《猫和老鼠》,看着猫和老鼠不时打成一团,不分你我,于扬就想到刘局家里现不知怎么样……"①。这里阿耐使用类似隐喻蒙太奇的手法,以电视画面中猫和老鼠的打斗使读者联想到刘局丈夫与刘局争吵、打架。

在小说《都挺好》中,"石天冬打烊"与"老蒙、毛副总"两个场景的转场即利用影视中的无技巧组接转场。无技巧组接转场是影视艺术中经常用到的转场方式,主要是利用相似动作或动势、特定道具、档黑镜头、多画屏分割等技巧实现两个场景自然、顺畅地转换。《都挺好》中利用相同的音乐实现场景转换。

  石天冬心中差点儿被吓退的怜惜卷土重来。他瞥一眼给提供照明的灯火辉煌的五星级饭店——那家明成与朱丽最喜欢过来吃西餐的五星级饭店——吹着口哨走了。口哨的调子是《桑塔露琪亚》。

  宾馆一个按摩房的包厢里,轻轻回旋的背景音乐也是《桑塔露琪亚》。②

在影视艺术如此普及的今天,电影中的文学技巧与文学中的影视技巧似乎是一种普遍存在的现象,也是数字网络时代更广泛存在的"文本间性"的必然结果。

三、电影在文化影响力上对文学的反哺

莎拉·卡德维尔(Sara Cardwell)以热奈特媒介符号转化的园艺学

---

① 阿耐:《余生》,华文出版社2005年版,第246页。
② 阿耐:《都挺好》,江苏凤凰文艺出版社2018年版,第64-65页。

比喻为基础,将文学影视改编和生物学适应性进行了比较,她首先否定了一种早先关于改编的错误观点,即将源文本置于中心,改编被视为对原著生存状况的援助,改编的使命在于传播这个"主"文本。由此,改编仅仅成为一种复兴源文本的手段,从而不可避免地产生了困扰文学改编领域多年的等级价值判断。为了避免简单以价值判断为基础来研究文学改编,卡德维尔提倡将改编作品视为在一组不同的文化指涉中产生的新事物,涉及改编作品自身的产出年代、自身的产业结构、自身基于问题的动机以及自身的叙事累积,是源文本渐进发展、进化或改良的产物。①

因为影视剧的热映促成原著小说发行量的激增是一种商业现象,这背后反映出的是人们对阅读的需求。美国文化批评家尼尔·波兹曼(Neil Postman)的媒介批评三部曲——《娱乐至死》《童年的消逝》《技术垄断文化》表达了对图像媒介的忧虑,波兹曼的批判对反思视觉文化发展具有重要作用,但这种反思首先要摒弃二元对立的思想,文学与影视并非相互排斥、彼此冲突的关系,而在很多时候,两者相辅相成,共同促进文化的多样性、多元化发展。有数据显示,在中国影视产业高速发展的过程中,印刷出版物的发行量也在增加(报纸除外,图1-1)。

因为报纸杂志发行量降低,甚至面临停刊的问题,对于文学作品的传播与发行而言,这是一个非常严峻的问题。改编影视作品是文学原著的延续、升华或索引,文学作品改编成影视剧是文学作品走向大众化的重要方式,是文学作品从单一传播走向多维传播的体现,多维传播进一步扩大了受众群体,也为文化多样性发展提供了条件。影视作品的创作需要大量资金的投入,涉及大量工作人员,所以,从这个层面来看,

---

① [英]伊冯娜·格里格斯:《文学改编指南:改编电影、电视、小说和流行文化中的经典》,阎海英译,中国华侨出版社2021年版,第6-7页。

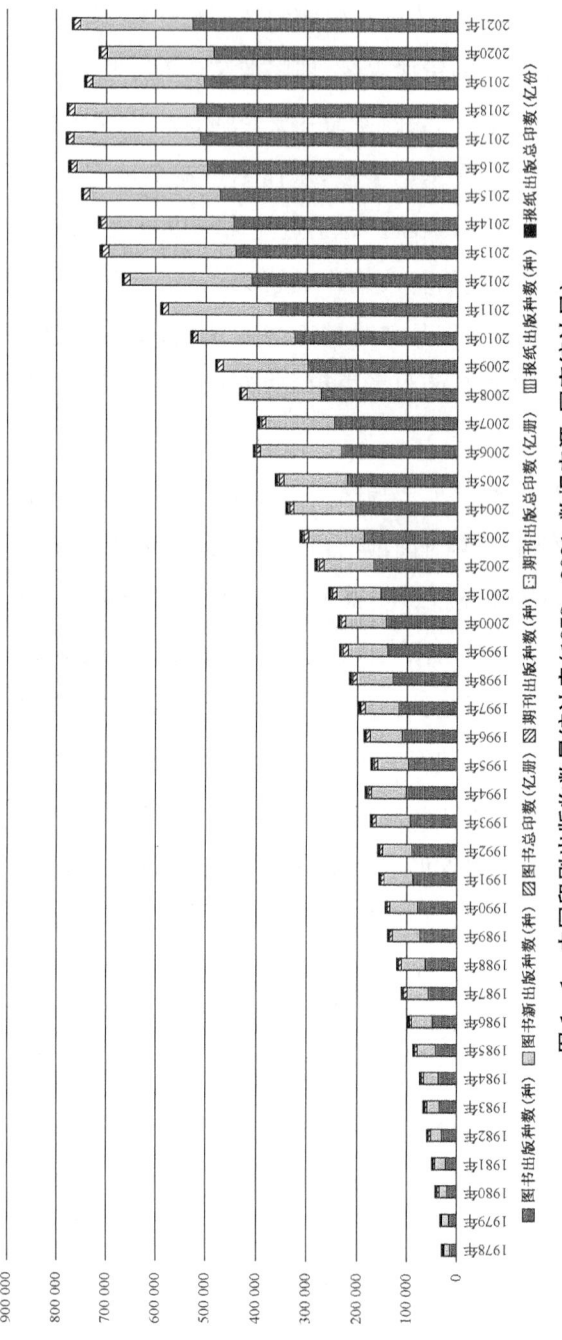

图1-1 中国印刷出版物数量统计表(1978—2021,数据来源:国家统计局)

影视改编本身就是对文学作品商业价值、审美价值或思想价值的肯定；影视作品的制作与发行往往以公司运营的形式来完成，实现了文化与经济的协同发展。①

---

① 张陆:《文学经典改编电视剧对我国文化传播作用分析》,《中国广播电视学刊》2017年第11期。

第二章 跨媒介叙事视域下的文学影视改编

电影自诞生以来就与文学、戏剧等叙事艺术处于间性互动的过程中。工业革命、电力革命与数字革命等技术的更新迭代，使得文艺文本实现了从机械复制到数字复制的蜕变。任何一个文本都处于文本间性之中，也同时浸润于更宽泛的传统习俗、历史、哲学等文化体系之中，并与外来文化有着互相影响、借鉴、交融等关联。在网络传播与融媒体语境之下，文本的传播、检索与接受变得更加快速与高效，跨媒介叙事成为常态，文艺 IP 在不同艺术样式间频繁流转。东浩纪认为后现代受众消费的不再是一个个戏剧、小说、电影等具体的故事文本，而是隐藏在其背后的系统本身，即由各种元素组构的资料库，这个资料库即一个数据库。也正是在这样一个庞大数据库中，每一个单独的文艺文本无法容纳所有叙事元素，电影的功能是开启一个故事，剧集、小说及连环漫画展开详述，游戏进一步探索故事世界中的未知领域，主题娱乐公园则使人们可以具身沉浸到故事世界之中。跨媒介叙事思维进一步拓宽了文学影视改编的视域，并重构了影视文本与文学原著之间的关系。

第一节 互文性:文本生成的基础

互文性是当前文艺创作、文艺研究和文艺接受无法回避的一个关键概念,后现代文化与数字网络技术使人们处于文本交织的语境之中。故事的循环利用作为一种文化实践已经存在于长久的历史之中,所有的叙事作品都是"一个没有清晰原点的无限循环、转换和变异过程"的一部分。每一部改编作品本身就是一个新事物,但是它是从一个复杂的改编过程网中演变而来的,与现有的叙事、文化习俗、工业实践以及参与其构建的人的动机息息相关。[①]

一、互文性的概念

互文性(intertextuality)也称为文本间性,具有"编织、交织、混合、编制物"等含义,作为一个文艺理论术语,最早由法国学者朱丽娅·克里斯蒂娃(Julia Kristeva)于 1967 年在《词语、对话与小说》("Word, Dialogue, and Novel")一文中提出,此后随着克里斯蒂娃的老师罗兰·巴特(Roland Barthes)对文本问题的讨论而广泛传播,成为后结构主义、解构主义、后殖民主义、女性主义、新历史主义等当代文论中经常使用的概念。就文艺理论而言,互文性改变了文学作品的生产、存在与接受理论,为考察文学文本在传统、经典及文化背景间的互动机制提供了全新的视野。与此同时,互文性也拓展到语言学、民俗学、影视艺术等研究领域。

---

① [英]伊冯娜·格里格斯:《文学改编指南:改编电影、电视、小说和流行文化中的经典》,阎海英译,中国华侨出版社 2021 年版,第 8—9 页。

克里斯蒂娃从符号学出发考察互文性，在她看来，语词的意义是不确定的，它是各种影响因素在具体文本空间中相互交织的产物。文本也是如此，在横向上，文本的所指受到作者和读者的主观性决定；在纵向上，文本中语词的选择和意义的产生总是同此前已存在或同时存在的各种文本材料相关联，即文本的产生建立在其他文本的基础之上。所以，克里斯蒂娃的"互文性"（文本间性）既包括那些可以进行求证的某些具体文本，如典故、引文、改编、回忆等；也包括赋予文本意义的各种知识、代码和表意实践的整体性关系。就电影文本而言，例如观众在观看宁浩的《无人区》(2013)和达米安·斯兹弗隆（Damián Szifron）的《蛮荒故事》(*Relatos salvajes*, 2014)时，会发现两部影片中都有一个荒野公路上两辆车相互追逐的场景，而这个情境与史蒂文·斯皮尔伯格（Steven Spielberg）的处女作《决斗》(*Duel*, 1972)中的场景极其相似。在科幻电影《流浪地球2》(2023)的世界观设定中，运用到了自然科学中的天文学、地球科学、医疗卫生、农业科学、数理科学、工业技术、航空航天以及人文社会科学中的法律、军事、经济、教育、文化艺术等多种知识，这些已有的或根据已有相关知识推演的故事背景，并未产生核心情节动力，但对故事整体架构和文本所要表达的意义而言具有非常重要的作用。①

互文性作为一种文艺批评理念，最早可以追溯到英国诗人、剧作家和文学批评家T. S. 艾略特（Thomas Stearns Eliot），艾略特认为传统是一个无始无终的整体，任何个别的文本都是这个传统链条中的一部分，诗人的个性不在于他的创新或模仿，而在于他把一切先前的文学囊括在他作品中的能力。

苏联文艺理论家米哈伊尔·巴赫金（Mikhail Bakhtin）则把这一理

---

① 朔方等：《流浪地球2电影制作手记》，中信出版社2023年版，第287-457页。

念继续深化,巴赫金的"对话理论"认为,任何文本表述都隐含着一个对话者,这个对话者不只是被动地"听",同时也以自己的方式影响对方的表述,除此之外,对话的过程也包括作者"独白"式的自我对话,这一点可以理解为横向上的互文性。巴赫金的"长远时间"概念则可以视为纵向的互文性,"在长远时间里,任何东西都不会失去其踪迹,一切面向新生活而复苏。在新时代来临的时候,过去所发生的一切,人类所感受过的一切,会进行总结,并以新的涵义进行充实"①。巴赫金的"狂欢理论"则把"表述"纳入整体文化结构之中,文本必然存在于整个历史文化背景之中,克里斯蒂娃关于"互文性"研究本身就是文本间性的直接体现,她正是在巴赫金研究成果的基础之上,把"文本间性"范围从历史文化背景扩展到生命本能和原始积淀。②

巴特在互文性理论的基础之上提出"作者之死"的命题,他强调了文本消费过程中读者的作用,读者从被动的消费者变为积极主动的生产者,读者对文本的生产具有参与权和自由活动的合法性,作者只是对前文本和潜在文本进行阅读和继续写作,文本是由多种写作构成的,这些写作源于多种文化的相互对话、模仿和争执,但汇聚多种写作的不是作者,而是读者:"读者是构成写作的所有引证部分得以驻足的空间……为使写作有其未来,就必须把写作的神话翻倒过来:读者的诞生应以作者的死亡为代价来换取。"③这种观点为亨利·詹金斯(Henry Jenkins)提出网络时代的参与式文化奠定了基础。

雅克·德里达(Jacques Derrida)的解构主义,将"互文性"提高到哲学的高度。德里达用了一个自造词"延异"(differance)来表达文本

---

① [苏]巴赫金:《巴赫金全集》,白春仁等译,河北教育出版社2009年版,第413页。
② [法]朱莉娅·克里斯蒂娃:《词语、对话和小说》,祝克懿、宋姝锦译,《当代修辞学》2012年第4期。
③ [法]罗兰·巴特:《罗兰·巴特随笔选》,怀宇译,百花文艺出版社2009年版,第301页。

的不确定性,延异与差异(difference)只是两个字母 a 和 e 的区别,但这个区别只能以书写和视觉的形式辨别,而无法通过字音区分,因为这两个词的读音完全相同,德里达以此反对传统思想中以语音为本体论的逻各斯中心主义霸权。逻各斯中心主义认为语音高于书写,书写只是语音的调解,但在德里达看来,语音无法直接表达意识,语音本身就是对意识的调解,书写也是对意识的调解,语音和书写处于同等地位,即语音也包含了书写(调解)的过程,它们都是对思想意识的"元书写"(arche-writing)。德里达进一步提出"文本之外无他物"的观点,即人们都是通过学习、模仿、内化前人留下来的语言系统和文本秩序,从而建构自我认知体系,但这并不是说自我认知体系是一种循环和重复,而是"延异","'延异'蕴含着差异游戏的无限生成运动,将一切静态结构的文本转化为动态生成的文本,从而决裂了自我接近和自我封闭的系统",所以,"延异"包含了矛盾和冲突,超越和颠覆了二元对立,即在冲突中拓展文本的边界,产生多元的意义与价值取向。①

二、互文性之于文艺研究的意义

互文性的意义涉及三个层面,一是文艺研究,二是文艺接受,三是文艺创作。

互文性作为文艺研究的诗学形态方法论,强调文艺研究的科学性,主要由法国学者热拉尔·热奈特(Gerard Genette)提出,热奈特以跨文本性(transtextuality)的概念统摄他的理念,跨文本性即所有使某一文本与其他文本产生明显或潜在关系的因素,"跨文本性超越并包含广义文本性以及其他若干跨文本的关系类型"。② 热奈特区分了五种类型

---

① 汪民安:《文化研究关键词》,江苏人民出版社 2020 年版,第 484-487 页。
② [法]热拉尔·热奈特:《热奈特论文集》,史忠义译,百花文艺出版社 2001 年版,第 68-69 页。

的跨文本性：狭义互文性、副文本性（paratextulity）、元文本性（metatextuality）、超文本性（hypertextuality）和广义文本性。

狭义互文性，主要指"两个或若干个文本之间的互现关系"，即某一文本在另一文本中的实际出现，包括引语、剽窃（抄袭）、寓意（影射）三种形式。引语是直接引用另一文本中的内容，注明或不注明出处。

在王家卫执导的电视剧《繁花》（2023）中，以过场字幕的形式直接引用原著小说中的文字并标明出处；剧中同时也有对其他文本的引用，如爷叔带阿宝去做高订西装时，就用了木心《上海赋·只认衣衫不认人》中的内容：

> 西装第一要讲料作。那时独尊英纺，而且必要纯羊毛，稍有混杂，身价大跌。夏令品类派力斯、凡立丁、雪克斯丁、白哔叽等，冬令品类巧克丁、板丝呢、唐令哥、厚花呢等，春秋品类海力斯、法兰绒、轧别丁、舍维、霍姆斯本、薄花呢等。所谓"英国花呢"，厚薄两型纷繁得热昏。国际最新时装杂志汇集上海，中国缝工无疑世界第一。①

《繁花》剧集中主要以爷叔的台词来表述并在片尾字幕中标明出处，"西装第一要讲料子，一定要英纺，纯羊毛的。夏天派立斯、凡立丁，冬天法兰绒、轧别丁、舍维呢，都要英国花呢的"，以及三件套、两件套、双排扣、夹里的半里全里、贴袋、插袋、垫肩，包括皮鞋、穿衣方式、配饰等都在显示爷叔的阅历与品味。

而早在金宇澄的原著小说中，就有对王家卫执导电影《阿飞正传》的引用：

---

① 木心：《哥伦比亚的倒影》，广西师范大学出版社2006年版，第154页。

独上阁楼,最好是夜里。《阿飞正传》结尾,梁朝伟骑马觅马,英雄暗老,电灯下面数钞票,数清一沓,放进西装内袋,再数一沓,拿出一副扑克牌,捻开细看,再摸出一副。接下来梳头,三七分头,对镜子梳齐,全身笔挺,骨子里疏慢,最后,关灯。否极泰来,这半分钟,是上海味道。①

狭义互文性中的寓意形式(影射),往往在文本中形成跨层和越界叙事,读者或观众常常需要了解另一文本中某个词语或句子的含义,才能体会到此文本中所要表达的深意。在剧集《鹊刀门传奇》(2023)中有赵德柱(宋晓峰饰)与师弟姜玉郎(文松饰)比出身的情节,姜玉郎是名门之后,赵德柱在"认祖归宗"时首先提到"赵本山",是虚构的故事世界对现实世界的越界,并形成喜剧效果。赵本山是西门长海(及西门长在)的扮演者,即郝盟(程野饰)、赵德柱、姜玉郎三人的师傅,现实世界中也是三位徒弟扮演者的师傅。接着赵德柱提到了秦朝权臣赵高,并认为无论好人还是坏人,赵高至少是名人。而这一情节则让观众想到冯小刚执导的微电影广告《跪族》,《跪族》中范伟饰演的暴发户秦总也是要与人比出身,其在寻根问祖的过程中找到了宋代汉奸秦桧。《鹊刀门传奇》和《跪族》是两个不同文本,赵德柱和秦总所表现出的憨直中的无知无畏,令观众捧腹。

跨文本性中的第二种类别是副文本性,是正文与只能称作"副文本"的部分所维持的关系组成,如标题、副标题、互联型标题、前言、跋、告读者、前边的话、插图、插页、磁带、护封、作者亲笔或他人留下的标志等,它们为文本提供了一种变化的氛围、官方或半官方的评论。在阿耐的小说《艰难的制造》中就有作者的话和《中国制造2025》中的文字,以

---

① 金宇澄:《繁花》,人民文学出版社2017年版,扉页。

点明小说主旨：

> 我只想还原这一行躲在犄角旮旯的，极端啰里啰嗦的真相。我只想用小说的形式说真相，仅此而已。
>
> ——阿耐

> 制造业是国民经济的主体，是立国之本、兴国之器、强国之基。十八世纪中叶开启工业文明以来，世界强国的兴衰史和中华民族的奋斗史一再证明，没有强大的制造业，就没有国家和民族的强盛。打造具有国际竞争力的制造业，是我国提升综合国力、保障国家安全、建设世界强国的必由之路。
>
> ——《中国制造2025》

影视作品的"副文本"主要体现在版权方发行的DVD光盘中，这些光盘中除了正片之外，还有制作花絮（纪录片）、创作者的访谈、其他人的评论等。帕特丽夏·品斯特（Patricia Pisters）在她的"神经-影像"研究中参考了《搏击俱乐部》(*Fight Club*, 1999)、《蝴蝶效应》(*The Butterfly Effect*, 2004)、《内陆帝国》(*Inland Empire*, 2006)、《致命魔术》(*The Prestige*, 2006)等影片DVD光盘中的各类"副文本"信息。①

元文本性，是联结一部文本与它所谈论的另一部文本，而不一定引用或借助该文本，热奈特举了一个极端的例子，他认为，黑格尔的《精神现象学》暗示性地影射了法国德尼·狄德罗（Denis Diderot）的小说《拉摩的侄儿》(*Le neveu de Rameau*)。

跨文本性的第四个类别超文本性，是指任何联结文本B（承文本）

---

① Patricia Pisters, *The neuro-image: a Deleuzian film-philosophy of digital screen culture*, Stanford University Press, 2012, p.36.

与先前的另一文本 A(蓝本)的非评论性攀附关系，B 是在 A 的基础上嫁接而成的，所以 B 是对 A 的摹仿。热奈特认为《埃涅阿斯纪》和《尤利西斯》是同一蓝本《奥德赛》的两个程度不同、书名各异的承文本。由此，我们也可以说张艺谋执导的电影《满城尽带黄金甲》(2006)是曹禺话剧《雷雨》的承文本、冯小刚执导的电影《夜宴》(2006)是莎士比亚戏剧《哈姆雷特》的承文本。《满城尽带黄金甲》只是把《雷雨》的故事从民国一个资产阶级家庭搬到了古代的帝王之家，《夜宴》是把欧洲宫廷斗争的故事移译到了中国五代十国时期。

跨文本性的第五种类型即广义文本性，在热奈特看来，具体文本更多是批评的对象，广义文本才是诗学的对象，广义文本可以理解为文本的广义文本性(类似文学的文学性)，即每个具体文本所隶属的全部一般类型或超验类型，如言语类型、陈述方式、文学体裁等。

通过以上内容也能看出，热奈特提到的跨文本性的五种类别之间并非封闭的、相互之间没有交流的，相反，它们之间甚至存在着决定性关系。

三、互文性之于文艺创作的意义

整体而言，改编不是对源文本的复述，而是与之对话；同时，改编也不是一幅靠大量练习得来的简单图画，而是一个涉及文化、意识形态和媒介技术变革的复杂过程。源文本本身就是对已有文化的编织和集成，所以，无论是经典先驱还是改编文本都具有互文性，即这些文本虽然有着不同的文化、时间、空间和媒介特性，但它们在某种基本层面上是相互联系的，每一个文本都以自己的方式推进着对某一文化主题的持续关注，这些故事相互渗透，跨越人工构造的文类区别。所以说，改编"织锦"的过程是丰富而复杂的，它可以被视为一件具有文本间性的作品,其形状会随着一系列影响因素的变化而变化。①

  文艺创作的过程必然涉及互文性,即文本是在相互指涉甚至自我指涉的过程中生成的。首先,文艺创作中的互文性往往表现为引用、借鉴、继承与重组等。"文学离不开互文性,因为,追根究底起来,所有的文本都摆脱不了其他文本的启迪……当代小说家倾向于利用——而非抗拒——互文性,他们随心所欲地'循环使用'古老的神话以及既有的文学作品,为的是让自己能创新地刻画当代生活,焕古喻今。"②在文艺创作中,尤其需要强调艺术家的天赋,"过多的学问会使诗人的敏感性变得迟钝或受到歪曲",但"从来没有任何诗人,或从事任何一门艺术的艺术家,他本人就已具备完整的意义",所以,在"必要的感受能力和必要的懒散不受侵犯的范围内,一个诗人应该知道的东西越多越好",艺术家首先需要一种历史意识,"这种历史意识迫使一个人写作时不仅对他自己一代了若指掌,而且感觉到从荷马开始的全部欧洲文学,以及在这个大范围中他自己国家的全部文学,构成一个同时存在的整体,组成一个同时存在的体系"③。影视艺术是综合艺术,所以其文本间性表现得更为明显,如文学影视改编,电影中的建筑④、音乐⑤、绘画⑥、

---

① [英]伊冯娜·格里格斯:《文学改编指南:改编电影、电视、小说和流行文化中的经典》,阎海英译,中国华侨出版社2021年版,第405-406页。
② [英]戴维·洛奇:《小说的艺术》,卢丽安译,上海译文出版社2010年版,第115页。
③ [英]托·斯·艾略特:《艾略特文学论文集》,李赋宁译,百花洲文艺出版社1994年版,第2-5页。
④ 尚澎:《东方建筑与中国电影的美学建构路径:空间的映射》,《北京电影学院学报》2019年第5期。
⑤ 在诸如《请回答1988》《乔家的儿女》《繁花》等年代剧中,往往使用大量故事发生时期的流行歌曲重塑观众关于特定年代的集体记忆。
⑥ 奥地利导演古斯塔夫·德池(Gustav Deutsch)执导的电影《雪莉:现实的愿景》(*Shirley - Visions of Reality*,2013)还原了美国画家爱德华·霍珀(Edward Hopper)的13幅绘画。

诗歌①(如《长安三万里》)、戏曲、舞蹈甚至电影中的电影,即元电影,如《八部半》(8½,1963)、《法国中尉的女人》(*The French Lieutenant's Woman*,1981)、《扬名立万》(2021)等。影视创作者需要了解经典影视文本的主题、故事、角色等,更需要稔熟影视作品中的类型元素、叙事模式与经典场景。

其次,文艺创作中的互文性还表现为对既有文艺文本的颠覆与超越,如电影《射雕英雄传之东成西就》(1993)、《东邪西毒》(1994)对金庸经典武侠小说《射雕英雄传》的颠覆,电影《大话西游之大圣娶亲》(1995)、《大话西游之月光宝盒》(1995)、《西游降魔篇》(2013)等对古典神话小说《西游记》的超越等。

后现代文化与数字网络传播技术,使叙事话语的越界变得越来越普遍。这种话语也体现在文艺创作的过程中,尤以喜剧最为明显。《鹊刀门传奇》(以下简称《鹊》)就是这样一种典型的跨文本性电视情景剧,该剧属于腾讯视频板凳单元剧集。爱逗传媒编剧工作室用了9个人的编剧团队负责本剧的编剧工作,保证了文本间性的指涉范围。从更大的范围来看,《鹊》是情景剧与武侠剧的结合,采用章回小说的结构,每集都有一个明确的主题。类似的作品有 2006 年尚敬执导、宁财神编剧的《武林外传》(以下简称《武》)。两剧各有千秋,在类型融合与语言表达上《鹊》优于《武》,而在主题表现上后者比前者更有深度,虽然都是后现代无厘头式的喜剧风格,但在《武》中观众可以看到现实生活中的自己,剧中角色对待学习、工作、生活、友情、亲情和爱情的态度真挚而热烈。《鹊》带有鲜明的东北地域特色,有别于纯粹的情景喜剧,《鹊》也试

---

① 在中国传统诗词中,诗人往往利用分割与组合的方式,借由抽象的文字描写具体画面,以形塑人物、风景、情感与意境,这与电影中以镜头为单位进行的场面调度、蒙太奇、声画关系等技巧有着异曲同工之妙。参见王海洲等:《中国电影与文化传统》,中国电影出版社 2022 年版,第 70 页。

图将武侠的传奇性予以视觉化呈现,让观众在获得语言"喜感"的同时,也获得视觉动作的"爽感",武打动作的表现不仅体现在台词上,而且以更为成熟的技术手段得到更具视觉奇观性的展现,升格拍摄、运动摄影、快速剪辑等武打动作片中常用的技巧被应用在情景剧中,体现出一定的创新性。情景剧往往被定义为"罐装笑声",《鹊》在一定程度上突破了"罐子"这一固定的场景限制,从而在美术、摄影、调色等方面有了更大的表现空间。

《鹊》的故事背景是明朝末期,许多武侠和抗倭故事也以此为背景。"侠之大者,为国为民;侠之小者,为友为邻",抗倭本身就是侠之大义。三徒弟姜玉郎的身世多少又能让人想到"新派武侠片"《新龙门客栈》(1992)中的开头情节:明末宦官专权,兵部尚书杨宇轩被奸臣所害,他的一儿一女被邱莫言救走。《鹊》中冷将军(姜玉郎之父)被奸臣所害满门抄斩,这与《新龙门客栈》中杨宇轩的命运是类同的,所幸菜花婆婆救出了冷将军唯一的骨肉,这种忠义本就是武侠故事中惯用的叙事母题,西门长海路见不平、拔刀相助,救下被追杀的菜花婆婆和姜玉郎更是侠义的最佳体现。

《鹊》中的"长白山论剑"是由金庸武侠小说《射雕英雄传》《神雕侠侣》中的"华山论剑"演变而来;倭人武士龟田一郎用到的"影分身术",源自日本动漫《火影忍者》中漩涡鸣人使用的一项技能,这项技能的结印手势成为其代表性动作。龟田一郎这一角色及其使用的武功在"长白山论剑"中出现的作用有三:一是龟田一郎是倭国忍者,所以他会这种技能就显得顺理成章;二是这一技能的出现为西门长海、西门长在这一对双胞胎兄弟同框提供了一种合理的语境,从而避免西门长在替代西门长海鹊刀门掌门身份的事情败露;三则是进一步强调了西门长海的武功高深莫测。

剧中公孙丽蓉演唱的一首歌曲《爱海儿》,字面意思是表达对西门长海的爱意,谐音到东北话中的感叹词"哎嗨",然后在曲调上进一步延伸到赵本山1997年央视春晚的经典小品《红高粱模特队》中的歌曲。

这种文艺创作层面的文本间性,必然与文艺接受相对应,在后现代主义时代,已经没有一个文艺文本可以做到让受众以新奇的目光面对全新的体验,每部作品都是在与其他文本的对照下被解读。

第二节　跨媒体叙事理论

目前关于跨媒体叙事研究主要分为三个方面:玛丽-劳尔·瑞安(Marie-Laure Ryan)等人从跨学科、跨艺术门类的视角更加科学地探究跨媒体叙事理论;以亨利·詹金斯为代表的学者关注的是跨传媒叙事的产业发展层面;东浩纪则从日本"御宅族"这一特有群体出发,在后现代文化与精神分析层面考察了跨媒体叙事现象。

一、跨媒体叙事的基本概念

(一)何为叙事

目前,关于叙事的研究主要从存在、认知、审美、社会学和技术等路径展开。存在进路试图把握叙事的意义,首先,叙事让人类能够应对时间、命运和道德;其次,叙事为个体创立和投射身份;再次,在同样具身化主体栖居的世界里将自己定位为具身化个体。简言之,叙事是为生活赋予意义的一种方式。与此同时,人们还通过叙事探索替代现实的可能性,即将心理视野拓展到现实世界之外的梦境、幻象甚至反事实。认知进路描述叙事思维的运作,将叙事看作人类认知所不可或缺的一种基本思维工具,这一进路认为,留意客体或事件,就是在理顺关于它们的各种因素、建构关于它们的故事。审美进路更加关注文本现象,并认为叙事性、虚构性和审美情趣不可分割。社会学进路将考查焦点从作为文本的叙事转向文本的表演,重点关注叙事发生的语境。技术进路将叙事性与语境乃至其他文本特征分离开来,从文学理论、民间故事、实验心理学、语言学、语篇分析中汲取相关研究成果,并试图建构一种无涉媒介类型的叙事理论。瑞安在此基础之上以三个条件界定了叙事形成的条件:

(1) 叙事文本必须创造一个世界,有人物和物品栖居在这个世界。这一点可以理解为叙事的空间维度。

(2) 文本所指涉的世界必须经历由非习惯性物理事件所引起的状态改变,或是意外,或是蓄意的人类行动。这些变化创造了时间维度,并将叙事世界置于历史流变之中。

(3) 文本必须允许对事件的目标、计划、因果联系、人物心理动机进行重构,并形成情节。

于是,一个文本如果符合以上三个条件就创造了"叙事脚本"(narrative script)。叙事超越了美学和娱乐,未能奏效的甚至失败的叙事也是一种叙事。同时,叙事可以任何媒介客体为基础,只要这些客体的生产意图是在受众心里唤起一个叙事脚本。小说、连环画、戏剧、电影、剧集等自不必说,它们确定为一种叙事;另外,除了现实生活本身,图片、音乐、舞蹈也能够具有叙事性,即唤起叙事脚本的属性,但无须是字面意义上的叙事。

(二) 媒介及其叙事性

人们主要从两个方面来定义媒介:一是传播系统,媒介是传播、信息、娱乐的渠道或系统,如电影、广播、电视、互联网等;二是表现形式,媒介是艺术表达的特质手段或技术手段,如文学、图像、音乐等。整体而言,媒介作为表达手段的比较研究,要远远落后于媒介作为传播渠道的研究。如果从叙事能力方面考察媒介,则会关注媒介能够唤起或讲述什么样的故事、如何呈现故事、为什么传递故事、如何体验故事,以及最为重要的一点:对于不同的媒介如何配置其叙事性。在许多文学批评家看来,叙事是一种超越特定媒介的意义类型,但在实践中,叙事却有一种可选的最佳媒介,那就是语言。所以,小说就成为叙事文本的精髓,这种文类形式多变,不仅包含充满行动的传说,而且还囊括现代主义的心理叙事以及后现代主义的无情节或自反性文本。

媒介重塑感觉的各种形式,所以媒介影响人类感知、思维模式以及行动的规模和形式,进而影响文化生活。在口头/听觉文化时代,人类的所有感官都在接收信息,口头文化无法生成科学抽象的范畴,所以采用故事的形式来存储、组织、传播人们所知晓的知识和事件。在书写/排版文化时代,所有信息都通过线性扫描书本的视觉行为完成,所以印刷文化钟爱逻辑的、抽象的、克制的思想,同时也牺牲了空间感知的、音乐类型的想象力。书写有助于一种全面的情节概览,所以长篇叙事的严密情节是随着书写而到来的,而印刷机的发明则从机械上,也从心理上将语词的空间锁定,由此建立了比书写手稿更牢固的封闭感,印刷技术带来了小说这种艺术形式。

电子媒介技术挑战印刷作为大众传播渠道的至高地位,因为电子媒介向所有感官提供信息,广播、电视成为口头文化的扩散器。1980年代,计算机网络技术开始逐步普及,口头文化与书面文化融合于数字文化之中,精英文化与通俗文化的学术藩篱被打破,不同国家和地区之间有了共通的、高效的交流和对话的媒介基础。瑞安界定了数字媒介的五个基本属性,它们对叙事性产生直接影响:(1)互动性;(2)多媒体对应的多重感知;(3)网络化;(4)易变性,即有别于印刷品的可更改性;(5)模块性,即不同语境中的适配性。从口述到书写,从印刷品到电子媒介,从视听媒体到融合媒体,每一次技术革新都释放了新的叙事能量,开拓了新的叙事可能性。①

按照媒介理论家马歇尔·麦克卢汉(Marshall McLuhan)的说法,旧媒介往往成为新媒介的内容,媒介总是挪用其他媒介的技巧、形式、社会意义,并试图以实在的名义来媲美或改造它们,媒介需要通力合作才能发挥媒介的功能,这就是"再媒介化"(remediation)——一个跨媒介叙事分析中的工具。如电影的场景自由多变,从而矫正了戏剧中的空间限制,这种变化对电影的主题内容及其表现技巧产生了什么影响?当影片为电视或数字网络系统而制作时发生了哪些美学变化?数字媒介语境对电影叙事模式的影响、文学影视改编对文学叙事的影响等?②

二、跨媒体叙事的形成语境

早在1964年,法国叙事学家克劳德·布雷蒙(Claude Bremond)就提出:"(故事)独立于其承载技术。故事可以从一种媒介转移到另一种媒介而不失其本质特征;故事的题材可以服务于关于芭蕾的论述,小说的题材可搬上舞台或银幕,可以用言辞将一部电影复述给没看过的人。这是我们阅读的语词、观看的图像、破译的体态,但通过它们,我们所追踪的是一个故事;而且可以是一个故事。"但媒介的内在属性及其对叙事形式和叙事体验的影响是需要特别予以重视的,不同媒介在传播效率和表达力方面都迥然不同,即媒介的内在属性既开辟了可能又施加了制约,这些可能与制约共同塑造了叙述、文本甚至故事。③ 美国学者亨利·詹金斯较早提出"跨媒体叙事"的概念,跨媒体叙事即横跨多种

---

① [美]玛丽-劳尔·瑞安编:《跨媒介叙事》,张新军等译,四川大学出版社2019年版,第326页。
② [美]玛丽-劳尔·瑞安编:《跨媒介叙事》,张新军等译,四川大学出版社2019年版,第2-26页。
③ 转引自[美]玛丽-劳尔·瑞安:《跨媒介叙事》,张新军等译,四川大学出版社2019年版,第1页。

媒体平台来展现一个复杂世界观中的多个故事,其中每一个新文本都对整个故事做出了独特而有价值的贡献。跨媒体叙事最理想的形式,就是每一种媒体发挥独特优势,各司其职,各尽其责,只有这样,一个故事才能够以电影作为开头,进而通过电视、小说以及连环漫画展开进一步的详述,故事世界可以通过游戏来探索,或者作为一个主题娱乐公园来体验。任何一个产品都是独立的,都可以作为进入整体产品系列的一个切入点。不同媒体类别吸引着不同的用户群体,电影和电视可能拥有多样化程度最高的受众,而连环漫画和游戏的受众面应该是最窄的。一部优秀的系列作品需要根据不同的媒体类别有针对性地设定故事内容,从而吸引多样化的消费者。①

如果以现有"跨媒体叙事"的概念去回溯,这种现象古已有之。中国远古神话、历史故事和民间传说会以小说、绘画、雕塑、戏曲等不同的艺术形式表现出来。而西方中世纪流传的耶稣故事,则可以在彩绘玻璃窗、挂毯、圣歌、布道以及现场表演等人们所处文化的许多表现形式中都能找到。② 在现代时期,随着 15 世纪中叶古登堡(Johannes Gutenberg)的机械印刷术的发明,到 19 世纪中后期以来摄影(1893)、留声机(1877)、电影(1895)、广播(1920)、电视(1936)等媒体的陆续出现,随着记录媒介和传播媒介的多样化发展,跨媒体叙事的现象越来越普遍。但在现代时期,这种跨媒体叙事更多体现在制作机构,而非受众。换句话说,从受众的角度来看,他们是被动接受这种跨媒体叙事,而非主动参与。

按照日本学者东浩纪的研究,真正能够体现出跨媒体叙事特征的,

---

① [美]亨利·詹金斯:《融合文化:新媒体和旧媒体的冲突地带》,杜永明译,商务印书馆 2012 年版,第 156-157 页。
② [美]亨利·詹金斯:《融合文化:新媒体和旧媒体的冲突地带》,杜永明译,商务印书馆 2012 年版,第 189-190 页。

有赖于消费社会语境下受众积极主动的参与。从18世纪到20世纪中期,是人类社会的现代时期,这一时期在思想上以理性为主导、在政治上以国民国家与革命为意识形态、在经济上以促进生产为优先考量,这三个方面整合了社会中的其他系统,从而形成一种"大叙事"(图2-1)。随着人类社会进入后现代时期,就出现了弗朗索瓦·利奥塔(Jean-Francois Lyotard)意义上"大叙事"的凋零与失调,即现代时期建构起的一套价值规范和社会体系面临崩溃,于是人们开始选择虚构世界的故事消费(图2-2),其后又转变到资料库消费模式,受众主动对资料

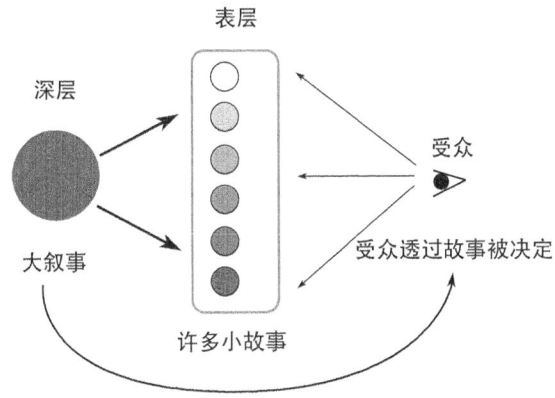

图2-1 现代社会的世界图像(树状图模式)

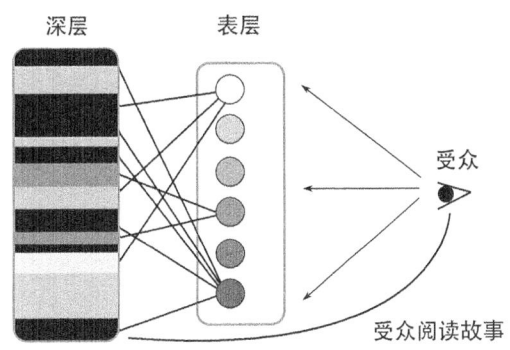

图2-2 后现代的社会图像(资料库模式)

库中的各类元素扩充、变形与重组。在此基础之上,作者与读者的界限变得愈发模糊,这种现象在某种程度上印证了巴特所谓的"作者之死",由此形成后现代社会中的参与式文化,在文化样态变化的过程中,传媒技术也发挥重要作用,个人电脑(PC)、智能移动终端和数字网络传播技术的发展与普及,使媒体融合成为可能,也使参与式文化更加成熟。①

在参与式文化环境中,一个成功的故事产品变成一个文化吸引器和文化催化器,故事的消费成为一个集体智慧时代的娱乐活动,作者与读者、制作人与观众、创作者与解释者之间的区别特征将渐趋交融,进而形成一个表达的"环路",每一名参与者都努力支持其他人的行动。粉丝们时而争先恐后地寻找线索,时而茫然、迷惑,他们从剧院、电影院、电视机前转移到互联网社交媒体的讨论组中,仔细剖析研究某一文化产品中的每一个细节,并就每一种可能的解释展开论辩,他们的思维在文本与文本之间、在虚构与现实之间不断横跳,像超文本链接中随时跳转的热点区域。这样的故事产品需要满足两个条件:第一,这个作品必须拥有一个高度完备的世界,这样它的粉丝就能像是在私人小圈子里一样随意引用人物和场景;第二,作品尽可能是百科全书式的,要包含可供痴迷其中的消费者钻研、掌握和实践的丰富信息内容。文艺文本中层层环套的资料线索刺激和增强了受众的"认知癖"(epistemophilia),只有把来自多种渠道获得的信息进行汇总分析后,才能获得全面理解。故此,文艺文本中大量暗示性信息的设计,使某一位消费者想要完全掌握全部作品系列几乎成了不可能的事情,所以粉丝们在网络社交媒体

---

① [日]东浩纪:《动物化的后现代——御宅族如何影响日本社会》,褚炫初译,大鸿艺术出版社 2012 年版,第 48—55 页。

中的讨论成为必然。①

不可否认的是,"跨媒体叙事背后有着强烈的经济动机,媒体融合使内容横跨多种媒体平台传播流动成为不可避免"。但从另一方面来看,一部电影、一部电视剧、一本小说、一款电子游戏或许并不能完全表达作者想要表达的内容,"叙事日益成为一种构筑世界的艺术,艺术家们创造出引人入胜的故事环境,其中包括的内容不可能被彻底发掘出来,或者不可能在一部作品甚至单一媒介中被研究穷尽"。于是,作者和读者都开始有意创造"语境工具"——那些能够使故事世界更加丰满、翔实的时间线、人物关系图、地图等,这类工具可以使观众能够把握稠密的心理和文化空间,电影《流浪地球2》就创制了故事世界从1977年至2075年的"编年史"②。任何一个文艺文本往往是利用已有的、相互交织的文本来创造一个情感更丰富、伦理道德更复杂的故事世界,这其中特别会牵涉到某一民族在长久时间里形成的神话传说、民间故事、传统思想和文化精神,这些作品以全新的方式把这些文化碎片汇集到一起,把消费者引导到那些经典文本上,客观上也起到了保护文化传统的作用。一个文本无法单独地存在,从某种意义上来看,任何一个文本都是一个超文本,它总是指向多个已有文本,这种依靠多种文本形成的"附加性理解",使过去鲜活地呈现在读者面前,亨利·詹金斯将这种状况定义为跨媒体叙事的推动力,并认为它居于融合文化的核心。③

三、跨媒体叙事语境下的文学影视改编

截至目前,有必要对文学影视改编研究的理论发展加以梳理。早

---

① [美]亨利·詹金斯:《融合文化:新媒体和旧媒体的冲突地带》,杜永明译,商务印书馆2012年版,第155-163页。
② 朔方等:《流浪地球2电影制作手记》,中信出版社2023年版,第458-466页。
③ [美]亨利·詹金斯:《融合文化:新媒体和旧媒体的冲突地带》,杜永明译,商务印书馆2012年版,第168-205页。

期的改编研究主要围绕影视对文学的"忠实性"问题展开。1957年,美国学者乔治·布鲁斯东出版专著《从小说到电影》(*Novels into Film*),布鲁斯东认为,小说和电影是两种不同的媒介,代表了不同的审美范畴,从小说到电影,改编的过程中必然伴随了改变。1970年代,杰弗里·瓦格纳(Geoffrey Wagner)按照"忠实"程度,将改编影视作品划分为三种类型:一是移植式,影视作品是对原著的视听转移,不作大的改动;二是注释式,即对原著作有针对性地、有限地改动;三是近似式,即影视作品与原著有了相当大的差异,以至于形成了另一个艺术品,这种情况可见姜文导演的《太阳照常升起》(2007)、《让子弹飞》(2010)、《邪不压正》(2018)等电影对其原著小说的魔改。既然谈论改编,就不得不涉及两个文本的对比,所以从20世纪70年代到20世纪90年代,对改编问题的研究盛行的是比较法,在这一过程中,原著小说作为源文本,往往享有特权地位。20世纪90年代末期以来,评论界不再将陈腐的"忠实性"问题作为改编研究中的核心问题,并开始有意识地思考在文本改编过程中起作用的社会文化和工业技术的影响力问题。改编电影首先应该是电影,而非仅仅作为原著小说的附属物,电影在其生产年代、传播地域的经济、科技、工业和文化背景等被纳入改编研究的视野之中。叙事以不同的媒介形态循环再生,贯穿于人类文化的发展进程之中,改编者的创作意图、文本的表述和接受方式、文本产出年代的社会氛围等因素,都有可能在某些方面对源叙事文本进行重塑。①

1992年,张艺谋执导的电影《秋菊打官司》获得第49届威尼斯国际电影节最佳故事片金狮奖、第13届中国电影金鸡奖最佳影片奖等,该片根据陈源斌的中篇小说《万家诉讼》改编,讲述农村妇女秋菊为被

---

① [英]伊冯娜·格里格斯:《文学改编指南:改编电影、电视、小说和流行文化中的经典》,阎海英译,中国华侨出版社2021年版,第4—8页。

人打伤的丈夫"讨个说法""扳平个理"的故事。在共 34 页的原著小说中,"说法"一词出现了近 10 次。陈源斌的原著小说创作于 1991 年,本就是一个乡村普法的应景故事,1989 年 4 月 4 日,第七届全国人民代表大会第二次会议通过了《中华人民共和国行政诉讼法》,该法的主要目的是"为保证人民法院公正、及时审理行政案件,解决行政争议,保护公民、法人和其他组织的合法权益,监督行政机关依法行使职权"。原著中的故事发生在苏皖交界的乡村,女主人公何碧秋的丈夫被村长打伤,因为"上面"布置各家各户成片地种油菜,只有何碧秋家种的是小麦,在何碧秋看来,种小麦更"划算",况且,"我家夹在中间的三亩三分地,头年种过一季油(菜),依理得换茬"。村长说:"百十亩菜夹他家一块小麦,看着像头上的疤痢。验收组下来,还没进村,看见这种场景,把分扣了,打个不及格,还限期改进。我要他补栽油菜,说了一遍,两遍,三遍,不听!用嘴不行了,不用脚用甚?"于是,村长在双方争执中踢伤了何碧秋的丈夫。何碧秋因为不满意各级主管部门的处理结果,从乡里、县里一直告状到市里,就为讨个说法。最后因为新的验伤结果出来,村长被公安拷走了,这反而引起何碧秋的内疚和不安,"我上告他,不过是想扳平个理,并没要送他去坐牢呀"。何碧秋后来发现,"上面"之所以要求成片种油菜,并不是拍脑门决定的,乡农技员说集中种油菜或种小麦是有科学依据的,最后,何碧秋家的小麦得了黑穗病,减了产。①

所以归根结底,在这个小村庄里之所以发生"刑事案件",是因为村长做事方式方法过于简单粗暴,如果早先能把问题讲清楚,也就不会发生后续的一系列事件。范元执导的电影《被告山杠爷》(1994)中,也有类似的角色、情节和主题。在电影《秋菊打官司》中,张艺谋将故事发生

---

① 陈源斌:《陈源斌小说代表作》,漓江出版社 1997 年版,第 387—420 页。

的地点改到了自己熟悉的西北地区,片中除了涉及"行政诉讼法",还专门强调了1987年1月1日起施行的新的《中华人民共和国治安管理处罚条例》。女主人公的名字从略带文艺色彩的"何碧秋"改为彼时更具乡土气息的"秋菊",原著中孑然一身上路告状的女主人公在电影中被改为孕妇,主要突出了秋菊倔强的个性和告状路上的艰辛与不易,更为后面秋菊生产时难产埋下伏笔,在秋菊难产被送医的过程中,村长帮了大忙,从这个层面上讲,村长又成了秋菊母子的救命恩人。所以后面村长被警察带走时,更加重了秋菊内心的愧疚;同时,电影中也增添了小说中不曾提及的"计划生育"问题,村长之所以一时气急踢了秋菊的丈夫,是因为秋菊的丈夫咒骂村长断子绝孙,村长生养了四个孩子,而且都是女孩,其时的农村重男轻女现象较之城市更加严重,村长一心想要生个儿子,但因为"计划生育"政策只得作罢,这多少成了村长的心结。中国乡村中的大多数人都是质朴和善良的,之所以引发矛盾往往是因为一时的冲动和面子问题,这从乡派出所李公安初次调节此事时的暧昧态度可见一斑。

在中国传统社会中,有"皇权不下县,县下惟宗族"的说法,封建朝廷"派遣的官员到知县为止,不再下去了。自上而下的单轨只筑到县衙门就停了,并不到每家人家大门前或大门之内的"①。所以,长久以来中国的乡村形成了"乡约"自治的传统,而这种生态就形成了传统的"礼俗社会",与现代国家意义上的"法理社会"相悖。冯小刚2016年根据刘震云同名小说改编的电影《我不是潘金莲》,也是讲述乡村妇女逐级告状的故事,电影在视觉上对代表传统礼俗的"规"与代表现代法理的"矩"做了区分,涉及礼俗的场景采用圆形画幅来展现,强调法理的场景则用方形画幅来展现,几次画幅之间的转换也独具匠心、设计巧妙,在

---

① 费孝通:《乡土中国》,上海人民出版社2013年版,第279页。

《魔境仙踪》(Oz the Great and Powerful, 2013)、《妈咪》(Mommy, 2014)、《布达佩斯大饭店》(The Grand Budapest Hotel, 2014)、《山河故人》(2015)、《西部世界》(West World, 2016—2022)、《瞬息全宇宙》(Everything Everywhere All at Once, 2022)等作品中也利用画幅的变化来进行表意。

中华人民共和国成立以来,党和政府力图建设现代化的法治国家,在这一过程中必然与传统规约产生龃龉甚至冲突,如何直面问题,更好地解决其中的矛盾,是相关题材电影带给观众的深层次思考。2012年党的十八大以来,在党中央的领导下,依法治国全面推进,法治建设取得了前所未有的辉煌成就,奠定了新时代深化依法治国实践的扎实基础,为人类法治文明的发展贡献了中国经验。与此同时,解决好"三农"问题始终作为全党工作的重中之重,乡村振兴、新型城镇化、国家粮食安全、"两山"理论、农村贫困人口脱贫、创新乡村治理等工作有序开展,并取得伟大成就。在此语境之下,影视作品也与人民同频、与时代共振。2022年,导演郑晓龙将陈源斌的《万家诉讼》改编为40集电视连续剧《幸福到万家》,故事发生的地点仍在皖南,时间则从1991年移到了当下,女主人公的名字由何碧秋改为何幸福,故事内容大幅扩容。如果说篇幅受限的电影《秋菊打官司》以现实主义手法更多引发了观众的思考,电视剧则依托时长优势试图给出解决现实矛盾的"建设性方案",体现出文艺作品"镜与灯"的隐喻。《幸福到万家》不仅关注乡村法治建设,更将社会热点议题、乡村经济建设、生态文明、精神文明、个体奋斗、思想进步与时代发展等作为情节动力,"细腻鲜活地反映出当下农民的生存状态,也揭示出平凡生活中的美好与希望"。[1]

---

[1] 牛梦迪、郑雪如:《〈幸福到万家〉:乡村振兴的新样式》,《光明日报》2022年7月26日第9版。

第三节　影视改编理论基础

对文学原著进行影视改编的过程中,首先需要进行思维的转换,即用影视思维来进行思考,这种思维方式的转变,不仅体现在影视作品的拍摄、编辑、配音、拟音、混音、合成与调色阶段,也体现在创意、构思和编剧阶段。

一、数据库思维：从故事到故事世界

在对一部文学作品进行影视改编的过程中,必须对原著进行精读与细读。读完一部小说,首先,需要明白它讲了一个什么样的故事,如果连基本的故事情节都没弄明白,就很难再谈它要表达的主题与哲思等更深层次的问题了。其次,要厘清这个故事中出现了哪些人物,他们分别有什么性格特点、兴趣爱好,不同的人物在这个故事中表现出什么样的功能等问题。再次,除了小说中重点表现的人物、有意突出的主要故事情节之外,那些次要人物、一笔带过的场景描述或情节,需不需要在影视作品中予以调整、合并或增减,从而更有利于作品中思想性、艺术性和观赏性的融合统一。最后,需要明确国内外不同历史阶段同题材、同类型的相关作品与该作品的异同。对于一个叙事作品而言,人们经常争论的一个问题是,人物重要还是故事重要。在当前的语境中,我们可以说,人物和故事对于一个叙事作品而言都很重要,但更重要的是,对于一个有意进行跨媒介叙事的作品而言,建构一个成功的故事世界变得越来越重要。

经典的结构主义叙事学将文本看作一个封闭的框架来考察叙事问题,戴维·赫尔曼(David Herman)在其著作《故事逻辑》中体现了他更

新经典叙事学的一贯主张,在他看来,"故事世界"是故事和话语概念的综合,读者在叙事理解的过程中,需要在记忆中建构一个关于故事情境的心理模型,并以此为基础来合理化角色行为和情节发展,从而增强对故事主题的理解。

客观而言,任何一部文艺文本所能承载的内容是有限的,换句话说,一部文艺作品没有必要事无巨细地展现所有细节。故事世界的本体论特征可以从五个方面进行刻画:(1)认知有限性,即文本中的故事世界注定是不完整的,如我们永远不可能知道"麦克白夫人有多少个孩子"或"包法利夫人左肩上是否有胎记"等。(2)认知聚焦性,故事世界虽然存在认知有限性,但因聚焦时空或心理世界的某一片段获得了认知强度,通过信息筛选或陌生化手法让我们获得对生活经验的某种洞见或从他者的角度重新审视世界。(3)语义密度,即故事世界的信息量或细节密度。(4)系统嵌套,故事世界中可能还会嵌套另外的故事世界,通过特定命题可以判断故事世界的真伪,即当前世界是一个叙述事实还是人物臆想。如在美国作家亨利·詹姆斯(Henry James)的小说《螺丝在拧紧》(*The Turn of the Screw*)中涉及的元叙事和不可靠叙事等。(5)不可能性,即故事世界可以是逻辑意义上不可能存在的世界。①

东浩纪和亨利·詹金斯等学者都认为,在后现代融合文化的语境中,无论是文本创作还是文本消费,人们越来越注重文艺文本中的故事世界。某一特定文本无法穷尽故事世界中的所有元素,但对于创作者来说,故事世界的建构变得越来越重要,它在故事文本创作、跨媒体叙事、续集制作中发挥重要作用。《唐人街探案》故事初创时,编剧团队就撰写了10万字的人物小传,人物在电影故事之外亦有相对明确的成长

---

① 张新军:《可能世界叙事学的理论模型》,《国外文学》2010年第1期。

经历与性格特征,故事主人公唐仁使用的功夫"莫家拳"符合人物成长环境和性格设定,诸如此类的元素,为"唐人街探案"后续的系列电影和衍生剧创作奠定了基础,在《唐人街探案2》中唐仁的师傅莫友乾这一新的角色出现时,也就显得顺理成章。陈思诚同时强调电影编导创作过程中文学素养的重要性,《唐人街探案》虽为原创故事,但也借鉴了文学经典、推理小说和其他悬疑电影的优秀技法。[1]

故事世界的设定对于奇幻、科幻类故事就变得更加必要。2019年,电影《流浪地球》上映半年后,主创人员做了一次市场调研,观众的反馈意见为《流浪地球2》的剧本创作提出了新的要求,导演郭帆要求编剧团队回到刘慈欣原著小说的文本世界里,想要呈现可信的"流浪地球世界",需要扎根于小说中的细节,世界观文本的编撰,就是要明确阐释这个世界最根本的原则,"流浪地球世界"才能够由此自洽生长。在小说中,某一场景没有必要面面俱到,但在电影中,场景中可视范围的内容都要编剧、美术、置景等部门协调完成,有人拿起一部手机,手机上面的新闻、聊天记录等,只要是显示出来的东西都得有具体内容,这个具体内容就要基于世界观提供的基本原则来编撰和设计,所以,电影故事世界的设定,即"世界观",就显得非常重要了。《流浪地球2》在故事创作之前,已经形成了十几万字的世界观说明文件。[2]

二、视听思维:从理解到感知

从文学到影视作品的改编,绝不是彗氾画涂,也不仅仅是单纯在角色设定、故事情节、叙事结构等层面进行调整。日本学者岩崎昶认为,"电影和文学这两种艺术的不同点在于,前者是通过观念描写出来的形

---

[1] 陈思诚、李金秋、冯斯亮:《"我一直想拍一部侦探电影"——〈唐人街·探案〉导演陈思诚访谈》,《当代电影》2016年第2期。

[2] 朔方等:《流浪地球2电影制作手记》,中信出版社2023年版,第16-17页。

象,然后作用于人的心灵的艺术,后者首先依靠形象的不断出现,然后构成观念的艺术。作为文学的手段的语言和文字,对我们的心理起一种抽象的作用,而电影则直接地作用于我们的感官。这两种艺术都有各自不同的特性,同时,也都有长处和短处。它们的不同在于一种是通过心灵到达形象的艺术,一种是通过形象打动心灵的艺术"①。文学是用语言来塑造人物形象、反映心理状态、记叙事件和展现场景的,电影则是以视听形象为主体的艺术。文学改编影视剧的过程中,非常重要的一点是将文学作品中的语言思维转换成影视作品中的视听思维,将抽象的文字语言替换为具象的视听元素,文学中的叙述主要依靠"讲述"(复述)的方式进行,文学作品中也可以采用直引的方式展现对话,但这种对话只留下了内容,一定程度上损失了语气和语调;影视作品中的叙述则主要以"呈示"(复现)的方式进行,尽可能保留了事件的原貌。文学作品的接受首先需要理解能力,将文字编码进行解码,再由大脑对文学内容的理解、对文学语言形式的审美转换,进而引发情感的触动,或被感动到潸然泪下,或被气恨到义愤填膺,印刷品中的语言文字很少在视觉意义引发读者的情动。影视作品中的画面和声音直接作用于观众的视觉和听觉,所以会更加凸显观众的感知与体验,较之文学作品中的语言文字,视听元素往往可以直接引发观众的情动,从修辞层面来看,影像的色彩、光影、构图、视角、运动、景深等元素不必具体表述,而是依靠观众的感知实现传情达意。所以,贝拉·巴拉兹(Béla Balázs)才会说:"好莱坞发明了一种新艺术,它根本不考虑艺术作品具有自足结构的原则,它不仅消除了观众与艺术作品之间的距离,并且还有意识地在观众头脑里创造一种幻觉,使他们感到仿佛亲身参与了电影的虚

---

① 转引自张宗伟:《中外文学名著的影视改编》,中国广播电视出版社 2002 年版,第 66 - 67 页。

幻空间里所发生的剧情。"①

电影可以采用倒放甚至更加复杂的形式表现逆时空世界,如克里斯托弗·诺兰(Christopher Nolan)执导的影片《信条》(*Tenet*,2020);小说中也可以表现这种时空观,如菲利普·迪克的《逆时钟世界》②,小说中不太可能大面积采用文字倒置排版的方式书写或印制。回文语法主要应用在篇幅短小的诗歌、谚语之中,较少运用在动作或事件的描述中。

张艺谋执导的多部优秀影片改编自小说,他在改编的过程中,充分发挥了电影导演的视听想象力,保留原著精神内核的同时,也使电影在视听形式层面得到较好表现。《活着》(1994)改编自余华的同名小说,福贵因为要养活一家老小,去找龙二帮忙,小说中龙二租给福贵几亩田地;在电影中,龙二将自己早先的家当——皮影戏借给了福贵。皮影戏是一种民间传统艺术形式,非常适合在电影中展现,皮影在电影中不是一个陈设道具,仅用于增加场景的真实性,它是一个戏用道具,是贯穿影片始终的重要情节线索,强烈暗示了福贵个人命运的发展变化。福贵就像命运被别人捏在手里调动拿捏的皮影一样,被龙二骗光家产、被国民党反动派抓了壮丁……影片依据时间顺序采用正叙结构,皮影戏一方面推动情节发展,另一方面在影像上前后照应,它默默见证了几十年时代变迁与主人公福贵人生的重大转折,隐喻了普通人在波谲云诡的时代洪流中如皮影般无法掌控自己的命运这一沉痛主题。③

在原著小说《万家诉讼》中,何碧秋卖了自家养的两头猪作为告状

---

① [匈]巴拉兹·贝拉:《电影美学》,何力译,中国电影出版社 2003 年版,第 39 页。
② 该书英文原版初版于 1967 年,中文版参见[美]菲利普·迪克:《逆时钟世界》,李懿译,四川科学技术出版社 2022 年版。
③ 傅修海:《影视改编与文学经典的传播》,广东高等教育出版社 2021 年版,第 110-112 页。

路上的盘缠,在电影《秋菊打官司》中,种辣椒是秋菊家的营生,她丈夫与村长发生冲突也是因为在耕地上盖辣椒楼,秋菊到县里、市里告状的"经费"是售卖一车又一车辣椒换来的。红色是导演张艺谋个人非常偏爱的一种颜色,这直接体现在他的电影作品中,如《红高粱》《大红灯笼高高挂》《我的父亲母亲》等,红色要么是影片的色彩基调,要么成为主要角色的造型元素。《秋菊打官司》中火红的辣椒为西北的冬日增添了一抹鲜艳的色彩,也与秋菊的红棉袄、红棉鞋相呼应,更暗喻了其倔强热辣的性格。作曲家赵季平为电影创作了包括《秦陵组曲》在内的多首极富西北地域特色的原声音乐,地方戏曲、民俗等在电影中也得到表现,对中华优秀传统文化的传承与传播发挥重要作用。

影视艺术发展的历史很大程度上依托视听技术的变革,技术的进步主要目的在于促进视觉与听觉的感知与体验,从低分辨率到高分辨率,从黑白到彩色,从二维影像到三维影像、VR影像,从无声到有声,都在增强观众的临场沉浸感。在这一过程中,创作者也在不断拓展影视艺术叙事与表意的多种可能性。影视作品中的声音主要分为三类:语音、音乐和音响。语音即台词,有对白、独白和旁白三类。对白是演员之间的对话,主要功能是交待剧情、塑造人物形象或传达台词之外的丰富内涵。旁白是以局外人的身份和一种纯客观的态度来说话,有了一层理智、冷静的色彩,如电视剧《潜伏》(2008)、《人民的名义》(2017)中的旁白。独白是人物内心思想、情感的一种外化表现形式,所要传达的是人物对外部世界的一种心理体验。一部影视作品中的台词设计能够很好地反映一名导演的艺术风格,如王家卫导演电影中的那些台词总是让观众印象深刻。

一九六〇年四月十六日下午三时之前的一分钟,你跟我在一起,因为你我会记得那一分钟。由现在开始我们就是一分钟的朋友,这是一个事实,你不容否认的,因为已经过去了。

——《阿飞正传》(1990)

我们最接近的时候,我跟她的距离只有0.01公分,57个小时之后,我爱上了这个女人。

——《重庆森林》(1994)

音乐是影视作品中重要的表意元素,音乐的作用主要表现在以下几个方面:(1)表达那种用语言和行动都无法表达的情感,创造出一种令人心动的情绪氛围。(2)表现民族特征和地方文化特色。(3)表达特定的时代感,以唤起观众关于某一年代的集体记忆。(4)直接参与故事情节,如歌舞片、戏曲片等。(5)奠定整部作品的主题基调。影视作品中的音乐一般会专门聘请音乐家参与创作,从而成就了一些在影视配乐领域的著名音乐家。如赵季平参与了《黄土地》《红高粱》《菊豆》《秋菊打官司》《霸王别姬》《活着》《大话西游》《水浒传》《大宅门》《白鹿原》等多部优秀影视作品的音乐创作;日本的久石让与导演宫崎骏多次合作参与其执导的动画片的音乐创作;另外还有中国香港的胡伟立、德国的汉斯·季默(Hans Zimmer)等。

音响是在电影时空关系中所出现的自然界和人造环境中所有声音的统称,主要分为动作音响、自然音响、背景音响、机械音响、特殊音响(如主观音响等)。音响的功能主要表现在五个方面:(1)增强环境的真实性。(2)渲染场景的氛围。(3)表现人物的心境。(4)拓展可见的屏幕空间。(5)直接参与叙事。

最后,噪声或静默也是影视作品中非常重要的一种声音效果,表现静默是有声片最独特的戏剧效果之一。"沉默,升格为一种具有积极意义的表现,作为死亡、缺席、危险、不安和孤独的象征,沉默能发挥巨大的戏剧作用",默片使沉默变成戏,有声片给沉默带来了话语。①

三、蒙太奇思维:从时间到空间

蒙太奇一词源于法语"montage",原是建筑行业构成和装配的意思,借用到电影艺术中有组接、构成之意。蒙太奇的完整概念,包括三层意思:第一,作为电影艺术创作的思维、方法和原理;第二,作为电影的基本结构手段和叙述方式,即分镜、场面、段落的安排与组合;第三,作为电影剪辑中的具体技巧和技法。

按照一般的理解,蒙太奇是镜头与镜头之间的组接关系,即蒙太奇的思维、原理、方法,主要涉及影视作品创作中的后期剪辑环节。但总体来看,蒙太奇思维贯穿整个作品的创作始终。首先,蒙太奇思维是导演对影视作品结构的总体安排,包括作品的叙述方式(顺叙、倒叙、插叙、分叙等)、叙述角度(主观叙述、客观叙述、主客观交替叙述或主客观叠合叙述等)、时空组合方式、场景段落的布局等。

大多数影视作品的总体结构采用先因后果的顺叙方式,以方便观众的理解。也有一些作品运用倒叙的方式结构全片,如奥德里奇·利普斯基(Oldrich Lipsky)编导的《快乐的结局》(*Stastny konec*,1967)、由哈罗德·品特(Harold Pinter)同名戏剧改编的《背叛》(*Betrayal*,1983)、简·坎皮恩(Jane Campion)的《两个朋友》(*Two Friends*,1986)、李沧东的《薄荷糖》(박하사탕,2000)、克里斯托弗·诺兰的《记忆碎片》(*Memento*,2000)、加斯帕·诺(Gaspar Noé)的《不可撤销》(*Irréversible*,2002)等。②

在叙述视角的选择上,绝大多数影视作品以客观视角为主、主客观

---

① [法]马赛尔·马尔丹:《电影语言》,何振淦译,中国电影出版社2006年版,第101-102页。
② 杨鹏鑫:《逆向叙事电影:形态建构与美学意味》,《电影艺术》2019年第4期。

交替的方式展开叙述,也有一些作品完全采用主观视角进行叙述,如《湖上艳尸》(Lady in the Lake,1947),除此之外,还有一些实验短片或广告采用这种看起来有些极端的纯主观叙述视角。随着数字技术的发展,新的艺术表现形式不断涌现,就像早期电影与文学、戏剧等艺术形式产生互文关系一样,数字媒体艺术与影视艺术之间也在相互影响、彼此促进。就叙述视角而言,电子游戏中虽然设置有不同的视角可供用户自由选择,但用户主要选取主观视角参与游戏,以获得更强的沉浸感,影游融合的背景强化了主观视角在影视作品中的应用范围。VR影像中更多采用一种主观视角与客观视角叠合的方式,伴随主人公完成相应的行动,如由林诣彬(Justin Lin)执导的 VR 短片《救援》(Help,2015)。在桌面电影中,视角问题被进一步融合化处理,桌面犹如镜面,用户看向桌面就如同照镜子一样看到自己的样貌和行动;桌面亦是"窗户",用户可以借助监控摄像头和相应的应用程序(APP)看到自己不同角度的影像,如《蜻蜓之眼》(2018)、《网络谜踪》系列电影等。

镜头内部蒙太奇强调演员调度、镜头运动、镜头焦点的变化,也包括光影、色彩、构图等元素。爱森斯坦也承认,故意使用蒙太奇技巧来操纵观众是不恰当且不道德的。但为了获取"真实"(reality),必须摒弃"写实主义"(realism)的手法,要将事件进行分解,再根据"真实的原则"(reality principle)进行重构。爱森斯坦意义上的蒙太奇要控制电影中所有可能表意的元素,而这些元素运用的限度是不能让观众出戏,不能有过犹不及,不能超出观众的情感接受范围。布景和道具不应该只是台词的陪衬,而应该像台词一样独立发挥作用,甚至和台词进行互动,灯光、舞台场景设计、服装等也是如此。所有元素应当平等共存,臻于和谐,而不用划分优劣等级。从这里可以看出,即使在戏剧里,爱森斯坦也在尝试将现实切割成不同的素材,以便导演进行重组。在爱森斯坦看来,色彩的意义,就像其他所有事物的意义那样,来自相互关联的其他事物,只有在一个包含其他色彩和符号的系统内,某一颜色才能产生特殊意义。所以,爱森斯坦与先锋派及早期电影理论家所不同的一点是,他也把电影看作一门独立的艺术,但他不拒绝电影表现技巧上的任何可能性,相反,他要充分利用这些元素,"灯光、配乐、表演、剧情,甚至字幕都必须相互关联,这样电影就能从一切为叙事服务的粗糙写实主义中解脱出来了"。如果不同的元素同时被组合起来,就可能出现通感或多种感觉体验,从而使观众感同身受,引发共鸣。让·维果(Jean Vigo)的优秀影片《亚特兰大号》(*L'Atalante*,1934)中有这样一个场景:新婚之夜后新娘从船舱里出来,接下来的事情都是同时出现的,镜头由远景到特写,耀眼的阳光照在新娘脸上,她露出令人心醉神迷的笑容,水手开始拉手风琴小夜曲。这里的四种元素结合起来,使观众产生通感,我们可以看到、听到、感觉到甚至闻到那一刻的清新。①

不同于传统电影中的时间蒙太奇,空间蒙太奇以空间序列的模式取代传统的时间序列,强调影视作品叙事空间之间的关系。不同题材、类型的影视作品会有不同的空间选取偏向,从大的方面来看,西部片的空间主要表现在西部荒漠,黑帮片和小妞电影的空间倾向于都市空间;从微观方面来看,惊悚片中的古宅、寻宝题材故事中的古墓等,往往形成此类影视作品中的主要叙事空间。一些满足"三一律"结构的作品则会将主要故事情节集中于某一特定的空间内,如《十二怒汉》(12 *Angry Men*,1957)、《恐怖直播》(더 테러 라이브,2013)、《隧道》(터널,2016)等。电视情景剧往往篇幅较长,但也会把所有故事情节放置在几个主要空间之内。在文学影视改编的过程中,编剧、导演、美术、摄影等主创人员会对故事中的叙事空间进行修改或调整,一方面在堪

---

① [美]达德利·安德鲁:《经典电影理论导论》,李伟峰译,世界图书出版公司2013年版,第31-60页。

景过程中考虑场景的实际情况,另一方面会注重场景的表意功能。在小说《开端》中,男女主人公第一次讨论"循环"是在超市服装区的试衣间,而在剧集中,这一场景被换到了厦门美峰体育公园附件的一座天桥上,两相比较,小说中的场景可能更符合现实情况,剧集中的场景空间选择在视觉上更加符合故事的"奇幻"感。除此之外,厦门的"海沧大桥""杏林大桥""华美文创空间蝴蝶阶梯""锅炉咖啡店""第七体育公园""山海健康步道回转登山楼梯"等空间组合,一方面营造出异次元的视觉空间,另一方面也与该剧游戏化的莫比乌斯循环叙事模式形成呼应。

第三章 文学影视改编的思路与原则

文学与影视作为两种息息相关的艺术媒介,各自具有独特的表达方式与艺术倾向。文学艺术往往通过细腻的语言描绘出栩栩如生的想象世界,影视艺术则注重发挥视听的作用,借助影像、声音、剪辑等多种手段直接塑造出可观、可感的影视空间,为受众带来更为直观的感官体验。文学影视改编的过程,也即将语言媒介转化为视听媒介的过程,亦是基于某一特定作品的"有意味的形式"被模仿、变化乃至颠覆的过程。因此,改编创作者在为同一文本运用不同媒介特性以及赋予新的艺术特点时,对原著深刻透彻的理解尤为重要,这不仅包含对原著主题和思想的敏锐洞察,还包括对叙事结构、人物动机和情节设置的全面掌握,以及影视作品相较于文学作品的叙事节奏把控等。在此基础上,改编创作者得以在不同媒介中保持作品的内在完整性和连贯性,从而发挥文学影视改编的艺术创造力。

一方面,改编创作者在转换媒介的过程中,应当把握原著的叙事重点与思想深度所在,还原其独特的艺术风格与魅力。另一方面,在尊重原著的基础上,应当取其精华弃其糟粕,对原著内容进行删改调整。同时,为了增强影视作品的视听感受,改编创作者可以在原有情节叙事之上创造新的人物、线索与情节等,以期适应影视媒介的艺术表达与欣赏习惯。这一过程既要求改编创作者审慎判断、忠实原著,也需要充分发挥改编创作的主观能动性,在原著的基础上进行艺术创新。

第一节　如何看待原著精神

随着技术进步与媒介形式的多样化发展,当代社会媒介环境与媒介文化也在逐渐发生变化。影视文学改编作品以其独特的方式对原著进行再现与解读,或是使经典文学作品焕发出新的时代光芒,或是使受到读者广泛欢迎的通俗小说被更广泛地传播与欣赏。改编的意义不仅在于艺术创作实践本身,同样也关涉到文本生命力的延续。而在改编过程中,创作者必然面临着平衡忠实性与改编自由,作者性与观众解读,乃至作品传播与版权保护等一系列与作品相关或超越作品本体的复杂问题。然而,这些问题往往没有唯一性答案,需要根据具体情况进行权衡和判断。

探讨原著在改编过程中的变与不变,尤其是原著作品在跨越不同媒介和文化界限时如何保持核心价值,对于影视文学改编创作具有积极意义。究竟什么构成了原著精神,原著精神的重要性几何,原著精神又是如何体现在改编作品中,以及如何保持和理解原著精神等,成为亟待思索的问题。在探讨过程中,应当回顾改编研究的历史轨迹,寻找文学影视改编作品随着时代变迁和媒介发展所发生的变化,注重分析不同的时代、文化与媒介背景下的文学影视改编作品的特殊性,不仅应当探索从文学到影视的具体叙事变化,也应注意更为抽象的主题、风格以及思想等深层次内容与改编策略之间的关系,从而为理解原著精神在当代改编实践中的复杂性与多样性提供一个多维度的视角。

一、原著精神的定义

从文学的角度来看,原著精神是指作者在创作文学作品时所赋予的核心思想与主题倾向,也涉及构成作品重要特色的叙事方法、角色塑造、情节发展和艺术风格等。原著精神是作品的灵魂,是作者创作与读者鉴赏的最大公约数,也是文学批评和学术研究的重要参照。例如,曹雪芹所著《红楼梦》不仅描述了家族兴衰转变,更体现出对封建社会的深刻批判和世态人情的细腻描绘,这部作品的原著精神潜藏在错综复杂的人物关系、丰沛细腻的情感和细致入微的生活描写之间。又如,鲁迅的作品《阿 Q 正传》表面展现了旧社会背景下的个体悲剧,其深层内涵在于对传统文化弊端与人性弱点的批判,蕴含着对于启蒙与新文化的深沉呼唤。随着时代发展和社会文化环境的变化,文学作品的内涵亦将发生历时性变化,原著精神在作者意图之外,同时包含着来自受众的具有共性的创新性解读。因此,文学作品的原著精神在不同的历史条件下可能会以不同的面貌呈现、具有不同的侧重,与新的读者群体产生共鸣,这种赓续与新变正是原著文学价值的活力所在。

从文学影视改编的角度来看,原著精神通常意味着对原著的尊重与忠实。自影视艺术诞生之初,文学作品便为其提供了丰沛的养分。时至今日,仍有大量文学作品被改编为影视剧。改编创作能够令曾经受到欢迎的叙事迸发出新的生机活力,这要求改编创作者在尊重原著的基础上进行创造性改编,使改编作品既能够重新触及时代脉搏,又不失其文学原貌。将原著精神的内涵置于文学影视改编范畴下进行考量,主要分为以下几个方面:

第一,强调对原作的尊重与忠实。一方面,改编作品应追求对原著的精确呈现,尽可能保留原作者的创作本意和原始风格。改编创作者需要深入研究原著、理解文本、剖析叙事内容与主题思想等。对于原著中核心的人物设定与情节发展予以适当保留,维持原作的内在逻辑和情感张力,使改编作品能够反映出原著独特的艺术风格和精神内核。在一部经典文学小说被改编为影视剧时,观众通常期待能够在银幕之上再现小说中的关键人物和主要情节。例如,《西游记》中唐僧师徒四人的取经历程显然是原著中最重要的叙事线索,嫉恶如仇的孙悟空、憨厚懒散的猪八戒的形象,以及花果山、流沙河与火焰山等场景也深入人心。对于《西游记》的改编而言,上述内容便成为极具标识意义的符号,让观众能够迅速接收到原著小说的信号,进入既熟悉又陌生的西游世界。另一方面,这种对于原著的忠实,也体现在追求艺术风格和表达方式的深度再现。影视剧作品所依托的媒介不同于文学作品,视听语言与文字语言之间存在着巨大差异,文学语言能够深入探讨人物的内心世界,具有详细的场景和人物描绘,强调比喻、拟人等修辞手法的运用,为读者提供了丰富的想象空间。而视听语言则通过影像和声音直接作用于观众的感官,直观迅速地传递人物外在和环境氛围,并且通过移动镜头、剪辑节奏以及音效音乐等来展示时间流逝和故事进展,创造出层次丰富的观影体验。因此,改编作品实际上需要把握将文学语言转化为视听语言的过程,找寻原著中的关键元素进行复现、表达与进一步挖掘。这要求改编创作者充分理解原著精神,充分捕捉原著所蕴含的艺术风格特色,还要掌握影视媒介的特点和表达手法,在忠于原作的同时运用不同的媒介手段进行创造性诠释,使原著得到新的媒介生命。例如,如果原著中有大量内心描写,而无法搬演至影视剧中,在改编时可以通过电影旁白、剧情闪回、角色表情变化等方式让观众感受到角色的内心世界。又如,文学作品中对环境的详细描写在影视媒介中也可以通过布景、服饰、道具、特效等视觉元素来表达出来。此外,文学作品中的叙事节奏和章节安排也会根据影视媒介的需要进行调整,以适应视听媒介的特点与观众的观看习惯,在整体上基于上述调整实现美学层面的创新。

  第二,注重对于作者意图的深刻理解与表达。尽管现代文学研究强调多元方法的应用,并不完全依赖于作者研究,对于作者思想的解读仍然是研究重点所在。作者研究是理解文学作品的众多方法之一,能够与文本分析、接受美学和其他理论共同促进对于文学作品的深入理解。在文学影视改编的实践中,为了充分理解原著精神,对涉及的作品背景、作者生平以及创作动机进行细致研究是有必要的,能够更好地促进改编与再创作的方向与作者意图保持一致,使改编作品向原著靠拢。许多文学作品蕴含着自传性质或存在反映作者个人成长历程的内容,如果能深入挖掘与体察,事实上与原作者之间构成了一种前创作层次上的同频共振,在一定程度上有益于改编工作的推进,对于维护作品的原著精神来说尤为关键。在现实生活的文学影视改编实践中,聘用小说作者参与到改编工作当中的方式十分常见。原著作者参与到改编团队中来,可以使改编创作者直接了解到文本中容易被忽略的细节与对深层含义的解读,这对于剧本撰写、角色塑造、场景设定以及叙事安排等具有重要作用。作者的意见能够避免文学影视改编中所常见的误读或颠覆,确保改编作品超出故事的复制,实现情感和内涵层面的质感还原。作者往往能够更加充分地了解原著的逻辑与内容,在改编过程中提供即时的反馈和修改意见,能够确保原著不被曲解或者失去原有的魅力,在从文字走向影像的过程中同样受到观众的欢迎。与此同时,作者基于对原著的深刻理解,也能够在必要时对文本做出适当改动,以适应影视作品的媒介特点、艺术倾向与欣赏习惯,如通过时空重组、叙事调整等找到更适合影像媒介的表达方式。因此,在文学影视改编的过程中维护原著精神,应当尽可能地吸取原著作者的意见,注重实现改编创作者与作者之间的沟通对话。建立一个开放和尊重的环境,在重视作者意见的同时,给予改编者足够的自由探索空间,尤其是应当尽可能使原著作者参与到这种创新之中。相较于独立创作,这种原著作者与改编创作者之间的协调或许具有一定难度,但这对于创造出既忠实原著又具有独立艺术价值的改编作品来说十分关键。

第三,尊重原著的文化背景。每一部艺术作品都深深植根于其所处的特定文化和历史土壤之中,包括不同的社会背景、历史环境、道德标准等等。因此,理解和尊重作品特定的文化背景,是在文学影视改编活动中维护原著精神不可或缺的一环,能够在再现人物、情节与故事的同时传承原著内隐而更深层次的文化内涵。因此,尊重原著的文化背景是在文学影视改编的过程中发挥原著精神的重要表现。首先,不同的艺术作品具有不同的文化背景,具有一定的世界观、人生观和价值观,以及社会历史背景与信仰观念等。例如,F. W. 茂瑙执导的电影《浮士德》(1926)改编自歌德的同名诗剧,讲述了浮士德和少女玛甘蕾相爱相知却遇挫受挫的故事。影片基本汲取了原著中的人物设定与情节走向,也包括天使、魔鬼、上帝等人物存在,订立契约与救赎的过程等,这些内容无不具有西方宗教色彩,也正因如此能够受到西方观众的熟知与喜爱。对于文学影视改编的创作者而言,应当深入研究、理解原著中的社会文化历史、所涉宗教信仰等,也包括原著作者本人生活成长的真实情况。基于此,在改编作品中保留原著中的关键要素,比如对对主要人物产生影响的历史时期与社会环境予以适当呈现,包括特有的节日传统与语言习惯等。例如,在《西游记》《水浒传》《三国演义》《红楼梦》等中国传统名著所改编的影视剧作品中,中国古代社会结构与文化习俗的影响清晰可见,在《巴黎圣母院》《雾都孤儿》《乱世佳人》《悲惨世界》等外国知名小说所改编的影视剧中,同样透露出承袭自原著中的文化背景。由于原著与改编作品之间往往存在着一定的时间、地点以及创作习惯上的差别,在这个过程中,难免存在着使当下观众感到陌生的内容,但如果灵活地运用这种"陌生化"的创作与欣赏方式,也能够赋予故事以独特的艺术风格。改编创作者应当避免误读或曲解原著中的文化元素,摒弃刻板印象以及扭曲表达。在还原保持文化背景和使故事对新受众产生吸引力之间寻得平衡。从改编的角度出发,对于原著涉及的文化背景和元素进行调整是一种必然,但改编创作者需要尤为谨慎注意这一过程中是否破坏、损害了原著的核心价值。与此同时,直接搬演或复制并不能使影视作品适应相应受众的要求,改编过程中可能需要主动创新,进行创造性表达,找到全新的方式来表达文化特定的元素,寻求准确的主题和情感。尤其在当下的影视全球化背景下,更要求改变创作者在独特的文化背景中寻求具有普遍性的内容,从而得以建立不同文化背景受众之间的共鸣。

第四,维护原著的知识产权。在文学影视改编过程中,对原著精神的尊重在很大程度上体现在对于原著创作成果的尊重与保护。随着时代的发展和法律法规的日益健全,这种尊重与保护则主要通过维护原著的知识产权表现出来。保护原著版权不仅是一种法律义务,同样也是艺术层面的应有追求。首先,尊重知识产权是保护原著作品独创性与完整性的关键,知识产权对于作者人身权利的保护包括保护作品完整权,要求改编创作者在不侵犯原著权利的前提下进行改编,有助于保护作品的独特性和完整性,无疑维护了原著精神。其次,法律对知识产权的保护,尤其是对于改编作品的知识产权进一步规范与认定,能够激励和保护改编创作者的工作,提升艺术作品的质量。最后,从长远角度出发,维护原著的知识产权不仅能够保护原著作者的利益,对于促进文化艺术产业的可持续发展也具有重要作用。

在深入探究文学影视改编的过程中,原著精神是一个立体且复杂的概念。它不仅蕴藏在语言表达的内容中,而且包含着作品所蕴含的情感、思想与文化底蕴,乃至不同受众的个性化体悟等方方面面的内容。原著精神是原著的核心所在,也是艺术创新的生命力源泉。

二、原著精神与文学影视改编

在文学影视改编的过程中,被选为改编蓝本的文学作品往往具有独特的艺术价值和思想价值,或是经过时间检验而受到读者的欢迎。在文学影视改编中注重维护原著精神有利于使艺术价值、思想价值与商业价值充分延续与发挥,确保故事在经由跨媒介讲述的过程中仍然能够受到观众的欢迎。然而,文学作品得益于篇幅长度与语言表达方式,在思想层面往往具有一定深度,也可能具有更高的复杂性,影视作品难以在有限的影像中充分还原与表达所有内容。因此,强调原著精神的传达,也即强调在改编过程中对原著中的核心内容、思想进行继承与保留,并基于此进行开拓与创新,作出适应视听媒介的表达侧重转变,以致适当的剧情与人物等修改和转变。究其根本,所谓原著精神是在改编的变与不变中所取得的一个平衡点。当文学作品被改编为影视作品时,注重维护与尊重原著精神,能够为改编工作定下基调,从而确定改编的方向和边界。这种对于原著精神的维护可能贯穿改编创作的不同阶段,最终体现和作用于改编作品的不同方面。

在创作筹备阶段,改编创作者需要充分、全面地分析原著作品,确定作品所重点表达的主题思想、人物塑造与情节发展,以及因何形成了何种艺术风格,等等。在此基础上,领会构成原著作品的艺术精神核心,考虑受众从读者到观众的接受能力以及欣赏倾向,完成从语言媒介到视听媒介的跨媒介叙事过程,对原著中不适合影视化的部分进行增删改编,与此同时,尽可能保持故事情节和人物动机等关键内容的连贯性。在理想状态下,文学影视改编作品的筹备阶段应当不仅仅是对于改编可行性的评估与判断,更包括对于后续创作和拍摄方法乃至剪辑制作等的整体规划,以保证改编创作的有序进行。这种创作方式能够最大程度地避免原著精神的涣散,而在全局中把握统一的、具有连贯性的艺术风格，避免影视文本产生拼贴感、割裂感和碎片化的情况。

在撰写剧本阶段，同样应当注重在原著精神的统领下进行创作。这并非对于原著原封不动的照抄照搬，而应追求取其精华而弃其糟粕，汲取原著中独特而精彩的关键主题、情节与人物予以发挥，进行改编再创造。值得注意的是，文学作品的叙事策略、思想深度与影视作品存在着客观区别，在改编时必须确定原著核心的关键人物与事件，从而进行故事结构的整体调整以及艺术风格上的创造性表达。

在拍摄阶段，应当注重建立视听风格与原著艺术表达的相关性，利用不同视听元素的选择与安排，力求与原著核心精神相契合。包括场景设置、色彩构图、服装化妆、道具选择等视觉符号的建构，也包括音乐音效等听觉元素的表达。对于原著中所涉及的标志性空间环境与地理坐标予以适当呈现，不仅有助于为观众建立通往原著的认知桥梁，也能够进一步诠释和表达原著精神。与此同时，演员表演是将文学作品中抽象的人物形象具象化的关键所在，亦是使观众充分理解和信服角色性格、动机和转变的重要环节。演员同样需要深入了解原著精神，揣摩原著角色的行为动机、内心情感和发展轨迹，采用延伸创作的方式订立人物小传，在改编创作团队的共同努力下确保角色呈现忠于原著。此外，音乐和音效的恰当使用能够营造出符合原著情感调性的氛围，适宜的配乐可以唤起观众的情感，传达文学作品中难以用言语表达的情绪。

在欣赏阶段，自然存在着一部分由读者转化为观众的受众群体，他们或是对于原著作品十分喜爱，或是对于剧情和人物已经具有了初步认识和自身理解。在电影和电视剧的播出与上映阶段，这一部分受众倾向于引导其他观众对原著和改编作品进行分析与对比，寻求二者之间的相似性与差异性。在这个过程中，原著精神能够得到充分的挖掘，通过读者与观众之间的交流与思考，促使他们去探索原著作品，从而使原著与改编作品被更加深入地理解和欣赏。事实上，判断一个文学影视改编作品的改编创作成功与否,其根本在于这一作品能否在跨越时间、背景与文化的情况下传递原著的核心价值和意义,是否仍然能够引发观众的共鸣。对于文学影视改编作品而言,观众在欣赏阶段的认知反馈已经超出了作品本身,更包含着对于改编过程中是否充分尊重并传达原著精神的检验。

对于文学影视改编作品而言,原著的影响深深烙印在创作筹备、剧本撰写、拍摄工作以及观众欣赏的全过程之中。对于原著精神的尊重与维护不仅能够为原著与改编作品建立深刻的内在联系,也使改编作品对原著主题和情感进行准确的再创造,实现思想价值的现代化呈现。成功的文学影视改编作品会在观众心中留下深刻印象,使原著精神跨越不同媒介的界限被延续和传承。

三、如何理解和保持原著精神

"评论家提出一部改编作品'忠于原著'或'没有忠于原著',并评价这种程度的忠于原著是好是坏,此类语言往往暗示了原著要比电影更好……描述忠实度的语言除了使改编带有人类道德色彩,它还暗示了一种等级制度"[1]。在探讨文学影视作品的改编是否遵循原著精神时,往往存在着一个倾向,也即预设原著的完美,对于改编作品的批评则存在着某种贬损色彩。事实上,由于文学作品的创作在时间上早于改编影视作品,故事情节、人物形象等通常已经在受众心中初步建立起来,不可避免地使受众产生先入为主的审美预期。然而,对于原著的过度推崇,在无形中为改编作品确立了一套过度严苛或有失公允的评价标准,也使改编作品丧失了作为艺术作品的独立性。相较于文学作品,影

---

[1] [美]约翰·M.德斯蒙德、彼得·霍克斯:《改编的艺术:从文学到电影》,李升升译,世界图书出版公司北京公司 2016 年版,第 55 页。

视改编作品处于完全不同的媒介环境,或是来源于异质的文化土壤,或是采取了与原著迥异的艺术表现形式。这些差异本应引导受众建立更为多元和开放的艺术视角,而非形成以是否忠实原著为唯一标准的批评立场,存在着将复杂问题简单化之嫌。因此,在通过原著精神理解改编作品的同时,也应注意到改编作品自身的艺术创新与表达方式。试图正确理解和保持文学影视改编作品所蕴含的原著精神,可以从以下几个角度出发。

首先,注重区分不同的媒介特性。文学作品和影视作品依托不同的媒介形式,也因此有各自的表达方式和审美标准。改编作品应根据媒介特点进行创作,而不是单纯追求与原著的复原。对于原著的尊重,体现于在尊重原著核心主题与思想的基础上,寻求新的叙事结构或方法,以期适应影视媒介的创作特点与欣赏习惯。

其次,注重艺术价值的独立评估。改编不仅仅是复制,而是一种全新的创作,应当充分认识到原著与改编作品之间的关系,以全新的目光评价其独立的艺术价值。对于影视作品而言,尤其体现在如何将语言描写转化为视听呈现,并通过具体的影像传达抽象的情感、主题和思想,以及改编作品是否在尊重原著的同时,作出适应当下观众需要和符合文化背景的调整。在影视实践中,不乏一些改编作品大胆突破原著结构甚至主要叙事情节,选择原著中的次要叙事进行发挥创作。例如,宁浩执导的科幻喜剧电影《疯狂的外星人》(2019)改编自刘慈欣的科幻小说《乡村教师》,影片与原著小说的叙事主体和情节内容都相去甚远,在艺术风格上也完成了从严肃到荒诞的转变。然而,这种对于原著的淡化处理和颠覆并不意味着对于原著的破坏叛逆,而是需要以一种更为包容和独立的眼光去看待导演与编剧的艺术创新。判断一个文学影视改编作品的艺术质量,首先在于其作为一个独立作品的价值几何,其次才是作品是否符合原著精神、在何种程度上遵循原著精神。

最后，辩证地看待原著精神。一千个读者有一千个哈姆雷特，即便是对于文学作品本身的解读，也必然存在着一定程度上的主观性和差异性，需要辩证地看待不同的解读。在此基础上，改编作品更加丰富了这种多元性，赋予原著和改编作品以双重认识层次，改编作品能使观众通过一种全新的视角来探索原著的不同层面，发掘其在新媒介、新时代的艺术价值。贯彻原著精神并非保持原著的一成不变，而是在更为宏观的角度追求原著的历久弥新。

总之，原著精神影响着改编作品的每个创作层面，从创作筹备、剧本撰写到欣赏阶段，影响着叙事策略、人物形象与情节发展的选择。在文学影视改编的过程中，将原著精神作为一种统筹方式和指导原则，有利于建立起原著与改编作品、创作者与观众之间的联系，确保原著核心精神的接受与保留，使改编作品在原著的基础上迸发出新的艺术活力。

第二节　文学影视改编的意义

文学影视改编的意义不仅在于艺术传承与创新的本身，而是一个复杂且多维的问题，涵盖了艺术、商业、教育等多个层面。一方面，对文学作品的影视改编是艺术媒介与表现形式的延伸，需要改编创作者在维护原著精神的基础上进行艺术创新，使作品通过视听媒介为观众带来全新的接受体验。另一方面，文学影视改编作品往往得益于文学作品所初步具备的受众基础，相较于全新的原创影视作品，有一定的知名度和讨论度，因此具有较高的商业潜力和产业价值，不仅可以广泛吸引观众，也能够为电影、电视和互联网媒体等媒介平台带来巨大的经济效益。此外，一些经典的文学作品能够通过改编以更为直观的方式呈现给当下的观众，将深奥晦涩的文字内容转化为可视可听的影视作品，使这些名著焕发出新的生机与活力,尤其是在教育领域发挥传播知识和启迪思考的重要作用。文学影视改编作品也能够重新使名著中具有当代意义的议题回归大众视野,引发大众对于社会问题的深度探讨与重新认识。

一、艺术创新与文化价值

影视改编能够赋予文学作品以崭新的生命力,突破语言媒介的局限,将那些受到读者欢迎的故事呈现在银幕之上。文学影视改编作品是连接两种不同艺术形式的桥梁,既扩展了文学的可能边界,也不断为影视艺术注入新鲜血液。随着媒介环境的发展变化,现今文学与影视的交流日渐频繁,已成为艺术创新的重要领域。文学影视改编作品重塑了传统的独立创作方式,在原著基础上开辟出新的视听表现与叙事策略,拓展了观众的审美体验。从艺术创新的角度理解文学影视改编作品的意义,主要可以分为以下三个维度。

第一,视听建构与技术创新。如前所述,影视作品与文学作品的特殊性体现在媒介的差异性。影视作品可以利用视听媒介建构起一个可听、可视而类真的故事世界,而文学作品则倾向于用文字表达为观众创造更多遐想空间。改编创作者可以利用色彩构图、场景布局、服装化妆等将文学中的抽象描述转化为具体鲜活的画面。在此基础上,也能够通过音乐和音效的使用增强情绪、营造氛围,渲染出更为强烈的真实感,让人物、动作与场景更加真实和生动。除此之外,电影和电视剧可以通过先进的计算机生成图像技术和特效技术,将文学作品中难以想象的场景和生物呈现出来。例如,改编自同名系列小说的系列电影"哈利·波特"中的经典场景虽在书中被详尽描写,但电影才真正使观众仿佛真正走进了这个神秘的魔法世界。霍格沃茨魔法学校中的有求必应屋、哭泣的桃金娘的盥洗室、鲁伯·海格的小屋等,无不在观众的心中留下了深刻的印象,这种直观表现所带来的视觉冲击力和震撼力是文学作品难以达到的。

第二,叙事重组与剪辑技巧。文学影视改编作品通常需要对原著结构进行调整,以适应影视剧的时长限制和叙事习惯,包括删除和合并角色、改变叙事策略,以及添加全新的人物与剧情元素等。不同于文学作品,影视作品能够更加直观清晰地利用闪回、倒叙、切换视角等非线性叙事技巧,通过蒙太奇等手段营造紧张的叙事气氛与叙事节奏,创造出与文学作品风格迥异的叙事体验。例如,张艺谋执导的电影《红高粱》(1987)改编自莫言的小说《红高粱家族》,小说采用多线的叙事结构,讲述余占鳌、戴凤莲、罗汉大爷等不同角色的经历,描绘出高密东北乡红高粱家族的爱恨纠葛与家国历史。电影则选取了小说中的一段叙事时间,将"我爷爷""我奶奶"的爱情故事作为叙事中心,着重表现颠轿、野合和祭酒等场景,使叙事在整体上更加集中紧凑,这种叙事改编的方式显然更加契合电影表达的倾向与习惯。

第三,艺术表现与情感表达。文学作品的表现方式主要在于通过语言描写间接表现,而影视作品往往采用直接表现的方式。例如文学作品通常具有大量的心理描写内容,在影视作品中一般通过演员的表演表达人物的内心世界,或是通过镜头特写面部表情变化以强调微妙的情感变化。例如,巴兹·鲁赫曼执导的电影《了不起的盖茨比》(2013)根据菲茨杰拉德的同名小说改编,盖茨比这一角色由演员莱昂纳多·迪卡普里奥出演,影片采用大量特写镜头表现他的眼神和表情变化,准确传达出人物的野心与挣扎、深情与冷漠,以及悔恨与悲哀。

影视改编将文学作品的深刻的主题、曲折的情节与复杂的思想重新加工创作,通过视听媒介复现原著中的文化价值和核心观念。因此,在艺术创新以外,影视改编同时也是一种文化价值的接力传承,使得原著作品的影响力得以在新的时代、背景以及文化背景中延续下去,吸引当代观众作出具有时代性的新讨论。改编创作的意义不仅是一种艺术创新行为,更是一种文化传承的路径,从文化价值的角度出发,文学影视改编作品主要有如下作用。

第一,文化传承。对经典文学作品进行改编,能够使其中的精彩内容被持续传播,以更生动的形式呈现,这种改编行为便成为一种动态的文化传承与文化重塑。在国内,许多名著至今仍被不断改编为影视剧,取得经典性与现代性的平衡。例如,乌尔善执导的《封神第一部:朝歌风云》(2023)改编自中国古典神话小说《封神演义》和话本《武王伐纣平话》,将家喻户晓的故事重新搬上银幕。尽管在整体上与原著作品乃至其所指涉历史事件存在着一定差异,但是实际上促进了当下观众对于《封神演义》相关内容的关注与讨论。

第二,文化交流。无论是文学作品或是影视作品,都不能完全脱离其特定的文化土壤。作为独立的艺术作品,影视改编作品很有可能选择一部其他文化背景下创作而来的原著进行改编创作。二者的语言、历史和文化可能有所区别甚至截然不同,因此文学影视改编的过程,也将成为文化交流的过程。民族化的文学作品经由改编创作,或能跨越时间、地点和语言的界限,成为受到观众认可的世界性作品。例如,英国剧作家威廉·莎士比亚的作品在世界范围内享有盛誉,日本导演黑泽明拍摄的电影《乱》(1985)改编自莎士比亚的《李尔王》,却将故事置入日本的战国时期。与之类似,中国导演冯小刚拍摄的电影《夜宴》(2003)则以中国古代的五代十国时期为背景,重新诠释了莎士比亚的作品《哈姆雷特》。无论作品本身成功与否、艺术质量如何,这种改编尝试无疑促进了东西方文化的交汇与创造性融合,并以电影为载体实现了一场跨时空、跨文化的文化对话。

第三,文化反思。无论何时何地,艺术作品都是映照现实的一面镜子。文学影视改编作品在改编创作的过程中,需要主动将原著故事置于当代语境中重新解读,将昔日的文学作品搬上银幕或电视屏幕,受到不同的社会环境、文化背景以及审美期待的影响,反映出对于现实的深刻洞察。经由改编创作,古代传说故事也可能被赋予现代意义,如性别、社会与环境问题等。例如,杨阳执导的电视剧《梦华录》(2022)根据元杂剧《赵盼儿风月救风尘》改编,原作讲述了赵盼儿救出被虐待的宋引章的故事,电视剧保留了这部分情节设置,却将叙事重点转移至女性觉醒与励志创业之上,着重讲述赵盼儿、孙三娘和宋引章依靠各自智慧、本领与才艺共同创业开办茶楼的内容。剧中女性角色体现出现代社会所提倡的性别平等、爱情自由以及经济独立思想,更加符合现今观众的价值观念。

二、商业潜力与产业价值

文学影视改编作品通常选择经过时间考验或受到读者广泛喜爱的作品作为改编对象,具有良好的受众基础。除却艺术价值维度的考量,从经济效益的角度考虑,相较于独立创作一部新的作品,选择文学作品进行改编能够在一定程度上规避投资风险,获得更高的票房、收视率以及其他相关收益。文学影视作品的产业价值不仅在于作品本身,也包括其他与作品相关的衍生内容,如对原著的反向宣传、对跨媒介叙事的建立与拓展,乃至对文化产业与文旅开发的助力等。在探讨文学影视改编作品的意义时,应该客观看待这种影响所带来的利弊作用。

首先,对于作品本身而言,原著能够为改编作品提供良好的受众基础,改编作品也可以为原著带来新的读者。这种读者与观众的相互置换不仅丰富了艺术作品的表现层次,也提高了作品潜在的商业价值。从整体来看,影视作为一种大众媒介,能够将文学作品推介至广大观众,扩大文学作品的影响力。恰当的影视改编创作无疑有益于文学作品的传播,然而,当改编创作受到商业利益驱动时,一些改编创作者可能会选择改变原著的核心内容,包括人物行为、情节发展乃至核心主题等,使原著作品面临着被剧情"魔改"、人物"崩塌"的问题。这种处理方式极易引起原著粉丝的不满,甚至可能会破坏作品的艺术价值。纵览国内外的文学影视改编作品,既有艺术质量上乘之作,也不乏粗制滥造的影视剧出现,深刻体现出经济利益驱动对改编作品影响的两面性。例如,知名网络小说《花千骨》创作于2008年,并于2015年和2024年分别被改编为同名电视剧和电影。小说和电视剧分别引领了网络文学与电视剧的"仙侠"潮流,受到读者与观众的喜爱与追捧。然而,电影改编作品未能延续原著以及改编前作的热度与口碑,在整体效果上不尽如人意。一方面,历经15年的时间跨度,小说中许多元素已经不再流行,不能得到当下观众的认同。另一方面,影片在改编过程中压缩了小说中的故事情节与情感表现,未能把握电影叙事的节奏。这种改编行为本身受到热门IP(Intellectual Property,知识产权)的追逐超过对于艺术创作的追求,忽略了改编作品自身的艺术质量,最终也将迎来口碑与经济双重失利的结局。

其次,文学作品基础上的改编作品拓展了原著的故事版图,赋予跨媒介叙事可能。在影视改编的过程中,有时会在原有的故事基础上增加新的情节,或是提供不同视角弥补原著中的空白,以及对于人物进行更深入的探索,丰富叙事内涵与层次。影视作品也可以灵活运用叙事结构、构图色彩、镜头语言以及剪辑技巧创造不同于原著的叙事体验。如通过主观镜头使观众感受不同角色视角、通过非线性叙事构建更为复杂的叙事结构等。当读者与观众开始期待这种改编行为带来更多关于故事的情节进展和人物细节时,文学影视改编作品对于跨媒介叙事的促进作用便显现出来。高质量的改编作品可以反过来提高原著的知名度,二者之间具有相互促进作用,从更长远的角度考虑,能够增加所有其他媒介相关产品的关注度与回报率,通过跨媒介叙事实现商业价值的最大化。当文学作品被改编成影视作品,场景、角色与故事世界从抽象描写转变为一种具体的可视化呈现,建立起一套独特的识别符号,能够在不同媒介平台和作品之间建立连贯性。例如,彼得·杰克逊执导的《指环王》电影三部曲改编自 J.R.R. 托尔金所创作的同名小说,影片在银幕上构建了小说中广袤壮丽的中土世界,包括霍比特人的袋底洞小屋、精灵王国瑞文希尔幽静美丽的幽谷以及黑暗陡峻的巴拉多塔等。电影中的角色造型也深度还原了小说中的描写,如甘道夫的长袍、阿拉贡的王者之剑、莱戈拉斯的弓箭等。电影使托尔金笔下的中土世界栩栩如生,依托于影片所建立的识别符号,电视剧、电子游戏等其他媒介作品不断衍生发展,形成了一个持续扩展的"中土宇宙"。诚然,成功的跨媒介叙事的建立并不局限于文学影视改编作品这一条路径,也存在着许多将影视作品、漫画、电子游戏作为初始作品的情况,但不可否认的是,文学影视改编作品往往在其中发挥着重要作用。

再次,得益于跨媒介叙事的建立,文学影视改编作品往往能够创造更多衍生收益。"以影视推动旅游发展的现象由来已久,很多国家开发影视公园、影视基地等项目,通过与影视主题相关的特定事物来吸引游客。"[1]影视作品具有强烈的视觉冲击力和情感表达能力,能够让观众对影视剧中的地点产生直观印象和情感共鸣,引起观众对拍摄地点的兴趣,这是文学作品所不具备的优势。例如,改编自金宇澄同名小说并由王家卫执导的电视剧《繁花》(2023),讲述了 20 世纪 60 年代至 90 年代间上海人的生存状况。小说于 2012 年发表在知名文学杂志《收获》,并获得茅盾文学奖,成为城市文学的重要代表作品,在文学领域的影响不可谓不深。然而直到电视剧播出,这部作品才为更广泛的观众所熟知,乃至引发了观众对于上海黄河路、进贤路以及外滩 27 号等重要地

---

[1] 刘叶子:《"影视+旅游"的意义空间生产与文旅产业发展》,《中国电视》2023 年第 12 期。

标的"打卡"热情,这种大众影响力是仅凭小说作品本身难以实现的。除此之外,影视基地和主题公园能够通过复制影视作品中的场景、氛围,唤起观众在观看影视剧过程中形成的情感体验,创造巨大的商业利益。如环球影城中的哈利·波特魔法世界、迪士尼主题公园中的爱丽丝梦游仙境迷宫等,从文学作品走向影视作品,进而成为实体基地,为影视相关产业链创造了巨大的产业价值。

文学影视改编作品与产业之间的互动关系应该被客观地看待,一方面,产业价值是助力文学作品影视改编发展的强大保障,能够为改编创作提供充足的资金支持,提高影视剧的技术水平和制作质量,充分进行作品的宣传、发布环节。另一方面,在商业压力之下,改编创作者有可能为了迎合市场趋势而牺牲作品艺术性和深度,偏离了原著精神,或是某一特定类型的改编作品因受到市场欢迎而导致改编作品的同质化问题,影响了艺术作品的独特性和多样性发展。因此,在如今的文学影视改编环境下,如何平衡商业利益和艺术价值仍然是值得思考的议题。

三、教育意义与社会价值

影视作品具有生动的视听效果以及直接的表现形式,因此被誉为最具有大众性的艺术。影视作品可以将复杂、抽象的概念与事物直观地呈现出来,使深奥的内容更易于被理解。许多文学作品借助影视媒介获得新生,成为文学经典推介和文化素质培养的重要载体。从这个角度出发,文学影视改编不仅是一种艺术创新与商业活动,也承载着提升观众文学素养的教育意义和社会责任。文学影视改编作品涵括了文学作品的不同方面与层次,从古典名著到一般文学作品,乃至畅销书与网络小说,都属于改编的选择对象。改编作品通过重塑文学经典,为大众提供了接触、学习和理解文学作品的新途径。评价文学影视改编作品的教育意义和社会价值,可以从以下几个方面出发。

第一，普及文学经典。影视改编为文学经典的大众传播提供了一个平台，使文学作品向大众化发展。改编创作能为复杂深奥的文学作品提供了一个新的理解视角，庞大的背景设定、复杂的叙事结构以及独特的艺术风格往往能在视听媒介得到更加生动而直观的表现。例如，包括《水浒传》《三国演义》《西游记》《红楼梦》在内的中国四大名著至今仍被频繁地改编创作，使这些作品焕发出新的光彩。以《西游记》为例，自1927年导演但杜宇将其改编为电影《盘丝洞》起，上海电影美术厂制作的电影《大闹天宫》(1964)、杨洁导演的电视剧《西游记》(1986)等，已经深刻烙印在几代人的影视记忆之中，成为中国影视历史长河中的里程碑作品。1995年，由刘镇伟执导并由周星驰主演的《大话西游》为作品注入了后现代气息。此后，包括《西游·降魔篇》(2013)和《西游·伏妖篇》(2017)在内的改编作品层出不穷。2015年，田晓鹏执导的《西游记之大圣归来》开辟了《西游记》的3D动画创作先河。可以说，《西游记》的故事情节历经数百年至今经久不衰，其中孙悟空、猪八戒等角色仍然家喻户晓，很大程度上归因于影视改编作品持续不断的改编、创新与传播。同理，一些外国经典文学作品所改编的影视剧同样在中国深受欢迎，如改编自简·奥斯汀同名小说并由乔·怀特执导的电影《傲慢与偏见》(2005)和改编自路易莎·梅·奥尔科特的同名小说并由格蕾塔·葛韦格执导的电影《小妇人》(2019)等。文学影视改编使具有一定深度的作品转化为具体直观的画面，跨越不同语言和历史文化背景的限制，使原本可能较难理解的复杂故事情节和角色关系变得直观易懂，从而实现文学经典作品的普及。

第二，提升文学素养。文学影视改编作品的根基在于文学作品，改编创作将文字语言转化为影像画面，使情节、角色和主题更清晰易懂，吸引更广泛的受众群体。这种艺术形式的再创造让文学作品更加生动，并且为观众提供了一个新的理解文学作品的方式。对于青少年或是不愿阅读复杂文学作品的观众来说,影视改编是一座通往文学世界的桥梁,赋予观众以探索和欣赏原著作品的契机。例如,对于许多青少年而言,观看王扶林执导的电视剧《红楼梦》(1987)或李少红执导的电视剧《红楼梦》(2010)的经历往往前置于阅读原著,这一部分观众通过导演精妙的安排设计和演员真实生动的表演,产生了对于原著的好奇心和阅读想法,从而自发地阅读原著。与此同时,视听媒介能够以生动而更具吸引力的形式呈现文学作品。通过演员的表演,小说中的对话从书页上的文字变成情感充沛、具体可感的人物声音,使文本中的情感张力和语言韵律充分呈现出来。在此基础上,演员的肢体语言和表情、作品中的音效与音乐等诸多艺术元素的综合运用,能够使观众直接感受到文本中的语言美,增强观众的情感共鸣。例如,谢君伟、邹靖执导的动画电影《长安三万里》(2023)讲述了唐朝安史之乱后,高适回忆起与李白往昔经历的故事。电影中共出现了48首唐诗,分别对应着不同故事与场景。影片中完整吟诵了李白诗篇《将进酒》,银幕之上,李白洒脱不羁的形象栩栩如生,飘逸灵动的诗歌意境通过动画被充分表现出来。唐朝的历史、文化与名人,蕴藏在诗歌的意境美与韵律美中,在观看电影的同时,使观众接受了一场"润物细无声"的文学教育。因此,文学影视改编作品在普及文学经典的基础上,起到了丰富文学表现形式、提升大众文化素养的重要作用。

第三,培养艺术思维。对文学原著与其影视改编作品的对比与分析是鉴赏改编作品的重要环节,观众和读者出于对作品的喜爱,往往自发参与其中。在不同的影视网站与社交媒体平台,对于改编作品的讨论是观众津津乐道的话题,包括改编是否贯彻了原著精神、改编内容增强或是削弱了作品的艺术水平等。改编作品对原著主题的改变、情节的增删、叙事的变化以及人物的重塑寄寓着改编创作者的艺术判断与选择,对于改编策略的探讨有利于培养受众的艺术思维,建立起对文学与电影作品艺术性与媒介性的敏锐嗅觉与批评能力。例如,改编自刘静同名小说并由孔笙执导的电视剧《父母爱情》(2014)讲述了在特殊年代海军军官江德福与富家女安杰相恋相知、共同抚养五个孩子长大成人的故事。剧中增加了江德华这一小说中没有出现过的角色,出场时,她的文化水平较低且性格蛮横,但随着剧情发展显现出勤劳踏实与率真可爱的一面。通过展现江德华作为姑姑对孩子们的悉心照顾、为家庭的无私奉献,剧中塑造了一个极具代表性与普遍性的劳动妇女形象,使剧情更加丰富而具趣味性,也赢得了广大观众的喜爱与认可,成为改编创作中的一大亮点。通过分析原著与改编作品的异同,读者与观众能够提升鉴别、欣赏不同艺术表现形式的能力,生成更加成熟的艺术思维,主动参与到艺术鉴赏的过程中,深入理解并评价作品的创作质量和艺术价值。

第三节 从名著到一般文学作品的改编

在文学影视改编的具体实践中,对于名著和一般文学作品的改编策略往往有所不同。名著充分历经时间检验和读者评价,具有较为深刻的思想性、艺术性以及文化影响力,对于这种作品的改编在整体上要遵循原著精神的指引,注重把握改编创作的大方向,在深入解读文本的基础上审慎地作出创新。相对而言,一般文学作品的影视改编可能拥有更广阔的改编创作空间,改编创作者可以充分发挥视听媒介的作用,尝试内容与形式的改变与创新,注重改编作品与社会现实的紧密契合,使其更加符合现代观众的观影兴趣和审美经验。

"改编者将对原著的忠实再现和对原著重新阐释从不同角度,以不同的形式结合起来,改编的目的,不再是单纯地体现原著的故事,而更侧重于传达原著的一种精神,实则是改编者所代表的一个时代、一个社会、一个民族对原著精神实质的理解。"①无论是名著还是一般文学作品的改编创作,都需要在继承与创新间找到平衡点,不同之处在于该平衡点更靠近忠实原著还是大胆创新。从这个角度出发,名著改编的难度可能高于一般文学作品。读者和观众往往已经对原著中的人物形成了根深蒂固的印象,与此同时,原著中的经典情节同样不容破坏,这要求改编创作者既要有深厚的文学功底,也需要具备高超的影视表达技巧,使文学作品在不同的媒介中再度焕发出艺术魅力。

一、名著与一般文学作品

在所有文学作品中,名著是其中具有较高艺术质量和文化影响力的少数佳作,反映了不同地区和时代的社会风貌、思想认知和人类情感,通常具有深刻的思想价值、立体的人物形象和独特的艺术风格,是全人类的共同财富。一般具有如下特征:第一,名著具有经典性。名著能够充分接受时间检验,历经时代变迁仍然被读者所喜爱和认可。名著通常具有较高的文学艺术水平,关注具有普遍意义的、与每个读者息息相关的主题,能够跨越文化和历史的界限。其中人物往往具有鲜明的个性与共性,形成超出作品本身的艺术典型,如鲁迅笔下的祥林嫂、巴尔扎克笔下的欧也妮·葛朗台、契诃夫笔下的"装在套子里的人"等。第二,名著具有时代性。名著通常深深植根于自身时代,反映了一定时期的社会现实。同时,名著也会显示出先于时代的智慧,从而实现与不同时代读者之间的对话。例如在《封神演义》中,哪吒这一形象体现出对封建社会的反叛精神,他"割肉还母""剔骨还父",抛却肉身而获得新生。哪吒的形象现已成为一个文化符号,能与当代读者建立起情感共

---

① 赵凤翔、房莉:《名著的影视改编》,北京广播学院出版社1999年版,第55页。

鸣,在电影和电视剧中被反复改编创造,如上海美术电影制片厂制作的电影《哪吒闹海》(1979)、中国国际电视总公司制作的动画连续剧《哪吒传奇》(2003)、饺子执导的电影《哪吒之魔童降世》(2019)等。又如,托尔斯泰所著《安娜·卡列尼娜》描绘了安娜·卡列尼娜这一形象,她追求爱情和个人幸福的行为在当时被视作道德败坏,但她的抗争体现出个体觉醒和追求自由的强大力量,引发了不同时代读者的情感共鸣。这部著作被不同改编创作团队改编为影视剧作品,如伯纳德·罗斯于1997年执导的同名电影、乔·怀特于2012年执导的同名电影以及克里斯丁·杜瓦于2013年执导的同名电视剧等。第三,名著具有文化影响力。名著在文学领域具有较高的知名度,产生了深远的文化影响,成为文学批评和理论研究的重要对象,一定程度上推动了社会、思想和历史的进步。

一般文学作品通常指的是那些没有达到名著水平的文学作品,包括大众文学、通俗小说或者网络小说等。在这些文学作品中,有一部分在思想深度和艺术质量有所欠缺,或是语言描写和情感表达不足,或是人物塑造和主题思想不够深入,影响力相对有限。然而这些作品可能易于理解、简单明了,迎合大众口味,强调故事性和娱乐性;也有小部分超前或先锋文学作品的艺术价值尚未被正确认识,或是风格新颖、叙事独特,或是挑战传统审美标准,随着时间的推移,这些作品可能会被后世重新评判,乃至被归为经典名著。一般文学作品主要具有以下特点:第一,可读性与通俗性。一般文学作品往往追求语言的简洁明了,避免过度修饰。摈弃晦涩难懂的主题和复杂的叙事结构,以直接的方式展现故事情节和人物形象,多采用直白清晰的线性叙事结构,而非《百年孤独》《尤利西斯》等名著作品常运用的复杂叙事形式,注重使用日常生活中的语言,发挥人物对话的作用,使情感真挚自然,让读者轻松地沉浸在故事中。在整体上,一般文学作品通俗易懂,无需深入进行理论分析与批评解读。第二,时效性与多样性。一般文学作品多为满足当下读者的需求而创作,反映热点社会问题或文化趋势。但这种时效性有利有弊,一方面可以使读者在作品中看到自己关切的内容而感到共鸣,另一方面导致作品丧失普遍性,只在特定的时代、地域和文化背景下流行。一般文学作品另一优势体现在数量众多,能够涵盖各种不同的题材和风格,满足不同读者群体的需求。这种多样性既表现在故事类型的丰富多样上,也体现在叙事策略的灵活变化上。第三,商业化与类型化。大多数一般文学作品可能出于商业驱动和市场逐利行为,更注重热度与销量而非艺术价值。因此,一般文学作品的内容和风格可能会随流行趋势而变化。例如,网络小说作为一般文学作品的代表,依靠互联网便捷、迅速的传播手段,具有更新速度快、内容新颖、即时反馈等特点。在这种全新的文学创作和阅读方式之下,读者的喜好能够被作者迅速得知。当一部小说成为热门作品,相应类型的作品便会迅速涌现,模仿前作的人物情节公式进行创作,引发"仙侠热""穿越热""修真热"等流行风潮,小说内容极度程式化、套路化和同质化,事实上破坏了文学创作的独立性、创新性与深刻性。尽管如此,之所以某种特定类型的作品能够受到读者欢迎,或是因为触动了读者的情感、满足了读者的精神需求,或是因为提供了一种逃离现实的娱乐方式,其中必定蕴含着可取之处,在评价此类作品时,应该客观、理智地看待这种现象。

综上所述,名著和一般文学作品的价值主要取决于文化水平与艺术价值的高低。然而,这并不意味着一般文学作品就没有价值。事实上,许多一般文学作品也具有独特的艺术魅力,为读者提供新奇独特的阅读体验。因此,即便是那些不被称为名著的文学作品,也在文学领域和社会文化中具有重要地位,值得被阅读、研究和欣赏。

二、名著的改编

有学者指出,"文学名著的影视改编,实质上也是改编者用当代眼光对已成'历史'的文学名著进行的一次新的阐释"[①]。"改编本身就是一种解读,是一次新的创造,必然会有适应新的艺术形式要求的、适应新的时代需要的改动。"[②]如前所述,名著通常具有深厚的历史文化背景、较为复杂的叙事结构与人物设置。在对名著进行改编时,需要深入理解原著文本,尊重原著精神,注重适应不同媒介与艺术表现形式。与此同时,把握原著精神、艺术创新与观众期待的平衡,在复现原著精华内容的同时实现艺术创新,唯其如此,才能使名著焕发出崭新的时代光彩,被新的受众所接受与喜爱。目前,我国名著的影视改编主要包括古代名著和近现代名著两个不同阶段作品。在对古代名著进行改编时,以下几点尤为重要:

首先,古代名著基于特定的历史时代,改编创作者需要对历史背景进行充分细致的调研,确保服饰、建筑、习俗等细节的准确性。例如,撰写于清朝的《红楼梦》并未言明具体的朝代,但是其中对于中国传统饮食文化、服饰文化以及礼仪文化的描写细致入微,在影视改编作品中呈现这些内容时,也应当力求做到考究准确。2010 年播出的新版《红楼梦》电视剧,因人物造型失真、配饰杂乱以及妆容奇怪等问题而受到观众诟病。如今,在许多古代名著的改编作品中,混搭的服饰、捏造的习俗以及杂糅的风格仍然十分常见,极易模糊和混淆包括青少年观众在内的受众群体对于历史文化的认知。因此,古代名著的改编创作者有责任也有义务在创作的同时,准确地传达历史文化知识。其次,正确传

[①] 秦俊香:《从改编的四要素看文学名著影视改编的当代性》,《北京电影学院学报》2003 年第 6 期。

[②] 张德祥:《"名著"改编中存在的问题》,《文艺评论》2005 年第 3 期。

达传统文化与价值观念。古代名著往往含有丰富的中国传统文化元素,包括传统的哲学思想、道德观念与礼仪习俗等。然而,封建社会背景下所形成的传统文化必然带有时代的局限性,如封建礼教中的男尊女卑思想等,已经与现代社会观念发生重大分歧。对于传统文化不应全盘接受,而应适当扬弃、取其精华。例如,《水浒传》中的女性形象普遍比较负面,对于女性的观点和态度也倾向于轻视、贬低和丑化。因此,在改编过程中不能完全照搬而需仔细甄别,对于偏见和歧视加以调整,同时适当强化和突出那些积极的、更能被现代观众接受的性别观念。最后,古代名著多采用文言文创作,即便是在创作时被称为白话文的作品,也与现在的现代汉语习惯不尽相同。在改编过程中,需要将原文转换为观众易于理解的表达方式,同时注重保留原著的文学风格,使人物对话既具有"古韵"又清晰易懂。这要求改编创作者深刻把握原著文本的语言特色和文学技巧,并巧妙地以现代语言的形式呈现出来,以确保改编不失其原味。

近现代名著通常创作时间稍晚,更较贴近现代人的生活,容易被观众理解。在改编这类作品时,应当注意以下几点:

首先,近现代文学作品往往在主题内容和创作手法上清晰地体现出现代色彩,具有强烈的时代特色和鲜明的个人风格,注重探索人物的内心世界。近现代名著的创作方式和表现方式皆与更早期的文学作品有所不同,其中复杂细腻的心理描写难以被影像表现,为改编创造带来新的挑战。改编创作者需要在艺术表现形式上大胆创新,例如采用非线性的叙事结构,通过主观镜头、特写镜头等电影语言以及音乐色彩的变化来传达角色的情感变化。此外,还可以通过视听媒介所特有的剪辑技巧如闪回、跳切等表现人物的精神状态、构建复杂的时空格局以及充分展现文本中的心理深度。例如,斯蒂芬·茨威格所著小说《一个陌生女人的来信》中存在着大量的内心描写,徐静蕾执导的同名改编电影运用了大量的旁白代替这一内容,观众在观看电影的过程中仿佛能够直接听到女主人公内心的声音,沉浸代入至她的情绪之中。

其次,近现代中国文学作品多反映特定历史阶段的社会矛盾与政治事件,这要求改编者既要尊重原著,又保持较高的政治敏锐性,避免作品引发不必要的争议。相较于直抒胸臆,可以采用隐喻或象征等手法来传达主题,追求思想性与艺术性的统一。例如,莫言小说《红高粱家族》以抗日战争时期作为故事背景,余占鳌这一人物形象的塑造包含"土匪"和"抗日英雄"两个维度,在张艺谋执导的电影《红高粱》(1987)和郑晓龙执导的电视剧《红高粱》(2014)中,余占鳌这一角色的呈现皆有所调整,人物形象变得更加正面。由夏衍编剧、水华导演的电影《林家铺子》(1959)改编自茅盾所著同名小说,讲述了20世纪30年代深受帝国主义、封建势力和买办阶级压迫下的小工商业者的命运。小说中林老板这一人物是一个老实本分的生意人,而在电影改编中则将其调整为剥削与被剥削的矛盾统一体,在原著的基础上更深层次地映射了"大鱼吃小鱼、小鱼吃虾米"的黑暗社会现实。

最后,近现代文学作品创作大多较为贴近生活,在改编这类作品时,可以适当融入现代元素,使之更加符合当下观众的生活实际,尤其是在思想观念和情感表达上与观众产生共鸣。如强调原著中与现代社会的热点话题相结合的内容,或者增加与当下观众有共同经历的背景。在语言表达上,可以适当简化原著中晦涩难懂的部分,使用更加生活化的语言。例如改编自老舍同名话剧并由何群执导的电视剧《茶馆》(2010)采用了极度贴近生活的语言表达,尽管与话剧中更倾向于舞台表达的台词存在风格差异,实际上体现出对原著精神的充分领会和进一步深入。

改编名著作品是一个较为复杂而富有挑战性的过程,要求改编创作者跨越时空的界限深入理解和把握原著文本,熟悉两种媒介的不同表达方式,具备敏感的艺术嗅觉与高超的艺术创新能力,在尊重原著的基础上创造出既忠实原著又符合当代审美的新作品,延续其宝贵的思想光辉和艺术魅力。

三、一般文学作品的改编

相较于名著而言,一般文学作品数量繁多,但可能缺少历史沉淀和思想深度,或是在艺术质量上有一定瑕疵,并不追求复杂和深刻而具备可读性和通俗性。在这种背景下,创作者在改编过程中往往具有更广泛的创作自由,能够充分探索新的叙事方式、创造新的人物与情节或是选择与原著截然不同的艺术风格。因此,在一般文学作品的改编中,常见对于原著的重构乃至颠覆。在推进一般文学作品的改编创作时,应当注意以下几点:

首先,剔除原著中不适宜进行影视呈现的部分,或是与主流价值观念有所冲突的内容。一般文学作品往往紧跟时代潮流、基于特定的文化背景展开,随着时间的推移,其中观点可能变得陈旧而不再被受众接受。在改编时应删除或修改其中与当代观众的审美不相符合乃至违反主流价值观念的内容,摒弃可能与现代社会现实相悖或引发争议的描述。这要求改编创作者从整体上仔细辨认作品,哪些部分是作品的核心价值所在,哪些部分需要更新以适应不同的媒介背景与欣赏期待。这种改编方式既能保持作品原有的艺术魅力,也能使改编作品更好地契合影视媒介途径和时代发展潮流。在目前的改编创作领域,网络小说已经成为重要的改编对象来源,这些作品大多类型特色突出,针对特定人群进行创作,充分把握小众喜好。例如,许多小说网站将"男频""女频"作为作品标签,直接推介给不同性别的读者。在"男频"小说中,女性角色往往围绕男主角设置,而非作为独立且发展完整的角色出现,描写通常包含着对于女性角色形象的物化与凝视,反之亦然。这些作品在互联网媒介小范围传播时问题并不明显,但其中叙事内容一旦置入电影或电视这种更大众的媒介环境时,便会产生水土不服之感。因此,对于网络小说改编剧来说,改编创作环节尤为重要。例如,在由网络小说改编的电视剧《庆余年》(2019)中,改变了原著中男主人公范闲穿越而来的设定,将剧情中天马行空的幻想归因于文学专业学生进行小说创作的过程,削弱了故事的奇幻色彩,为观众提供了一种更加贴近现实的解读方式。小说中出现了多位与范闲有着亲密暧昧关系的女性角色,剧中也重新调整了这部分内容,将情感线索简化为范闲和林婉儿之间的关系,避免描绘与多个女性角色的复杂情感纠葛。这种改编策略符合主流情感观念,同时增加了剧情的连贯性,使叙事节奏更加紧凑。

其次,深挖作品的内在成因与核心精神,正确认识原著作品的价值所在。一种文学作品之所以受到欢迎,必然映射出一定时期的社会氛围和人们的心理状态。尽管这些作品在形式和内容上可能与人们的现实生活相距甚远,但其中往往蕴含着普遍的人性问题、共通的情感体验以及对社会现实的深刻洞察。因此,在改编创作的过程中,需要透过现象看本质,理解这些作品的深层内涵,如此才能抓住改编重点。例如,当前互联网上流行的宫斗、修仙、穿越小说等,为身处现代快节奏生活的读者提供了一种缓解压力、逃避现实的方式,从而能够沉浸在一个完全不同的故事世界之中,满足读者对权力、爱情和冒险的幻想。例如一些热门修仙小说通常描述主角通过努力修炼不断攻克难关的过程,这种从弱到强的成长轨迹反映了人们对自我提升和成功的渴望;穿越题材的小说的主角往往带着现代人的知识和经验穿越到另一个时空,甚至拥有某种超能力。在充满不确定性的现实生活中,人们往往感到无能为力,通过阅读这类小说,读者可以感受到控制和改变世界的快感,满足在新环境中重塑自我和生活的愿望;宫斗题材的小说虽然表面上描写了以中国古代为背景或是完全虚构的宫廷故事,但其中权力斗争和人性考验成为现代社会环境的缩影,蕴含着对现实的隐喻和批评。在改编时,应当注重挖掘这些作品的情感内核,把握作品实质,突破表面的娱乐价值而触及更深层次的人性探索与社会议题。

再次,注重发挥娱乐作用。尽管大部分一般文学作品在思想价值、审美价值和艺术价值上有所缺失,但的确具有不可忽视的娱乐作用。在文学影视领域,也应当允许出现以承担娱乐功能为主的作品。事实上,适当的娱乐元素能够吸引观众,激发人们的情感共鸣与观看兴趣,从而去探索作品背后更深的艺术意蕴和思想内涵。因此,在一般文学作品的改编实践中,不应完全否定娱乐大众的作用,而应注重提升娱乐的质量,使其成为思考和感受的起点。例如,许多短、平、快的网络剧改编自艺术质量普通的网络小说,然而这种简单、放松与直接,亦为观众提供了不可替代的欣赏体验。对此,在改编这类作品时,应在保留原著娱乐精神的同时注重对于艺术创新的追求,通过影视语言探索原著中所未能表现的内容。

最后,值得注意的是,原著的质量并不决定改编作品的质量。一般文学作品经由改编创作,也有可能成为影视经典。通过高水平的改编创作,许多作品能够焕发出新的魅力,甚至可能超越原著。例如,改编自李碧华同名小说并由陈凯歌执导的电影《霸王别姬》(1993)曾获戛纳国际电影节金棕榈大奖、美国金球奖最佳外语片等国际大奖,在中国电影史上留下了浓墨重彩的一笔。然而,这部电影的原著小说在文学领域并不出奇,也没有产生如电影般深远的影响力。改编创作团队保留了原著的基本框架,在人物细节上作出创新性的调整,并注重利用视听语言来增强故事的情感力量,使其产生跨越文化和语言界限的感染力。又如,郑晓龙执导的电视剧《甄嬛传》(2011)改编自网络作家流潋紫的同名小说《后宫·甄嬛传》,在改编创作的过程中,将小说中虚构的"大周朝"背景改编为历史真实存在的清王朝,在原作的基础上进一步表现出对于封建社会的批判,使作品呈现出一种历史的厚重感。因此,改编本身就是一种创造性的艺术表达,而艺术亦非静态,是能够被重新解读和再创造的。即使是最普通的文学作品,也可能通过精心改编成为超越时代的经典之作。

　　改编能够为一般文学作品带来超出原作水平的关注,使得一些有待完善的作品在不断的重复与再创作中逐渐成熟,形成独特的艺术魅力和文化价值。相较于名著而言,一般文学作品的改编可能有更大的艺术创新空间。观众对这些作品的期待值可能并不过高,改编创作者能够充分尝试不同的叙事策略和表达方式。改编一般文学作品的重点在于找出这些作品的核心魅力,并在影视作品中利用不同的媒介手段扩大这种魅力。综上所述,无论是改编名著还是一般的文学作品,都需要对原著有深入的理解,在创作过程中贯彻原著精神,同时充分利用新的媒介优势进行改编。

实践编

第四章　结构：布局谋篇

对于文学影视改编作品的创作来说,结构布局具有显而易见的重要性。因此,深入探讨关键的理论及模型,有利于为改编影视作品提供创作指导与理论分析方法。在阐释相关理论概念和功能的基础上,提供具体的改编策略与分析方法,主要可以从如下角度出发:首先,引入可能世界概念,也即一种用于理解和构建虚构世界的哲学方法。在文学影视改编的创作背景下,可能世界可以视为故事的不同解释或版本,每个可能世界由特定的事件和细节构造而成。影视文学改编实际上是在创建原有叙事文本基础上的另一个可能世界。在此基础上,分析可能世界理论在改编创作中的应用,把握原著与改编作品的同与不同,以及如何利用该理论改写、重构与分析作品。其次,阐述故事模型的定义、要素与功能,从结构性的角度分析改编中的故事变化。改编不仅是内容的搬演与复制,更是对原有故事结构的调整、重组与超越,以适应不同媒介的叙述特点。最后,探讨叙事模型在改编过程中的重要作用,并分析叙事的核心构成要素。影视改编需要考虑如何调整文学作品的叙事方式、如何在影视作品中创造新的叙事维度,不仅包括传统意义上的情节和角色转换,还涉及叙事节奏和叙述视角的变化以及叙事时空背景的重塑。

第一节　背景:可能世界

"可能世界"(possible worlds)理论源自语义学范畴,起初作为一种哲学研究方法出现,主要强调现实世界与其所邻近的可能世界之间存在的差异性和可能性。尽管该概念本身在哲学领域仍然存在争议,至今仍然被广泛讨论。但在文学研究领域已被引入以及应用。有学者指出,"提倡把文学可能世界理论提升到一种文学本体论,其核心观点就是把文学看作一个可能世界……文学的根本任务和目的就是创造或建构可能世界"①,强调了可能世界理论对于建构文学本体论的重要作用。

在探索文学影视改编的过程中,可能世界理论同样提供了一个独特的理论视角与叙事分析框架。"可能世界叙事学里的故事概念是前瞻性定义的。所有这些事态叠加在文本进程中将坍缩为一种结果,这些结果的事态链条构成故事的情节……可能世界叙事学的故事则是指故事发展的潜力。"②从这个角度出发,能够深入理解改编作品的本质在于基于原著文本重新构造故事情节走向,从而在不同媒介中创造出一个既相互联系又独立存在的可能世界。因此,改编成为一种复杂的创造性行为,需要深刻认识不同媒介的差异性和可能性。在运用可能世界理论探索文学影视改编作品的过程中,能够展现原著的不同可能性,将文学与电影的叙事可能与不同的艺术表达形式联系起来。究其实质,改编创作是对原著可能世界的进一步探索。

---

① 张瑜:《可能世界理论与文学理论》,人民出版社2021年版,第373页。
② 张新军:《可能世界叙事学》,苏州大学出版社2011年版,第37页。

一、可能世界的概念

如前所述,可能世界理论在哲学领域的讨论主要集中在模态逻辑和经典逻辑语义学方面。而在文学领域,可能世界理论被用来描述故事世界的可能性、多样性和复杂性。在文学作品中,可能世界并非实际存在,而是通过文字描述呈现给读者的。每个作品都可以被看作一个独立的可能世界,读者通过阅读文本发挥自身想象力,沉浸于这一世界中,感受其中的人物、事件和情感。体现在文学改编影视作品中,可以将可能世界视为不同媒介的不同解释或不同版本,改编创作是在原著文本之上探索一个新的可能世界。从可能世界的理论角度探讨改编创作,就是探讨原著文本与其他潜在的可能世界之间的关系。因此,将可能世界理论运用到文学影视改编作品的创作与欣赏中,具有如下积极意义:

第一,提供新的叙事分析角度。可能世界理论提供了一种新的视角来看待改编作品,经由改编的不同版本作品都可以看作是原著延伸出的可能世界,在主题表达、人物设定和情节发展等方面既相似又不同。可能世界提供了一个理论框架,将受众对于作品的整体感知分解为具体而微的细节表现,也即完成从强调整体性与关联性到关注部分差异的过程。通过细分比较原著和改编作品中的不同情节链条与可能结果,可以更加清晰地揭示不同媒介特性对改编的具体影响。在此基础上,进一步探索叙事变化、角色变化等,乃至这些变化如何进而影响故事的走向,这种研究角度能够使改编研究更加贴近故事的核心,有助于更深入地理解改编作品。

第二,厘清改编的创作选择。改编作品无法复现原著的所有细节,改编创作者必须选择性地呈现情节和角色,创造出一个与原著相似但又不完全相同的可能世界。在改编过程中,人物的性格、动机可能发生变化,不同情节链条的设置也将导向不同的结果。改编电影可能会强化叙事主线而删减支线内容,或者调整人物特点和行为动机以适应影像叙事的要求,而这些改动自然会影响观众对于故事的理解和感受。无论是受到个人偏好和媒介特点的影响,或是受到文化背景的限制,可能世界理论将这种变化置于统一的范畴进行讨论,使受众更准确地识别和评价这些艺术选择及其背后成因。在文学影视改编过程中,对于视觉奇观的侧重已经成为常见的创作选择,通过现代影视技术如特效、建模等视听手段来重建和扩展原著中的可能世界,能够大大丰富原著叙事的艺术层次。例如,陈凯歌执导的电影《妖猫传》(2017)改编自梦枕貘所著小说《沙门空海之大唐鬼宴》,影片重点表现了在小说中着墨不多的"极乐之宴"。不同于原著中的华清宫宴饮,影片将地点置于花萼相辉楼,并运用电影美术手段塑造出仙山瑶池与金龟莲叶等具体形象,场面极尽震撼、恢弘而奢靡,成为影片的重要看点。影片中的"极乐之宴"段落实现了原著的另一种可能,而这种创作选择本身体现了不同媒介的表达侧重。

第三,肯定改编创作的独立性。在传统的叙事研究中,评价一个改编作品的价值往往基于其与原著的相似度,即在何种程度上忠实于原著,这种探讨仍然是以原著为中心的。在可能世界的视阈下,原著和改编作品为各自独立的实体,源自同一个故事但各自展现不同的可能。据此,对于改编作品的评价并非与原作进行对照,而是将其视为原作的一个新的可能世界,能够相对客观地评价改编作品,在注重原著与改编作品关联性的同时肯定改编创作的独立性。

值得注意的是,可能世界理论虽为文学影视改编作品提供了新的分析视角的解释空间,但对于这种理论的全盘吸收也将导致误区。过度解构作品的细节,纠结在不同可能之间,易使改编作品脱离文本基础,忽视原著与改编作品之间的客观联系。这种研究方式将具体的叙事情节拆解为不同的情节逻辑链,专注于文本内部的可能世界建构过程与选择,而非作品的艺术价值本身。可能使改编作品研究走向可能性分析,而缺乏对于整体创作的把握,也忽视了受众的欣赏偏好和审美水平等其他影响因素。因此,在运用可能世界理论来分析和评价改编作品时,既要认识到改编作品的可能性与独立性,也要充分考虑与原著的关联性,应当综合考量原著精神、媒介特点、观众偏好等诸多因素的影响,更全面地评价改编作品基于原著文本的可能世界建构。

二、可能世界理论的改编创作应用

在目前的文学、影视创作实践中,通过单一作品体现出不同可能世界的情况仍然较为少见。绝大多数作品即便采用非线性的叙事方法,但所讲述的故事本身仍是确定而唯一的,追求严密闭合的逻辑链条。这种创作方式与一定时期的信息传播模式有关,满足了观众对故事完整性和一致性的期待。然而,随着数字时代的到来,互联网高度普及,碎片化和多元化的信息充斥着人们的生活,真相的多面性和不确定性凸显出来。另一方面,在自然科学领域,量子力学研究取得重大进展,对量子叠加和不确定性等基本概念的探讨为认识世界的本质提供了全新的视角。在这种背景下,艺术创作趋势间接地受到影响,陆续出现了一些在叙事方面进行探索与尝试的影视作品,如汤姆·提克威执导的电影《罗拉快跑》(1998)颠覆了常规结构,设置三条平行的情节进展而导向不同的结果,探索和展示不同选择导致的可能世界。其他影片如埃里克·布雷斯、J.麦凯伊·格鲁伯执导的《蝴蝶效应》(2004),克里斯托弗·诺兰执导的《盗梦空间》(2010)以及邓肯·琼斯执导的《源代码》(2011)等,探讨记忆与意识、现实与可能之间的边界,丰富了电影叙事表现形式,也体现出鲜明的可能世界理论色彩。

改编作品通过不同媒介创造基于同一故事的不同可能世界,实际上顺应了这一趋势。每一次改编都可以看作是对原著可能性的一次探索,尤其是可能通过改编以不同媒介的特性来展现故事的不同侧面。即便是高度忠实原著的改编作品,也不只是一种叙事复制,而是经由不同媒介手段的重构与解读,丰富叙事的深度和广度,从而让观众在并置作品的过程中自由穿梭在不同的可能世界之间,体验各种不同的可能性,在不同文本间建构起由可能世界构成的叙事网络。可能世界理论为文学影视改编创作提供了新的思路,不再将对原著的还原度作为唯一标准,而更加专注于在尊重原著的基础上提高影视作品本身的艺术价值,勇于探索和创新。据此,主要可以从几个方面考虑改编创作的方向:

第一,重组故事结构。如前所述,不同媒介具有不同的表达特点,全面细致的小说、注重影像呈现的电影以及注重连续性的电视剧,各自对应着不同的叙事习惯与欣赏倾向,追求对于原著的完全还原也是一种缺乏现实性的假想。在改编创作中,通常会省略或压缩原著中的某些情节,或是拓展某一条情节支线、增加新的内容,探索不同角色的视角,增加作品的叙事层次和表达深度。在电影和电视剧创作中,非线性叙事例如倒叙、闪回等手法的运用十分常见,在这个过程中,改编创作者有机会探索原著未被深入讲述的内容,挖掘原著中未详细描绘或仅作暗示的情节,为一些人物角色构建完整的故事线,在提升改编作品新鲜感的同时适应媒介表达方式的转变,也因此通过不同媒介建构出不同的可能世界。

第二,改变人物设置。在文学影视改编中,微小的调整可能对作品起到整体性作用。其中,对于人物的调整是改编创作的常见处理方式。通过改编,可以深入地挖掘特定角色的过往经历与行为动机,在一定程度上改变原著角色的内在性格与外貌特征,也可以引入新的角色推动剧情发展。另一方面,人物关系的调整也是改编创作经常涉及的部分,原著中复杂的角色关系可能在改编中被重新解读,导向不同的主题或适应新的叙事结构。这种处理方式尤其体现在网络小说改编中,网络小说通常篇幅较长,人物关系也相对复杂,而在影视剧中则会显得拖沓赘余而缺少聚焦。改编时需要对人物设置和人物关系进行精简或重组,从而为观众呈现出一种与原著不同的可能性,探索不同的可能世界。在小说、电影和电视剧中,同一角色可以有不同的命运走向,为观众提供多种可能的故事结局。例如,改编自梁晓声同名小说并由李路执导的电视剧《人世间》(2022)主要讲述了在时代浪潮中周家三兄妹的生活经历,其中长兄周秉义为官清廉、鞠躬尽瘁,重情义而懂感恩,受到了观众与读者的敬佩与喜爱。然而,这一人物在原著中的结局是英年早逝,其妻子郝冬梅也随后改嫁,深刻反映了社会现实与复杂人性,具有一定悲剧色彩。在电视剧中,周秉义被改为诊断出胃癌早期,并与妻子共同面对。从原著的角度出发,这种改编是合理可信的,创造了角色命运的另一种可能性,成为与原著并行的可能世界。

第三,重置文化与时代背景。改编创作者可以根据主要受众的审美期待调整作品的内容,使观众通过当代视角重新理解原著中的主题,也使作品在新的文化语境下焕发出新的生命力。例如,将原著中的人物置于一个全新的时代,或者将原著的古代背景改为现代,诸如此类种种。英国广播公司出品的电视剧《神探夏洛克》(2010)改编自阿瑟·柯南·道尔创作的侦探小说《福尔摩斯探案集》,然而将原著中 19 世纪的故事背景移至 21 世纪的伦敦,也赋予了夏洛克·福尔摩斯与其搭档约翰·H.华生不同的面貌,比如小说中华生习惯写下日记记录查案过程,而在电视剧中作为现代人的他选择在互联网博客发布探案过程。除此之外,剧中还描绘了高科技犯罪与当代社会问题,为这一传统的侦探故事背景增添了新的元素。改编创作能够探索一个与原著相似而不同的可能世界,并通过这种差异让原著在新的背景下呈现出新的艺术魅力,激发观众对于不同可能性的深入思考。

综上所述,在可能世界的理论背景下,文学作品到影视作品的改编不应受到还原度的限制,而应鼓励创作者在尊重原著的基础上,通过重组故事结构、改变人物设置以及重置文化与时代背景等方式,探索多元的改编创新路径。由此,改编作品能够丰富原著的内涵,拓展艺术价值和媒介表现力,为观众提供不同于阅读原著的接受体验。

三、运用可能世界理论分析改编

可能世界理论为改编作品研究提供了一个新的视角,在这一视阈下,改编作品并不是依靠原著基础完成唯一"正确"或"可能"的表达形式,而是在尊重原著的基础上探索其他可能。每一次改编都是对原著的重新讲述、诠释与创造,改编作品的创新价值也正是在于可以超出原著本身而探索更多可能,其中所涉及的可能世界与原著有所不同,能够赋予观众更多解读和分析空间。

首先,可能世界是并存的,并且存在着相互影响。在影视实践中,存在着许多被多次改编的经典作品,艺术魅力经久不衰。不同的改编版本可以同时存在,并且各有其独特之处。不同的改编作品可能在主题、情节、人物与风格上与原著存在差异,但共享同一个故事世界,在或多或少与原著保持某种一致性的同时又提供了新的方向,共同构成了由多个可能世界构成的叙事网络。在可能世界的理论视角下,原著与改编作品指向不同的可能性,甚至存在着冲突或是矛盾,但这些作品并非孤立存在,而是同时存在且相互影响的。改编作品可能会让当下观众重新阅读和评价原著,促进关于原著与改编作品的共时性对话。中国古代小说《白娘子永镇雷峰塔》由冯梦龙所著,从民间传说中汲取灵感,这一故事于明代末期初具雏形,此后经由数百年的流传演变,在不同形式的媒介中生成了多个版本,具有不同的细节,如影视剧作品《新白娘子传奇》(1992)、《白蛇传》(2006)、电影《青蛇》(1993)、《白蛇传说》(2011)等。但这些版本不存在互相替代,而成为并存的可能世界。在改编过程中,可以将相关作品综合起来进行创作,如日本东映动画制作的动画电影《白蛇传》(1958)中的小青没有采用家喻户晓的青蛇形象,而是作为原本故事中的青鱼出现,而黄家康、赵霁执导的动画电影《白蛇:缘起》(2019)则将流传较广的许仙一角重新改回原始文本中的许宣。原著和改编作品各自展开基于自身媒介形态的故事,从而成就故事的多样性魅力,也即允许受众在不同作品之间寻找最契合自身想法的叙事体验。

其次,分析改编作品的可能世界时,不仅要考虑作品本身,还要考虑其在可能世界整体网络中所占据的位置。对于大多数改编作品来说,原著所涉及的可能世界显而易见地具有中心性,是其他一切媒介延伸作品的起始点。值得注意的是,在可能世界理论视阈下,主要关注"可能"与"其他可能"之间的关系,而非"可能"与"不可能"之间的关系。"文本现实世界可以呈现为现实世界的表征,也可以呈现为一个替代可能世界的意象,这个替代可能世界通过重新中心化而成为现实"①。对于非虚构作品而言,文本中的可能世界对应着现实世界,而科幻、奇幻类虚构作品中,原著中的可能世界虽然与现实世界存在着巨大差异,但往往被赋予了现实世界所具有的中心地位,为改编作品奠定了整体规则。例如,《哈利·波特》的原著小说构建了一个魔法世界,有其独特的历史、规则和传统。这些内容为改编作品提供了一个基本框架,也即探索可能世界的基础。如果在改编创作中完全颠覆原著内容,破坏原著中所建立起的历史设定与基本规则,则极易面临着改编失败的风险。诚然,也有一些作品通过解构的方式改编原著,获得新的中心地位而成

---

① 张新军:《可能世界叙事学》,苏州大学出版社2011年版,第97页。

为后续作品的参照,但从整体来看,受到观众欢迎的改编作品通常较为尊重原著所建立的基本设定和主要角色,同时充分适应新的媒介和时代背景,探索其他可能世界。

在运用可能世界理论分析改编作品时,主要分成两个阶段。第一,理解原著中的可能世界。理解改编作品的关键在于深入原著,尽管改编作品自身可能已经具备一定的独立性与完整性,原著文本仍然是不能忽视的重要对象,这种改编中的变化与选择及其背后的成因是改编研究的重要内容。所以在分析改编作品时,需要细读原著文本,了解不同人物的性格特征、人物经历与行为动机,并在此基础上判断这些角色如何与故事背景相互作用,从而推动叙事发展。另一方面,可能世界中的基础框架与现实世界或多或少地存在不同,这种差异尤其体现在虚构作品中。许多虚构作品天马行空,通过想象勾勒出迥异于现实的幻想世界,其所建立的可能世界具有一套独特的规则,可能是自然界或社会层面的不同,也可能是魔法与科技的差距,这种潜在的基础设定和逻辑体系构成了原著的特殊性和可识别性,与人物成长和情节发展息息相关。只有充分理解原著的整体框架,确立原著作为文本现实世界的中心性,才能据此确定改编中的"可能"与"不可能"。此外,应当深挖原著所受到的历史、文化与思想影响,从而透视原著中潜藏的象征与隐喻,以及对于主题、人物和情节的影响。在改编过程中,文化背景与时代转换的过程取得了变与不变之间的平衡点。第二,探索改编作品的可能世界。这一阶段更加侧重于影视作品如何在原著的基础上重新构造可能世界,分析改编作品如何通过对原著进行删减与扩展以及塑造视听叙事保持与原著的关联性、一致性与连续性。影视作品通过视听手段构建新的可能世界,通过不同的媒介展现了故事不同侧面,如通过转换叙事视角展现原著中未详细描述的场景,或通过完善人物的成长经历增强观众共鸣等,为观众带来新的叙事体验。这些改编内容丰富了原著中的故事世界,在这个过程中,应当注意叙事是否流畅而富逻辑,避免因为内容增删而导致剧情拖沓、跳跃乃至难以理解。在整体上判断改编作品的可能世界在何种程度上具有可能性,从而衡量改编作品所创造的可能世界的艺术价值。

从可能世界理论角度出发看待改编作品,能够更全面地理解原著与改编作品之间的关系,将原著与不同的改编作品置于统一的范畴进行讨论,强调作品各自的合理性与作品之间的关联性。每一部改编作品不仅与原著相互影响,也与其他不同的改编作品相互影响,共同编织出具有多元性与关联性的可能世界叙事网络。

第二节 故事模型

在文学影视改编的过程中,需要厘清原著的整体框架与结构,为改编创作奠定基础。无论是非虚构或是虚构作品,之所以受到读者的欢迎,大多数并非随心所欲而作,而是基于一定的创作方法、故事模型与叙事方法。因此,为了更清晰地梳理作品、引入故事模型并进行叙事分析是十分必要的。故事模型是构建可能世界的基础,为叙事提供了基本的框架结构。在改编过程中,明确原著的故事模型有利于使复杂的作品重归实质,确立原著的叙事本质,使改编创作者的视野更加清晰,从而赋予故事本身以更加广阔的创作空间。故事模型可以成为连接原著与改编作品的桥梁,使作品在再创造的过程中在一定程度上保持可识别性和一致性。

通过分析原著与改编作品中的故事模型,能够使原著中的关键人物、情节和悬念等更加清晰,同时使故事结构和故事本质更加清晰,从而更直观地分析改编作品中的结构性调整。

一、故事模型:定义、要素与功能

故事模型是叙事作品的基本框架与内容,能够通过结构化的方式来看待故事的各个组成部分,包括主题表达、人物形象、情节发展以及悬念设置等。故事模型的应用十分广泛,贯穿在创作、改编和批评的各个阶段,能够透过现象看到故事的本质,挖掘蕴藏在故事中的普遍性。因此,在探讨改编作品如何通过新的媒介讲述原著中的故事时,将故事模型作为一种解构与重构的方法论,能够透视叙事的基本内容,使复杂的人物、情节与环境相对简化地呈现出来。

诚然,故事模型并非一种可供套用的固定范式,而是在创作实践中被逐渐总结和提炼出来的一般规律,能够对叙事创作起到指导作用。故事模型不是万能的"公式",而是经验的总结。不同时期和不同背景下受到欢迎的故事模型可能不尽相同,需要创作者灵活运用与处理。因此,故事模型能够为叙事创作与分析提供一个框架,其中具体内容需要由创作者精心填充,在契合受众偏好的同时实现艺术创新。

叙事艺术发展至今,经由小说、戏剧与电影等不同媒介的创作与演变,有许多故事模型受到关注与认可,并得到学者、艺术家的总结。其中,有一些关于故事模型的经典论述跨越时间的界限,至今仍然被广泛讨论和引用。例如,20世纪初期,法国戏剧家乔治·普罗第(Georges Polti)通过对古今戏剧作品的研究总结出36种剧情模式,对西方戏剧与电影创作产生了深远的影响。又如,约瑟夫·坎贝尔(Joseph Campbell)在其所著《千面英雄》中,总结了世界各地文学作品与民间传说中的神话原型,讲述了主角人物"英雄之旅"的几个阶段,包括"启程""历险的召唤""拒绝召唤"①等。此外,布莱克·斯奈德(Blake Snyde)

---

① [美]约瑟夫·坎贝尔:《千面英雄》,朱侃如译,金城出版社2012年版,第3页。

在其著作《救猫咪》中提到了常见的十种电影类型,包括"鬼怪屋"型、"金羊毛"型、"如愿以偿"型、"麻烦家伙"型、"超级英雄"型等。[①] 上述故事模型集中在人物设置、情节模式以及悬念线索等方面作出总结,将受到读者与观众欢迎的故事分解为不同方面的要素,将笼统、抽象的叙事风格转化为具体、量化的故事模型,对创作具有一定指导作用。从故事模型的角度来看,可以将一个故事拆分为以下几个基本要素:

第一,主题与情节。主题是故事的中心思想,是作品的核心价值,涉及人性、社会与哲学等具有一定普遍性的议题。主题可以是通过旁白与人物台词直接表现的,也可以是隐含在情节发展与人物经历中的;可以是确定唯一的,也可以是多元开放的。主题并不是孤立存在的,而是与人物、情节与环境等连缀在一起,在相互影响下共同构成作品的整体。情节是一系列事件和行动的组合,包括开端、发展、高潮和结局等。情节是故事的主要框架,能够起到展现人物性格、推动叙事发展以及揭示主题思想的作用。引人入胜的情节不仅能吸引读者与观众的注意力,还能激发他们的情感,让他们对角色产生共鸣,同时对故事背后的更深层含义进行思考。例如,在《西游记》中,师徒四人西天取经所经历的"九九八十一难"构成了故事的主要情节线索,包括在花果山、火焰山以及女儿国等地点所发生的一系列事件,体现出四人在磨难的成长与变化。

第二,人物与环境。对于叙事艺术作品而言,角色始终是故事的核心。读者与观众需要通过人物感受故事世界,这些人物的不同经历构成了通往故事世界的通道。成功的人物塑造能够提升作品的接受程度,因此也往往被寄寓叙事的核心价值。故事中的人物包括主要人物和次要人物,可能体现为正面角色和反面角色等。在观看作品的过程

---

① [美]布莱克·斯奈德:《救猫咪:电影编剧宝典》,王旭峰译,浙江大学出版社2011年版,第22页。

中,人物形象在叙事过程中被建立起来,在读者与观众心中留下深刻的印象,乃至实现符号化的效果,如《西游记》中的孙悟空、《封神演义》中的哪吒、《白蛇传》中的白蛇等经典角色,其影响力已经超过了原著作品本身,而化身为一种精神符号,长久地在文化领域产生影响。故事中的正面角色通常代表善良与正义,而反面角色通常是为主角带来挑战和冲突的阻碍力量。创造一个均衡的角色体系有利于更好地构建故事世界,通过深入挖掘每个角色的内在心理与行为动机,呈现其成长经历,能够增加故事的情感深度、复杂性与层次感。故事中的环境指故事发生的时间和地点,既包括自然地理环境,也包括历史、文化与社会背景等。例如,《哈利·波特》中的霍格沃茨魔法学校、《冰与火之歌》中的维斯特洛大陆以及《爱丽丝梦游仙境》中的不可思议之国等,这些环境不仅塑造了人物的身份背景和行为动机,也对叙事发展起到关键的推动作用。深入挖掘和运用环境描写,有利于丰富故事的层次,创造一个既独特又引人入胜的故事世界。

第三,悬念与冲突。悬念是指故事中设置的未解之谜或即将发生的事件,能够引起读者与观众的好奇心,对情节发展充满期待。在文学影视作品中,创作者可能会选择通过隐藏一些信息,如让读者或观众得到某些人物不知道的信息,或者反之让角色得到某些读者或观众不知道的信息,从而牵动读者与观众的心灵。创造悬念,或是推迟解决问题、揭露秘密的时间,使得悬念贯穿作品。例如,在影视创作中,通常采用交叉蒙太奇的剪辑方式,以达到一种"最后一分钟营救"的效果。这种悬念处理方式自电影诞生之初已有尝试,并在影视创作领域发挥着长久深远的影响。例如,在《党同伐异》(1916)、《闪灵》(1980)、《罗拉快跑》(1998)等电影中,都存在着所谓的"最后一分钟",即主角面临巨大危险或困境,随着时间推移,紧张感不断升级,但终于在最后出现了意外的转机或营救,从而人物脱困、问题解决和悬念落地。冲突是故事中的矛盾,包括外部冲突与内部冲突。冲突构成了叙事文本的戏剧性,对于情节发展具有重要作用。例如不同人物可能分属不同阵营,象征着正义与邪恶;又如人物面临着道德困境或情感选择,陷入内心的挣扎;抑或是人与社会、自然之间的冲突,等等。冲突推动了情节发展,是人物性格发展变化的催化剂,并与悬念相互作用而构成叙事张力,驱动故事向前发展。好的故事往往能够巧妙地使用悬念和冲突,让读者或观众在紧张与释放中体验故事的情感深度和主题思想。

二、结构性调整:改编中的故事变化

在改编过程中,原著中的故事模型并非一成不变。为了适应视听媒介的特点和观众的审美期待,时常可见重组情节结构、改变人物形象的情况出现,或是改变主要的叙事线索与悬念,选择更适宜通过影像语言表达的内容。一方面,明确原著中的故事模型有利于改编创作的有序开展,把握原著核心精神;另一方面,对于故事模型有较为清晰的认知,也能够在改编创作中避免使故事结构失衡或模糊不清的常见问题。同时,改编创作者还可以通过故事模型来分析原著的接受情况,据此分析改编作品的受众偏好。因此,在改编创作的过程中,需要依据故事模型作出整体结构上的调整,从而在把握原著精神的基础上适应新的媒介表达方式,适应电影和电视剧的时长限制、视听效果以及欣赏习惯等。

将原著作为一个故事模型进行剖析,可以从前述角度思考改编创作的方向。

首先,在主题与情节方面,文学与影视作为不同的艺术表达形式,在主题选择和情节设置上存在着本质差异。不同媒介的特性的作品具有不同的侧重。显而易见,电影能够通过视听媒介直观呈现故事世界,而小说需要通过语言媒介描述。与之对应的是,读者需要充分调动想象力还原叙事内容,而观众需要通过直接感知汲取信息。电影通常有固定的时长限制,要求在有限的时间内清晰、紧凑地展现主题与情节,而小说的阅读时间更为灵活,允许作者在更长的篇幅中逐渐深化和揭示主题。在改编过程中,需要将原著置于故事模型之中,考虑其优势与局限,也即是否仍然能在视听媒介中发挥积极作用。在改编实践中,多见选择原著中的某个主题进行强调,乃至引入新主题的情况。原著中的抽象主题、意象和隐喻可能通过具象的视觉符号在影视作品体现出来。例如,在电影《红高粱》中,将澎湃的激情、旺盛的生命力和悲壮的家国大义融合为一抹鲜艳的红色,红高粱之"红"成为影片的主题所在。在电影《哪吒之魔童降世》中,"灵珠"与"魔丸"则成为善恶两面的代名词,最终得出"我命由我不由天"的结论,意在表达充分发挥主观能动性对抗命运,即会形成强大的自我力量。在此基础上,电影与电视剧受到时长的限制,可能无法复现小说中的所有情节,选择删减和合并情节以及调整事件的顺序,也是改编的常见步骤。例如,在曾国祥执导并改编自庆山同名小说的电影《七月与安生》(2016)的开头部分,是剧组工作人员找安生问询有关七月创作的相关事宜,而安生否认二人相识的情节,将后发生的事情前置,采用倒序的叙事顺序,从而为影片结局作出铺垫,使作品在结构上更加完整。在此基础上,影视剧可能需要更为戏剧化的表达和明确的冲突,从而吸引观众的注意力,如改变原著的情节顺序,将关键情节提前或将高潮段落推迟以强调紧张感,营造影视节奏等。

其次,在人物与环境方面,需要对原著中的人物进行深入分析,包括人物性格、成长经历与行为动机等,并适当调整使其适应新的媒介环境。文学作品中一般人物较多,在电影或电视剧中常将几个次要人物合并为一个具有代表性的角色,或是改变原有人物的特点,在叙事中重新找到自身位置与作用,从而适应发生变化后的剧情。例如,原著中的配角人物可能在改编后的影视作品中承担更重要的功能,对叙事起到催化作用,或对主要人物产生深远影响,提升剧情的连贯性。例如,在由张开宙执导并改编自关心则乱同名小说的电视剧《知否知否应是绿肥红瘦》(2018)中,对盛家主母王若弗这一人物进行了调整。原著中的王若弗愚蠢且暴躁,而在电视剧中将其描绘为一个虽然性格急躁,但心思单纯、舐犊情深的母亲形象,在为剧集增添喜剧色彩的同时,也使人物更加立体、剧情发展更加流畅。除此之外,改编创作者可能会创造一个或数个全新的角色,从而代表某个群体、引入新的冲突或促进情节转折。值得注意的是,新角色的创建需要经过审慎考虑,确保其充分融入原有叙事之中,而避免造成割裂或不和谐的情况。其中,应当尤其注意明确人物的内在驱力,确保符合故事的情节逻辑和情感表达。对于环境的改编则应考虑到视听效果的营造,影视作品需要将语言描绘的场景具象化,一般选择现实世界中的拍摄地点进行拍摄,或是通过特效制作而重建故事环境。因此,应当充分利用影视艺术中构图、色彩、灯光等视觉元素,以及音乐、音效等听觉元素,重新诠释原著的情绪与气氛。例如,在由郭帆执导并改编自刘慈欣同名小说的电影《流浪地球》(2019)中,详尽呈现了小说所描绘的"地下城",其中倒立生长的树木、舞狮、麻将与火锅等居民日常,共同构成了生活侧写与奇观表现,为观众带来既熟悉又陌生的观赏体验。这种场景塑造无疑是一种基于原著的艺术创新,成为衡量改编作品艺术质量的关键所在。

最后,在悬念与冲突方面,需要重新确立影视剧中的主要线索,据此建立悬念、冲突与解决方式。悬念的建立是吸引观众的关键,在影视作品中,需要通过剪辑、音效以及演员表演的方式塑造悬念,或是重新安排情节的顺序,将结局前置或是在叙事中隐藏某些关键信息等。例如,电影与电视剧常常采用变化的光线、非常规的摄影角度、突如其来的音效和不和谐的音乐等,表达出悬而未决的紧张情绪。又如,通过特写镜头与慢镜头,或者将音效突然转为静音等处理方式,强调事件和情绪的发展程度。在改编中,需要充分理解和调度不同的视听元素,并将其与故事内容紧密结合,提升影片的叙事节奏与质感。对于文本中冲突的改编,不仅应当表现角色之间的冲突,更应突出人物的内心冲突和个体与环境的冲突。在此基础上,对于冲突的解决方式作出契合当下观众思想的调整,使故事在新的语境下合理可信。对于长篇小说的改编而言,重新处理悬念与冲突显得尤为重要。例如,《平凡的世界》《一句顶一万句》《白鹿原》等中国现代文学作品,其原文本中往往具有充分的叙事空间,描绘了多条线索与多个主题。在改编过程中,需要精心梳理和挑选其中最能体现作品主题、最具戏剧张力的悬念和冲突,并进行提炼和重组,在保持原著精神的基础上积极创新,将复杂而深邃的文学叙事转化动人的影视故事。

三、故事模型的应用:改编策略与实践

对故事模型的剖析与运用,对于叙事和改编创作具有重要意义。如前所述,经由时间检验的故事模型实现了对故事的提炼,能够提供一个包含故事各方面内容的框架,也即在不同作品之间找到一种普遍性。例如,作家可以利用故事模型的思路进行创作,而改编创作者也可以通过编译和解读这一故事模型而获得更接近作品本质的认知,或者根据不同媒介的需求调整或采用新的故事模型。值得注意的是,随着时代发展与媒介环境变化,观众对于故事模型的偏好也在发生改变,这要求改编者顺应潮流,对故事模型进行调整与创新,基于原著所采用的故事模型而采取适当的改编策略。

纵观叙事艺术的发展过程,在不同时期往往有一个或数个故事模型受到大众欢迎,这可能与观众的欣赏偏好相关联,也可能受到不同作品之间存在模仿与借鉴的影响。例如,"金手指""玛丽苏""无限流"等故事模型曾一度被视为网络文学创作的重要类型,在互联网阅读平台风靡一时,也因此影响了一系列的改编作品。熟悉的人物类型、情节走

向与结局能够使观众走上一条叙事的预设路径,然而,长此以往,这些热门的故事模型也可能会因过度模式化与套路化而使观众感到厌倦。因此,尽管一些故事模型可能曾经成为经典,但并不是一成不变的金科玉律,也需要根据具体情况进行加工创作。从整体上来看,一个精彩的故事往往是在经典故事模型的基础上趋向多元化、复杂化发展,并且注重贴合社会现实议题与观众欣赏偏好的。在改编过程中,改编创作者应当通过故事模型思维充分剖析原著内容,解构改编对象,并据此重新建构起既具备可识别性和一致性,又体现出契合媒介的艺术创新性的故事内容,需要注意以下几点。

第一,以故事模型思维解构改编对象。在改编创作的初始阶段,对原著故事模型的解析是十分必要的。通过梳理、剖析故事模型,能够使故事的结构和层次更清晰地展现出来,因此,在改编创作初期,应当从宏观角度着手,通过故事模型掌握作品的大致框架,包括人物设置、情节走向以及线索铺展等,并且注重分析这些叙事要素之间的关联。据此,改编创作者应当进一步分析构成故事模型的关键,即与故事主旨相关的关键人物、情节等,而后得出原著中的"可变"与"不可变",以此为准绳开展改编工作,判断是否应该保留、强调或删减具体的文本内容。例如,布莱克·斯奈德在探讨"超级英雄"型情节时曾经指出,为了让观众更加同情看似无所不能的"超人"角色,应当"通过赋予这些优势的同时给他们增加痛苦"①。在这一类作品中,"超人"的天赋异禀与其所承担的痛苦显然是不可分割的一体两面,二者在文本叙事中相辅相成,改编中一旦破坏了这种平衡,则会使人物显得单薄而难以令人共情,使故事失去吸引力。诚然,原著所采用的故事模型往往基于特定媒介、时期

---

① [美]布莱克·斯奈德著:《救猫咪:电影编剧宝典》,王旭峰译,浙江大学出版社2011年版,第36页。

以及观众群体喜好,可能具有一定局限性,或是与当前的艺术创作实际具有一定距离。对此,应当在深刻把握故事模型的基础上加以灵活运用,既受到抽象框架的指导,也能在填充具体内容的时候适当创新。

第二,注重根据不同媒介背景调整故事模型。不同媒介所常用的故事模型和故事讲述方式是不同的,在改编创作中调整原著的故事模型是一种必然。梳理原著文本之后所得出的故事框架与要素,是改编创作开展的基础。在改编过程中,改编创作者应当充分利用故事模型的经验,以创造性的思维重新构思、排列和组合这些内容,并通过视听媒介复现原著的魅力。在电影和电视剧中,一般主题相对明确,人物关系较为集中,且戏剧冲突较为清晰,而在小说等文学作品中则反之。这要求改编创作者充分了解整体框架和故事细节,在不破坏故事框架的大前提下修改人物和情节走向,调整叙事内容。例如,名著作品通常具有恢弘庞大的历史背景以及较长的时间跨度,描绘了一批具有代表性的人物群像,但在影视改编中,受到播出时长的限制,往往不能完全涵盖。如果一味坚持原本的故事框架,难免会忽略一些文本细节,可能使改编作品在整体上显得空洞而乏味。因此,对于这些作品,应当注意从中撷取精彩的人物与事件,以相对更紧凑、集中而适合影视剧播放的结构形式组合起来。同理,网络文学作品大多采用套路化的情节模式以及同质化的戏剧冲突,维护特定的读者群体,满足订阅的需求,在艺术质量上并不求精。对于这些作品来说,在改编的过程中应当挖掘作品的本质,找到其中最核心的结构进行提炼、优化和调整,使人物形象与情节发展更加丰满、立体与可信。

第三,在不同媒介间维护故事模型的可识别性和一致性。从结构主义的角度出发,一个故事由不同的要素组成,改编是将这些要素在不同媒介、时代或文化背景下重组。正是这些要素使受众能够成功识别经过媒介转化的原著作品,构成了读者和观众对于改编作品的初步感知和体认。如果一个文学作品在改编后变得面目全非,甚至完全无法辨认,那么也就失去了改编创作的意义。因此,在不同媒介间维护故事模型的一致性,有利于使观众在媒介转换的过程中建立起叙事连贯性,在发挥原著精神的同时发挥改编作品独立的艺术价值。然而,对于故事模型的维护也存在着一定的限度。在艺术创作实践中,并不排除有一些作品的故事内容并不成熟,形式也并不健全,或是充斥着过时、俗套的观念等。例如,曾经在网络文学小说中流行的"金手指""无限流"故事模式,已在如今的影视创作中受到诟病,观众不再愿意见到这种缺乏现实感、如同白日梦般的简单满足,而是希望看到一些更加真实且能够牵动人心的影视作品。又如,曾经以男性角色为主的文学和影视作品对于女性角色鲜有描写,随着社会发展变迁与性别观念的进步,女性角色开始被关注,读者与观众开始期待观看采用所谓"大女主"剧情模式的影视作品。在这种情况下,对于原著故事模型的过度依赖会限制改编作品的发展可能。故事模型只是一种创作经验、一种分析框架以及一种理解故事的思路,而并非改编创作唯一的方法。在具体的创作中,需要结合具体文本的内容、不同媒介与文化背景以及受众的接受水平进行取舍。

第三节　叙事模型

故事模型为作品提供了基础框架,主要包括主题、人物和事件等,而叙事模型则关系到如何讲述这个故事。在这个过程中,需要考虑包括视角的选择、时空的处理、情节的顺序在内的种种问题。如果说故事是一匹布料,叙事则是将其剪接拼贴的方式。叙事模型着重于故事的呈现方式,探讨如何通过不同的叙事方法组织和诠释故事内容。叙事模型和故事模型都是指导包括文学与影视在内的叙事艺术作品创作的理论工具。改编创作的魅力不仅在于形成一个与原著相关联的精彩故事，更在于创造性地运用叙事手段使故事焕发出新的生命力。在改编创作中，可以尝试与原著不同的叙事方式，如改变叙事视角、重建叙事时空等，为原有的故事增添新的层次，特别是借助视听媒介的优势，表现出那些原著中无法被语言表达的内容。当下，许多传统文学作品以崭新的面貌与观众相见，通过先进的影视技术，呈现原著中那些耳熟能详、家喻户晓的场景。改编作品因而成为叙事创新的平台，允许创作者充分发挥主观能动性，突破原著叙事的界限，创造出全新的叙事空间。

一、叙事模型与故事讲述

相较于故事模型对于文本内容和结构的强调，叙事模型则更加关注故事的表达方式，即故事是如何被讲述的。对于叙事结构的讨论最早可以追溯至亚里士多德（Aristotle）在《诗学》（*Poetics*）中所提出的三幕结构，包含开端、中段和结尾三个部分。自那时起，对叙事的探讨一直在不断发展。19世纪，德国戏剧理论家古斯塔夫·弗赖塔格（Gustav Freytag）根据古希腊戏剧与莎士比亚戏剧等总结了金字塔型的五幕剧情节，认为典型剧情由开端（introduction）、上升（rise）、高潮（climax）、回落（fall）以及结局（catastrophe）组成，这种"金字塔"结构在文学创作与批评中被广泛使用。进入20世纪，俄国语言学家、民俗学家和艺术理论家弗拉基米尔·普洛普（Vladimir Propp）在其代表著作《故事形态学》（*Morphology of the Folktale*，1928）中提出了对于民间故事分类的基本单位，也即31种功能，并据此总结出一套民间故事的叙事规则，揭示了叙事内在的普遍性，在不同文化和时代的叙事中得到体现。普洛普的理论对叙事以及结构主义研究产生了深远影响，对如今的影视理论与实践仍然具有借鉴意义。

第四章　结构：布局谋篇

21世纪,随着媒介技术的蓬勃发展,叙事艺术的场域已经发生变化。电影、电视剧以及网络视频等新的故事载体不断冲击着学者、创作者与受众旧有的认知和表达逻辑,传统的线性叙事已经不能适应当前的叙事需要,非线性、碎片化、互动性与多模态创造了叙事的新面貌。例如,在文学领域,20世纪兴起的意识流作品影响深远,其中对于意识流动过程的直接叙述、打破时空界限以及对于人物心理世界的表现等处理方式,让读者直接接触到人物内心的情感波动,带来独特的阅读体验。而后现代文学作品中的元叙事(metafiction)技巧,则通过打破"第四堵墙"直接与读者进行交流,从而解构、质疑与消解叙事本身,在文本中表达了对于叙事建构的反思。在电影领域,也同样浮现出一批受到新的叙事方法影响的作品。例如,英格玛·伯格曼(Ernst Ingmar Bergman)执导的《野草莓》(*Smultronstället*,1957)、阿仑·雷乃(Alain Resnais)执导的《去年在马里昂巴德》(*L'Annee Derniere a Marienbad*,1961)、费德里科·费里尼(Federico Fellini)执导的《八部半》(*8½*,1962)等,在这些作品中,都尝试通过不同的叙事方法直接表现人类意识的流动与心情的起伏,运用包括长镜头、跳切、叠化在内的特定的拍摄手法与剪辑手法,创造了一种崭新的影像叙事方法。电影与电视剧所采用的视听媒介能够赋予叙事前所未有的真实感。尤其是计算机技术飞速发展,在影视制作中得到了广泛应用,浮现出一批作品如电影《指环王》(*The Lord of the Rings*,2001)。《哈利·波特与魔法石》(*Harry Potter and the Philosopher's Stone*,2001),以及电视剧《权力的游戏》(*Game of Thrones*,2001)等,不断挑战着虚拟和现实的界限,拓展了叙事的可能性。

随着跨媒介叙事的兴起以及构建电影"宇宙"的流行风潮,观众的接受行为也发生了变化,原本对于叙事的追求主要在于一致性与连贯性,开始转向要求容纳对于同一作品的不同细节、不同走向与不同解读。在这种背景下,亟需叙事理论层面的更新。玛丽-劳尔·瑞安(Marie-Laure Ryan)曾在其著作《故事的变身》(Avatars of Story)中指出,叙事的定义应当包含"空间维度""时间维度""心理维度"以及"形式与语用纬度"①四个方面,构成受众理解和分析叙事、形成心理认知的框架。在此基础上,瑞安提出了关于文本结构的几种模型,"在传统和互动叙事中,文本结构是由故事和话语层面构成的建筑"②。这种文本结构模型强调了叙事的多维性,在这种背景下,叙事不仅仅是一系列事件的线性展开,而是一个复杂的可能世界,包含了多种可能的存在模式、情节路径与时空关系。

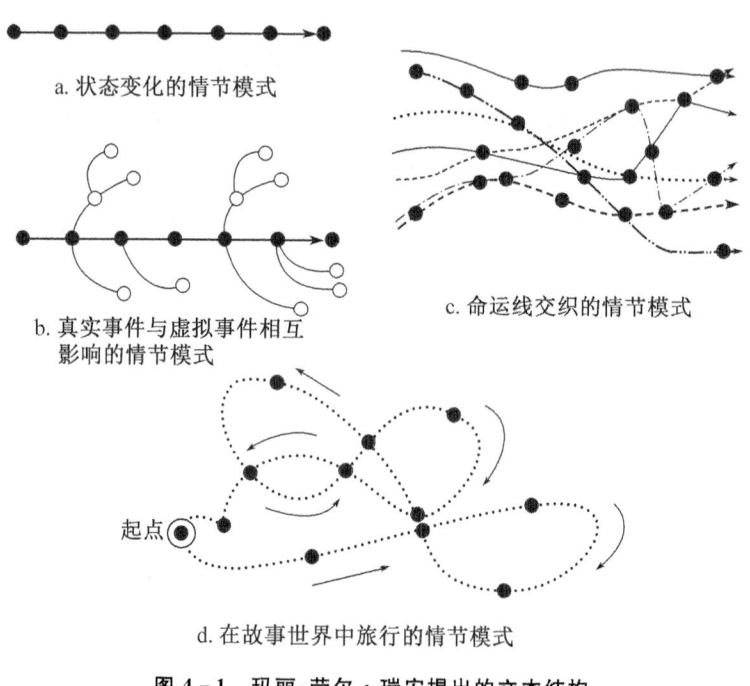

a. 状态变化的情节模式

b. 真实事件与虚拟事件相互影响的情节模式

c. 命运线交织的情节模式

d. 在故事世界中旅行的情节模式

图 4-1　玛丽-劳尔·瑞安提出的文本结构

---

① Marie-Laure Ryan, *Avatars of Story*, Minneapolis: University of Minnesota Press, 2006, p. 8.

② Marie-Laure Ryan, *Avatars of Story*, Minneapolis: University of Minnesota Press, 2006, p. 101.

图中,实线代表发展变化的时间,虚线代表潜在的其他可能,而圆点代表发生的具体事件。在整体上,文本结构基本可以分为状态变化的情节模式、真实事件与虚拟事件相互影响的情节模式、命运线交织的情节模式以及在故事世界中旅行的情节模式,对应着不同的类型创作图谱。这种探讨重新划定了叙事的范畴,进一步阐明了文学与影视创作的叙事方法,对于改编作品的创作具有指导意义。

文学影视改编是一场跨越不同媒介的挑战,也同时成为重塑叙事的机遇。对于叙事模型的充分认知与仔细打磨,是创作出优秀作品的重要环节。事实上,叙事甚至可能会决定观众的感知与理解,不同的叙事形式可能会导向截然不同的观看体验。例如,日本导演中岛哲也(Tetsuya Nakashima)执导的电影《告白》(*Confessions*,2010)改编自推理作家凑佳苗(Kanae Minato)的同名小说,讲述了女教师森口悠子为女儿复仇的故事。小说采用了一种近乎日记般的叙述,读者成为女主角森口悠子的倾听者,听她讲述教学、婚姻、育儿与失子的种种心路历程,深入女主角的内心世界,感受她的痛苦与愤怒。电影则不同于小说中的第一人称自白,客观、冷静地抛出森口悠子的女儿溺亡于学校游泳池的事实,随着电影叙事推进,观众逐渐通过有限视角拼凑出事情的真相,同时深陷剧情所布置的悬念之中,被影片中的人物所牵动。这是一种较为典型的叙事方式调整,将小说中细致的剧情铺展转化为碎片般的真相拼凑,采用了相较于原著更加复杂的叙事结构,增强了故事的立体性和复杂性。

总体而言,不同的叙事模型各自具备自身的优势和局限,改编创作者需要根据不同的媒介环境、故事内容和观众群体来选择最合适的叙事模型。叙事形式对于故事内容的重要性是不言而喻的,直接影响观众是否对故事感兴趣,以及如何理解和感受这个故事。适当的叙事模型可以使故事内容更加生动,在清晰传达故事的同时为文本增添吸引力,它可以是完整、有序而线性的,可以是自由、跳跃而非线性的,也可以是套层、多线的,又或是对时空进行转变、压缩和延伸的。精致的叙事结构不只是一种形式,还能够超越故事内容,创造自身独特的艺术价值,将叙事体验转化为一种审美体验。随着艺术与技术的不断发展进步,叙事模型自身也在不断发生更新、变化和扩展。在改编过程中,创作者应当考虑如何选择恰当的叙事方式,为观众提供欣赏原著故事的不同角度。

二、叙事方式调整：跨媒介叙事表达

跨媒介叙事通过多个媒介平台来共同构建一个故事世界,每一个作品都有其独特的叙事策略和表现形式。在这种背景下,应当将改编作品视为独立的作品,也即与原著并列的可能世界,二者彼此独立又相互补充,运用不同媒介手段与叙事方式而共享同一个故事世界。尽管跨媒介叙事的概念并不局限于文学作品到影视作品的改编,但从整体上看,文学影视改编作品在其中具有举足轻重的地位。正如瑞安所说,"在实践中,它(跨媒介叙事)通常从自下而上开始,利用原本被认为是自主的叙事的商业成功,往往是一部小说"[①]。在影视实践中,许多受到欢迎的跨媒介叙事版图的建立最初始于一部小说。一方面,小说基本属于个体创作而非群体创作,创作成本相对较低;另一方面,小说通过文字建构故事世界,赋予读者以充分的想象空间,为后续的延伸叙事提供了坚实的基础。在此基础上,小说已经通过了观众的检验,相较于原创剧本,能够在一定程度上提供艺术质量与叙事水平的保障。

文学影视改编涉及故事内容与结构的变化,也深刻关系到叙事策略的调整,在改编过程中,需要在充分理解原著文本、媒介特性与艺

[①] Marie-Laure Ryan, "Transmedia Storytelling: Industry Buzzword or New Narrative Experience?", *Storyworlds: A Journal of Narrative Studies*, 2015, 7(2).

语言的基础上进行再创造。文学叙事与影视叙事之间存在着不同。第一,文学作品通过语言媒介进行创作,而影视作品通过视听媒介进行创作。文学作品主要依靠语言描写表达,并多采用象征、隐喻等修辞手法,能够细腻地铺展背景,深入角色的内心世界。相对而言,影视作品的创作则是通过视听媒介来实现的。电影和电视剧主要通过影像、声音的运动讲述故事,特别是运用剪辑这一其他媒介所不具备的方法,丰富了叙事的形式与层次,增加了新的故事维度并拓展了表达深度,使观众直观感受到影片的氛围、情感以及节奏。第二,影视作品侧重于呈现类真的现实,而文学作品侧重于表现抽象的情绪与思想。无论幻想类的作品如奇幻作品、科幻作品等,还是现实风格的作品,往往都追求达到一种"似真"的效果,让读者与观众沉浸其中,认可文本中的叙事真实。文学作品的这种"似真"依赖于读者的主动想象,而非直观感受。影视作品的媒介特点决定其必然塑造出一个可视、可听、可感的故事世界,其叙事体验以被动接受为主。因此,影视作品在追求现实这一点上具有先天优势。

文学与影视之间也存在着显而易见的近亲性。自电影诞生之初,文学一直在电影史中扮演着重要的角色。作为叙事艺术,二者的主要任务在于讲述故事,而故事的基本组成部分如主题、角色与情节等是共通的。文学与影视能够互相转化,在世界范围内,存在着大量改编自文学作品的电影和电视剧作品。成熟的文学作品资源为影视提供了丰富的改编资源,二者在故事内容选择、艺术表达方式等方面息息相关,许多改编自文学作品的电影曾斩获国际电影节奖项,在内容方面,文学作品为影视作品提供了一个健全完善的蓝本,影视作品可以直接借鉴文学作品中的主题思想、人物关系与情节模式,充分发掘蕴藏在文本中的艺术性与思想性。例如,张艺谋执导的电影《活着》(1994)曾在第47届戛纳国际电影节上获得评委会大奖,该影片由余华同名小说改编,讲述了福贵一家的坎坷命运,反映了个体在历史洪流中的苦难、挣扎与释然。影片中那种冷静而睿智的叙事风格与余华的个人创作风格一脉相承,体现出深刻的现实批判与人文关怀。在形式方面,文学作品中的意识流、非线性叙事等表现方式在一定程度上影响了影视作品的表达,电影和电视剧中开始出现跳切、闪回、升格等剪辑方法,创造了与文学作品极为类似的心理时间,拓展了影视作品的表现力。

在把握文学叙事与影视叙事的共性与差异后,能够更清晰地看待改编过程中的叙事方式调整。不同作品应当采用不同的叙事方式,在这一过程中,应当注意叙事方式与原著之间的契合,也应当注重影视作品的独立性与创新性。在文学影视改编中,有以下常见的叙事变化情况:

第一,线性叙事与非线性叙事转变。线性叙事即按照时间顺序展开叙事,事件依次发生,剧情段落比较完整。这种叙事方式较为传统,不会造成理解上的障碍,许多经典名著以及戏剧都采用了这种方式。在线性叙事中,读者与观众能够跟随角色探索故事世界,随着故事的推进不断增强好奇心,在观看过程中逐渐构建起剧情张力。非线性叙事即不按照时间顺序进行叙事,或是在不同时间点之间反复切换,或是同时讲述几个并行的故事线。这种叙事方式在现代与后现代作品中较为常见,提升了叙事结构的复杂性,让观众在拼凑与思考中深入情节。线性叙事与非线性叙事各有其优势与局限,具有不同的叙事效果。很多名著作品经历了多次改编,被观众充分了解。因此,对于观众所熟知的文学作品改编而言,叙事结构探索是艺术创新的关键所在,也是重新激活观众兴趣的关键。例如,格蕾塔·葛韦格(Greta Celeste Gerwig)执导的电影《小妇人》(*Little Women*,2019)改编自路易莎·梅·奥尔科特(Louisa May Alcott)的同名小说。这部经典小说在1868年首次出版,当即受到了广泛的关注,并曾被不同国家的创作者数次改编,在世界范围内收获了大批读者与观众的喜爱。在这次改编中,格蕾塔·葛韦格没有简单地搬演情节,而是对故事进行解构并重新排列。影片将姐妹们的成年生活作为故事主线,将童年回忆穿插其中,在不同时间点间切换,呈现了姐妹们各自的成长和变化,使观众在面对熟悉的故事时发现新的思考角度,具有复调叙事的特点。

第二,叙事主体与视角变化。叙事主体也即讲述故事的人,关系到读者与观众能够获得哪些信息,以及这些信息以何种方式呈现。第一人称叙事让读者能够直接接触到叙事者的内心,实现一种与人物同呼吸、共命运的感受,这种方式可以使观众与人物产生强烈的共情,但也限制了叙事表达的范畴。第二人称叙事较为少见,通常出现在文学作品中,体现为在文本中直接与读者交流。第三人称叙事能够关注到不同角色的想法,对同一事件提供不同的解释,探索故事的不同侧面。在这种处理方式中,受众可能会代入全知视角,预知即将到来的巨大转折和冲突,增加叙事的张力。黑泽明(Akira Kurosawa)执导的电影《罗生门》(*In the Woods*,1950)就是一个关于叙事主题变化的经典案例。影片改编自日本作家芥川龙之介(Ryunosuke Akutagawa)的同名小说,呈现了不同人物对于同一事件的不同回忆。武士、强盗与妻子等人叙述既有重合也有冲突,观众未知全貌,只能根据碎片式的叙述拼凑真相。这种叙事形式也映射了现实世界中人们构建认知和找寻所谓真相的复杂过程,这部电影因此成为电影史上的经典之作。

第三,叙事风格的变化。叙事风格是一个相对抽象的概念,是在具体的表现形式与叙事细节中生成的某种统一的意蕴和特点。例如,现实主义电影的创作倾向于忠实再现生活,注重生活细节的真实和社会环境的具体描绘,可能采用非职业演员出演,而散文电影的叙事则可能更加自由流畅,更注重情感的流露和内在思想的抒发,形式上更为灵活多变。因此,当不同导演改编同一部文学作品时,不同的艺术见解也会导致不同的叙事风格。同一故事经由现实主义风格或散文风格创作,所产生的作品将在表象与内涵上都存在显著差异，或是注重直接反映现实，或是注重采用象征、夸张和情感渲染的方式，体现出叙事风格的选择与变化。文学和影视各自依托不同的媒介，但是在叙事风格上具有共性。导演侯孝贤曾经表示，他在沈从文的小说中捕捉到了一种"冷眼看生死"的情感态度，并将其注入自己的电影之中。此外，文学作品中一些过于冷峻、真实和残酷的场景描写，并不适宜通过大众媒介传播，这时影像表达的尺度和方式难免需要进行相应的调整。因此，在改编过程中，叙事风格上的转变是十分常见的。

三、叙事时空重建：创造新的叙事维度

叙事的主要目的在于创建一个故事世界，其中，叙事时空是故事成立的基础的元素。如果叙事时空缺乏真实感，人物与情节也将无法令人信服。随着媒介环境与受众审美的变化，人们对于叙事时空的要求已经并不仅仅是贴近现实，而是希望其本身也能具有一定的艺术价值，体现出创作者对于时间和空间的理解。法国哲学家吉尔·德勒兹在其著作《电影 2：时间-影像》(Cinéma 2: L'Image-temps)中提出了一种独特的理论视角，认为电影不仅仅能够展现时间的流逝，而且能够直接呈现时间本身。德勒兹将这种"时间-影像"比喻为包含本身与影像反射的晶体，"晶体显示直接时间-影像，而不再显示来自运动的时间的间接影像。晶体不分割时间，它主要是颠倒时间对运动的从属关系。晶体犹如一种时间的理性认知体，而时间反而成为理性的本质。晶体揭示或展现的是时间的隐在基础，就是说时间在两个趋向上分化：正在成为过去的现在和被保存下来的过去"①。在电影中，"时间-影像"成为使

---

① ［法］吉尔·德勒兹：《电影 2：时间-影像》，谢强、蔡若明、马月译，湖南美术出版社 2004 年版，第 153 页。

过去和现在、记忆和现实相交汇的晶体。基于这种对于时间的理解，重新看待文学改编影视作品，改编创作也即成为重塑时间流动方式的过程。在这个过程中，改编创作者可能会趋向"运动-影像"的剪辑逻辑，也可能会着重打造"时间-影像"的复杂晶体，或是还原原著中所构建的叙事时间，或是将其压缩或者延伸。对于叙事时间的改编，主要有以下几种方式：

第一，压缩的叙事时间。在电影叙事中，可以通过不同的剪辑与调度手段，对叙事时间进行压缩。例如，在张艺谋执导并改编自苏童小说的电影《大红灯笼高高挂》(1991)中，用一组叠化镜头表现了颂莲对于捶脚、点灯等仪式从陌生到熟悉，再到最后沉醉其中而获得莫大的心理满足的全过程。影片将跨越春、夏、秋、冬的时间长度浓缩在数十秒中，虽然压缩了叙事时间，却让观众认同此时的颂莲已经经过了一年四季。又如，闪回镜头能够暂停当前的叙事，回溯到过去的某个时间点。这种处理方式在表现人物内心或交代事件背景时较为常见。在英国广播公司出品的电视系列剧《神探夏洛克》(*Sherlock*, 2010)中，夏洛克·福尔摩斯受到心理疾病的困扰，剧中经常出现对于其童年创伤片段的闪回处理，使叙事时间在现在与过去之间迅速切换。此外，其他调度方式比如通过音乐、剪辑手法等，也能节省叙事时间，使叙事节奏更加紧凑。电影与电视剧独特的剪辑创作方式，能够将一系列碎片化的镜头组合起来，在短时间内传达大量的信息，在观众心中塑造一个完整的故事。

第二，还原的叙事时间。许多创作者试图在叙事时间中还原现实时间，模仿现实生活中的时间流逝。对此，许多电影和电视剧创作者选择使叙事时间与故事时间同步。其中，长镜头是一种较为常见的拍摄方法，在数十秒乃至数分钟的时间段内完整记录时间的流逝，并不进行剪辑，让观众仿佛置身故事情景之中。这种处理方式可能会使作品显得沉闷、乏味，但另一方面也能带来一种前所未有的真实感。许多贴近日常生活的文学影视改编作品如电视剧《父母爱情》(2014)、《白鹿原》(2017)、《人世间》(2022)等,会大段运用这种方法,还原人物在现实生活中可能出现的对话节奏。但在整体上,使叙事时间完全还原现实时间的处理方式只能运用在部分段落,否则将走向消极叙事的弊端。

第三,延伸的叙事时间。在电影和电视剧创作中,创作者通常能够捕捉到某一瞬间、某个情绪点进行延伸,使叙事时间大于现实时间,从而实现一种强调、抒情或讽刺的效果。例如,爱森斯坦执导的电影《战舰波将金号》中的高潮段落"奥德萨阶梯"采用交叉蒙太奇的手法,通过反复展示同一场景来延长瞬间的感受,如同文学创作中的排比修辞,带来强烈的情感冲击。电影中也时常使用升格镜头,即慢动作镜头,以一种情绪化的电影语言表达特定的瞬间。升格镜头可以拓展叙事时间,呈现现实时间中转瞬即逝的片段,从而使在现实生活中被忽略的细节被充分展现。此外,在静止镜头中,叙事时间仿佛停止,让观众充分沉浸在叙事情景中。例如,在由王启民和孙羽联合执导并改编自谌容同名小说的电影《人到中年》(1982)中,导演反复使用推镜头拍摄病床上眼科医生陆文婷的双眼。在近乎静止的画面中,时间流逝变得模糊,观众沉浸在冥想般的观看中,这双眼睛也因此成为超越实体的符号性表达。

在德勒兹的论述中,特别强调了电影中景深镜头的重要作用。所谓景深镜头,是在画面中保持远近物体的清晰,通过压缩前景、中景和后景而形成一种真实的空间纵深感。通过景深镜头的使用,原著中复杂的环境描述和人物关系一目了然,在一个连续的镜头中展现场景的方方面面。德勒兹认为景深镜头能够通过单一镜头展现多层次的时间和空间关系,从而还原人们对于时间的直接感受。"景深镜头直接创造'时间-影像'的某一种类,可以由记忆、过去的潜在时区、每个时区的表象来界定。景深镜头更多的是一种记忆、时间化的功能,不是一种现实功能,不是确切的回忆,而是'一种对回忆的邀请'。"①从这一角度出发,景深镜头不仅是一种空间再现,也包含着对时间的感知。

对于文学改编作品而言,叙事空间与叙事时间具有同等的重要性。不同于文学作品中详尽的场景描写,影视作品通常无法对于这些细节一一强调,但可以通过色彩构图、服装道具等视觉元素,将大量细节放置在场景中,让观众自由选择视线聚焦对象。出色的改编作品通常营造了真实可信、包含大量细节的叙事空间,传达关于故事背景或人物经历的相关信息,直观的感受胜过千万言语。例如,名著《红楼梦》多次被改编为电视剧,无论是哪一个版本,都十分注重搭建大观园与宁、荣两府的景观,追求亭台楼阁、花草树木与人物细节的逼真。王扶林执导的电视剧《红楼梦》(1987)的剧组曾在北京市宣武区(今西城区)修建了大观园,并在河北省正定县建造了宁国府与荣国府。李少红执导的电视剧《红楼梦》(2010)的剧组则在国家中影数字制作基地搭建了约3 000平方米的摄影棚,力求还原书中人物的衣食住行、生活情致与文化内涵。

综上所述,文学影视改编作品能够通过重建叙事时空而创造新的叙事维度。无论是时间的压缩、还原与延伸,还是景深空间的纵深挖掘,都为观众带来更丰富的叙事信息和叙事层次。值得注意的是,上述对于叙事时空的调整手段并不是唯一、排他的,而是可能在同一部影片中交替出现的。叙事时间的适当张弛,能够带来不同的叙事节奏,从而营造出丰富多样的叙事体验。

---

① [法]吉尔·德勒兹:《电影2:时间-影像》,谢强、蔡若明、马月译,湖南美术出版社2004年版,第171页。

第五章　人物：角色设计

"一切文学皆人学",高尔基如是说,人物角色是艺术作品的生命力,不仅是故事情节的推动者,也是故事主题的承载者,同时也是受众进入故事和理解故事的情感联结者。对人物形象塑造的深刻程度,通常决定了小说影视改编的成功与否。但由于小说与影视存在媒介差异性,人物在文学和影视中的表现方式是大相径庭的。在小说中,作家可通过文字直观地描摹人物的品性与心理状态,但影视剧需将人物放置在动态的视听空间中,通过多元的镜头语言展现人物的性格和心境,这意味着影视剧中塑造人物的难度会高于小说。因此,文学人物的影视化设计是改编过程中的重中之重。通过对人物性格和经历的深入刻画和挖掘,作者可以表达和传达作品的主旨思想,让受众更好地接受作品并理解作者的创作意图,因此改编者要明确改编剧本的主题价值,并根据具体语境对主题进行转译,对人物进行具象化的表达,以便受众更好地接受作品并理解作者的创作意图。而在人物改编策略上,可通过设置镜像人物以丰满人物性格、强化情节冲突;对原作人物进行增删、合并与调整以凝练主题、扩充情节线并突出主要人物。

第一节　主题与人物

如前文所述,人物是故事主题的承载者,主题和人物之间存在着密切的联系:一方面,通过对人物性格及其经历的深入刻画和挖掘,作者可以表达和传达作品的主旨思想,让受众更好地接受作品并理解作者的创作意图。另一方面,主题的预设又影响着人物的性格变化,使人物的行为逻辑都有章可循。具体而言,主题是改编者进行相异艺术形式转换过程中首先要重视的问题,这不仅关乎人物形象的改编策略,也是受众能否认同并接受改编影视作品主旨和价值观的关键。

一、明确主题价值

主题在文艺作品的创作中扮演着极为重要的角色,往往能够衡量一部作品的层次与水准。但主题并不是从一开始就跃然纸上的,剧作家阿瑟·米勒(Arthur Miller)曾讲每当他的剧本写到三分之二处,主题就会猛然跳出,他会将主题速记在索引卡片上,以便指导他后续的创作;索夫克勒斯(Sophocles)在创作《俄狄浦斯王》(*Oedipus the King*)时,也并未有教导世人的意图,但他的作品却流传为经典,被众人所传诵。先入为主的宏大主题并不一定能创造出丰满的故事,但扎实的故事通常都包含着富有意蕴、令人回味无穷的主题。相比原创故事和原创剧本,对一个现成故事进行改编的方便之处在于——改编者能够明确地知晓故事在讲什么,即改编剧本的主题是已知的,改编者拥有选择或放弃它的权力。从这一层面来说,选择什么样的蓝本进行改编、明确蓝本的主题思想是我们要重点关注的。而对于剧本主题的筛选标准,有两个较为重要的原则。

一为适应性原则。蓝本主题的择取并非越深刻越好,而是要考虑到接受群体的广泛性和文化语境的多样性,这就要求蓝本主题尽可能具备普世性,以触及不同知识层面的受众。从传播的角度来看,普世性主题的蓝本跨越了特定文化语境的限制,其通俗性和大众性特征明显,观众无需深入了解特定的历史文化背景,便能理解和共鸣故事的内容和意义。因此具备普世性主题的蓝本,有助于扩大改编影视作品的市场接受度和传播影响力。鲁迅是精英文化的作家代表,其小说主题立足于对国民性的剖析和批判,承载着深刻的启蒙主义文化内涵,其笔下的人物也充溢着复杂性,鲜有单一性格特征的符号人物。尽管鲁迅小说在文学史上堪称经典,其主题意蕴也是登峰造极的,但很难借助大众化、娱乐性鲜明的影视形式进行呈现,鲁迅的作品仅有《祝福》(1956)、《阿Q正传》(1981)、《伤逝》(1981)、《药》(1981)和《铸剑》(1994)被改编为电影,改编为电视剧的作品更是少之又少,且大多改编影视作品都差强人意,难以呈现出原作的思想厚度。由此可见,精英式的理性启蒙文化与大众式的消费文化存在一定的沟壑,改编难度也相对较大,这样的主题较难驾驭,也很难超越原作,这是改编者要审慎选择的。但精英文化与大众文化并非截然对立,如"市民文化"和"青春文化"的大众接受度会更高一些,如偏爱描写市井生活的老舍,其作品有九部小说、三部话剧被改编为影视剧,反响较好的改编影视剧有《骆驼祥子》(1982)、《茶馆》(1982)、《我这一辈子》(2002)、《四世同堂》(2007)等作品,纵观老舍的作品主题,平民化视野和文化伦理观贯穿始终,老舍客观冷静地描摹了诸多经典的小人物,而改编者也正是瞄准了这些小人物的突出性格,在主题的雅与俗之间找到连接点,将"精英意识"平民化,以契合当下的大众文化,使改编作品平稳落地。

二为延续性原则。蓝本主题要具备"当下性",即尽量契合当今时代的价值观。关注蓝本主题与当下时代价值观是否契合不仅仅是一种商业策略,同样也是文学价值观通过影视媒介,与当下社会再对接的一种责任体现。当蓝本主题能够对接当下性的社会症候,改编作品也会因地制宜地输送价值观,以使原作的主题价值得到延续。张恨水的言情小说大多关注的是携带着世俗色彩的婚姻境况,如小说《金粉世家》中金燕西和冷清秋的婚姻是一出悲剧,婚前的浓情蜜意终难抵婚后价值观的差异与柴米油盐的琐碎,金燕西生性顽劣,喜新厌旧,冷清秋哀怨压抑,于是二人的情感渐行渐远,最终以悲剧收尾。改编电视剧《金粉世家》(2003)赋予爱情以纯粹性和人物以当代性,拂去了原作的沉重感与悲戚感,冷清秋不再是忍辱负重的传统女性,而是敢于积极反抗,冷清秋走出失败的婚姻是为过上自力更生的生活,而不是消极避世、自怨自艾。金燕西虽难改纨绔,但对冷清秋的爱却十分坚定,并多了份对家庭的责任感,直至婚姻破裂也依然承认对冷清秋的爱,剧版的金燕西令观众又爱又恨,极易打动年轻的受众。大众文化青睐的是引人入胜的故事,而不是彰显深刻浓烈的悲剧意义。值得一提的是,主题的当下性并非与当今时代思潮与社会密切关联的诸如爱情、职场、伦理、悬疑等题材,灾难、战争等困扰人类的永恒难题看似离"当下"遥远,却始终被大众所关注,就算在和平年间,观众也依然对《静静的顿河》(*Тихий Дон*,1930)、《伊万的童年》(*Иваново детство*,1962)、《亮剑》(2005)、《色·戒》(2007)、《风声》(2009)、《战狼》(2015)等改编自文学著作的影视剧保持兴趣与关注度,其原因与人类对灾难和战争的恐惧、渴望和平与安宁的心理结构是密切相关的。

二、主题转译:贴合与重构

改编者在进行创作时,要时刻问自己一个至关重要的问题——"通过这个故事你想表达什么"。而能够回答这个问题的就是主题。主题是一个抽象的概念,文字媒介可以直接表达出主题的涵义,但改编影视剧若以旁白或直抒胸臆的形式诉说主题,便会陷入索然无味的主题复述中,因此优秀的影视改编作品需要对主题进行转译。主题在改编语境中更像是一条"创作戒律",能够帮助创作者决定保留或删除的内容。自小说影视改编诞生之初,学界反复关注的焦点便是改编后的影视剧是否忠实于原作的问题。中国学者汪流概括出三类小说改编成电影的方法,即"忠实原著精神的改编""忠实原著语言文字的改编"和"偏离原著的改编"①。从这三种方法来看,前两类均为贴合原著主题的改编方法,尽管在情节、人物上有所变动,但会尊重原作的精神内核。第三类则另辟蹊径,原作的主题、情节、人物和风格语言等都可以按照改编者的意愿改动。但无论是贴合原作主题还是对原作主题进行重构,衡量一部改编作品成功与否并不是追究其与原作的相似程度,而是改编作品是否用影视的艺术形式良好地诠释了原作的故事内核。在此重点介绍两种常见的主题转译策略,即"贴合"与"重构"。

（一）贴合

在"一切历史都是当代史"②的新历史主义的语境中,绝对忠实于原作的改编行为就像完全还原历史一样变得遥不可及,与其说"忠实"原作倒不如说是改编者对原作和电视剧的差异性把握,用"贴合"主题一词或更符合当下语境。"贴合"并不意味着根据原作量身定做,而忽视电影所具备的独特艺术属性。相反,改编者要避免在文本中强行灌注原作的主题思想,而要因地制宜,在适合的情境中对主题进行转译。哪怕改编者拥有提前知晓剧本的优先权,也并不能将其视作万能秘籍加以套用,正如理查德·沃尔特所言:"主题不是在想法中表达,而是在

---

① 汪流:《中国的电影改编》,中国广播电视出版社1995年版,第24-25页。
② [英]R.G.柯林武德:《历史的观念》,何兆武、张文杰译,中国社会科学出版社1986年版,第229页。

故事中表达。"①即故事产生意义,而不是将意义强加到故事当中。

贴合原作主题的创作主要有如下两种情况,一种是由主流意识形态和题材本身决定的,比如红色经典,是一代人心中澎湃的英雄主义与精神支柱,这类故事的走向和人物的性格基调不能变,需在贴合主题的基础上合理地演绎和充实剧情,如《红岩》(1999)、《小兵张嘎》(2004)、《恰同学少年》(2007)等影视剧。而一些为迎合市场、无视主题,甚至丑化英雄人物的改编剧,如《红色娘子军》(2005)中的吴琼花和洪常青演起了青春偶像剧,《林海雪原》(2017)中的杨子荣和土匪老北风成了情敌,此类有悖于观众心目中红色经典的改编剧有损主题的严肃性,则会饱受诟病。但正如前文所述,一比一地还原、灌注宏大的红色命题式的改编同样是不可取的,大部分的"红色经典"有时代性的不足和局限,免不了使英雄人物陷入脸谱化、模式化的创作倾向,改编者可适当纠正"非黑即白"式的模式化创作,合理充实人物的成长历程与事件过程,探索人物行动的深层动机,以增强主题的说服力。

另一种则是名著改编,因为名著的主题已然具备了一定的思想高度,不建议改编者冒险去改动主题,更不能用现代人的观念去揣度古人的思想。夏衍在《杂谈改编》中认为改动的尺度"应该按原作的性质而有所不同。假如要改编的原著是经典著作,如托尔斯泰、高尔基、鲁迅这些巨匠大师的著作,那么我想,改编者无论如何总得力求忠实于原著,即使是细节的增删、改作,也不该越出以至损伤原作的主题精神和他们的独特风格"②。无独有偶,汪流的改编观念亦如是,并列举了三个原因以印证改编者为何不要肆意改动名著的主题:

---

① [美]理查德·沃尔特:《剧本:影视写作的艺术、技巧和商业运作》,杨劲桦译,天津人民出版社2023年版,第67页。
② 夏衍:《电影论文集》,中国电影出版社1979年版,第222页。

一、原作已经具有了反映生活的深刻程度和思想高度,有的已经达到当时历史条件下的顶点,如果改编者违背历史真实,任意篡改或拔高原作,其结果必然会损坏原作真实完美的艺术形象。

二、原作中的人物形象已经活跃在读者心中,形成较固定的印象。

三、原作中的风格、情调和意境,是唯成功之作所独具的重要方面,它为读者所欣赏和熟悉,若加破坏,更会使观众感到不可容忍。①

汪流的中肯之言不无道理,例如,基于四大名著衍生的影视改编剧不胜枚举,但被人视为经典的文本却少之又少,且多为电视剧,因为电影很难在有限的时间中承载四大名著的宏大世界观,所以大多以节选式的片段进行改编,效果也大多差强人意。尽管基于对名著《西游记》颠覆式的解构衍生出《大话西游之月光宝盒》(1995)、《大话西游之大圣娶亲》(1995)、《西游记之大圣归来》(2015)等不少佳作,但实质上是对"名著符号"的一种投机取巧式的盗猎和挪用,而不是以原作为蓝本进行改编,且神话题材的文本本就可以囊括天马行空的想象力,但对基于历史背景的严肃名著如《三国演义》《水浒传》和《红楼梦》,解构式的改编便难上加难,稍加不慎便会使观众难以容忍。

(二)重构

对原作主题的"重构"介于忠实原作和创造性改编之间,即在大方向上取意原作的主题,根据改编作品的篇幅限制、所传播的受众群体进行调整,其目的是让受众更容易理解原作传达的价值观,如此改编后的

---

① 汪流:《中国的电影改编》,中国广播电视出版社1995年版,第27-28页。

影视作品也能收获良好的传播效果。而在重构主题的范畴中,大致可分为如下两类改编。

第一类是对主题的通俗转译。文学更倾向于私人化的阅读,个人旨趣关乎着读者阅读小说的兴趣,但影视剧却面向更为广阔的受众群体,大多数观众倾向于接受直观且贴近生活的故事。改编者对原作主题的通俗转译,实质上是通过影视媒介将原作的复杂主题以平易近人的形式呈现,以消解潜在的认知障碍,通过简化和提炼等方式,使得对原作望而却步的受众能够通过影视作品认同并共情故事的思想意蕴。此种改编手段多体现在主题宏大的文学作品中,在保留原作精神的基础上,从宏大的主题群中集中选取一两个具象的主题以集中情节,突出典型人物,兼顾叙事的逻辑与市场的接受度。

美国作家迈克尔·坎宁安(Michael Cunningham)的小说《时时刻刻》(*The Hours*)主题涵盖甚广,牵涉了生命、同性恋、女性主义、自我身份建构等多重命题,改编电影择取生与死的探讨作为大主题,其余主题穿插其中,简略得当。由张艺谋执导的、改编自严歌苓《陆犯焉识》的《归来》(2014),舍弃了小说中繁复的主题与宏大的前史,仅截取小说的结尾部分即陆焉识归来和冯婉瑜失忆的片段,呈现了被虚化的大背景之下一场感人至深的爱情故事,简化过的主题正如电影海报上的文字:"生离死别,旷世之恋。"通俗转译后的主题更易触及观众内心的柔软之处,唤起物质年代匮乏的真情。尽管电影的主题弱化了小说主题的严肃性和沉重性,但也侧面反映出动荡年代对个体的异化和荼毒。由冯小刚执导的、改编自张翎《余震》的《唐山大地震》(2010)将压抑和罪念的部分进行简省与净化,而着重刻画亲情。小说《余震》旨在探讨地震过后遭受重创的个体会经历挥之不去的创伤,方登在地震中遭受了来自肉身和心灵的二重创伤,肉身创伤是方登与弟弟方达被压在废墟之下;而当母亲在面临只能救一人的抉择中选择了救弟弟,方登的创伤由肉身蔓延至心灵,加之养父王德清的性侵害,方登始终活在一重又一重、萦绕不去的人格创伤之下。但电影《唐山大地震》旨在讲述灾难过后,重建心灵的治愈主题,方登虽然招致母亲的割弃,但养父母始终待方登视如己出,方登组建了新家庭,地震的创伤在不断弱化。母亲元妮愧疚在心,最后母女二人解开心结,实现重聚,电影在暴露历史伤口的同时又起到了治愈精神创伤的效果,将"创伤"主题重构为"治愈",对小说复杂阴翳的主题进行温情化的通俗转译,给予观众遭受灾难震慑后的心灵慰藉。

值得一提的是,主题通俗化的改编方式并不等同于降低文学层次,而是通过影视语言传达原作的价值观,使文本在更广泛的文化语境中被理解和欣赏,而不是为迎合市场,做披着名著外衣讲述烂俗故事的投机取巧式改编,如陈忠实的小说《白鹿原》堪称是"一个民族的秘史",主题涉及了宗族家庭结构变迁、新老社会的碰撞、封建时代下的情感等多个维度,但由王全安执导的电影《白鹿原》(2012)对主题误读式转译,将"民族秘史"降格为"田小娥的情感史",这样的"减法"挫伤了原作的厚重性,如此偏离原作精神的简化改编是需要创作者警惕的。再如严歌苓在《金陵十三钗》中将女学生与秦淮河女子的性命一视同仁,秦淮河女子是出于男性无法保护女学生的境遇之下,才挺身替女学生赴日本人的宴席,而秦淮河女子做出这一决定时,在场的男性几乎都愧对不已,恨自己的无能。但改编电影《金陵十三钗》(2011)出于对"救助女学生"这一主题的回应,秦淮河女子替女学生赴宴时,在场的男性对这一提议并无犹疑,在女学生生命高于一切的价值之下,似乎藏匿着女学生的生命比秦淮河女子更高贵的吊诡价值观。

第二类是对主题的拔高。尽管屏幕形象是具体的、准确的,不似文学形象具备多义性、模糊性和想象性,但一些桥段经视觉化后反而显得平淡肤浅、缺失韵味。这种情况并非绝对,文学作品中略显平俗浅薄的桥段,经影视语言的修饰也可变得深刻丰盈,更具吸引力地再现原作的思想内容和艺术风采。而对于原作主题拔高的改编方式,蓝本常源于网络小说,这并不是否定网络小说的主题价值,而是受制于媒介环境与受众群体,网文作者更注重建构故事的精彩性,而刻意平滑了思想的褶皱,如果改编后的影视作品能够挖掘到那些未被作者明确表述的思想精髓,不仅可以吸引不同文化层次的受众、拓展观众的思考空间,也升华了改编影视作品的文化意蕴和审美品格,提升其文本的 IP 价值,使其在市场中更具竞争力。

如《琅琊榜》的小说原作是"女性向"的耽美题材,改编电视剧《琅琊榜》(2015)却有意拓展其受众圈层,摒弃了女性观众喜闻乐见的爱情主题,而是以"正剧向"的言说方式,以家国情怀替而代之,将家国大义与儿女情长的融汇谱写出一曲慷慨悲歌,并集中再现了儒释道的思想精华。对权谋的立意也别出心裁,并没有沿袭为梅长苏一己私利而煞费苦心的斗争,而是通过夺嫡之争彰显其为忠臣沉冤昭雪的信念。改编自郭敬明网络小说《悲伤逆流成河》的同名电影(2018)保留了原作的叙述主线,主题却从为虐而虐的"青春疼痛文学"拔高至对原生家庭、校园暴力的叩问,如同易遥在影片的结尾发出声嘶力竭的控诉:"你们回首自己的人生,觉得自己没有做过什么伤天害理的事……如果我永远忘不掉,你们也别想忘掉……杀死顾森湘的凶手我不知道是谁,但杀死我的凶手,你们知道是谁。"影片的主题也在易遥声泪俱下的呐喊中昭然若揭。电视剧《隐秘的角落》(2020)的原作《坏小孩》,探讨的是人性最原始的"坏"与"恶",主角都是不折不扣的恶人形象,坏事做尽且毫无怜悯之意,似有"为恶而恶"的工具性格。而改编电视剧《隐秘的角落》对人物作恶的行为铺垫了合理的动机,为原作注入人文关怀,并将其上升到了颇具哲学意味的思考,即"你是相信童话,还是相信现实?"的哲学思辨式的叩问。相比原作《坏小孩》淋漓尽致地彰显人性之恶的主题,

《隐秘的角落》通过多个案件将诸多社会问题进行了拔丝抽茧的剖析，如对不完满的原生家庭、重组家庭对子女带来的性格缺陷；中年男性的自卑情结；孤儿的处境；未成年人的犯罪动机等多维度的探讨，这无疑是对原作主题的拔高和再升华。

三、由虚到实：人物形象的具象化表达

美国著名编剧悉德·菲尔德（Syd Field）指出："人物的实质是动作，你的人物实际上是他所做的事；电影是一种视觉媒介，剧作家的责任就是选择一个视觉形象或画面，用电影化的方式使他的人物戏剧化。"① 小说中的人物是作者通过文字来进行刻画的，并携带着作家的主观创造性，人物具备一定的想象空间。具体而言，作家可以用文字对人物进行肖像、行为、语言、心理等多个维度的展现和描写，而影视剧中的人物需要通过演员的表演来呈现，改编者需要通过建构身体修辞赋予人物外在的生命力。罗伯特·麦基在《故事》中点明："千万不要将话语强行塞到人物的口中，令他们告诉观众有关世界、历史和人物的一切。而是要向我们展示出诚实而自然的场景，其中的人物以诚实而自然的方式动作言谈……而此时却间接地将必要的事实传递给观众。"② 与主题表达具备异曲同工之处，麦基也强调了人物需要"展示"，而不是"告知"。

从小说到影视的改编，其实质是从印刷媒介转换为表演媒介。在这一过程中，演员是将虚构的人物现实化的重要承载体，演员外形、气质与读者心理期待的吻合，同样也是建立观众与角色在情感上连结的

---

① ［美］悉德·菲尔德：《电影剧本写作基础：从构思到完成剧本的具体指南》，鲍玉珩、钟大丰译，中国电影出版社2002年版，第35页。
② ［美］罗伯特·麦基：《故事：材质、结构、风格和银幕剧作的原理》，周铁东译，中国电影出版社2001年版，第389页。

视觉认同。此外,在文字媒介中,人物作为一个想象体,其外在形象、经典语录、具有辨识度的行为以及和其他人物的互动等,也构成了能否唤醒读者粉丝对人物记忆、吸引观众粉丝的关键,因此影视剧的演员配置是影响市场反馈的重要因素。如改编电影《包法利夫人》(*Madame Bovary*,1991)中伊莎贝尔·于佩尔(Isabelle Huppert)的表演,以直接的视觉呈现,完美地诠释了艾玛压抑又狂放的欲望;妮可·基德曼(Nicole Kidman)在电影《时时刻刻》中饰演艾德琳·弗吉尼亚·伍尔芙(Adeline Virginia Woolf),通过自然外貌的修饰和化妆技术的运用,不仅演"活"了小说中的伍尔夫,还颇具作家伍尔夫真人的神态;《甄嬛传》(2011)中孙俪饰演的甄嬛,令观众印象深刻,以至于在其他场合看到演员也会想到甄嬛这一角色。如演员未能还原小说中的人物气质,改编影视的传播效果便会大打折扣。比如原作《洛丽塔》生龙活现地刻绘了一个未成年少女的恋爱和情绪,但在库布里克导演的同名电影(1962)中,洛丽塔已然十分成熟,使得观众始终无法代入未成年少女的悸动。

此外,深挖人物动机,注入人物弧光,使人物更富立体感和生活感,也是让人物落地的关键要点。《封神演义》中的哪吒,性情也极为顽劣,且他的顽劣甚至找不到任何动机,好似天生爱惹祸,这种顽劣甚至趋向一种无厘头的残忍。在明代以"心学"为基点的哲学背景中,哪吒肆意妄为的个体意识,恰好暗含了其自我抗争的精神,唯有此才有反抗强权的理由,这样的哪吒或许符合当时的社会主流意识形态。但放眼今天,哪吒却更像是一个不明事理、草菅人命、缺乏教养、天生凶戾的顽童,其反叛的小英雄形象会招致观众的质疑和不解。针对这一人物动机的困境,电影《哪吒之魔童降世》(2019)采取了一系列的创作策略为人物动机赋予合理性:在阴差阳错之下,哪吒误成为"魔丸转世",魔丸所具备的毁灭力令百姓所忌惮,因此众人对哪吒防范重重,视作妖孽。这导致哪吒一出生就背负着世人的偏见,而这如大山般的成见使得哪吒无法融入群体,这一成长创伤造就了哪吒叛逆的个性,他的顽劣和颓丧不过是抵挡孤独的坚硬外壳,但哪吒的内心其实非常渴望得到世人的认可。影片将哪吒的人物塑造注入了当代的价值观,哪吒只是外冷内热,他的叛逆只是因为生而异类、融入不到主流群体,是一个被主流社会边缘化的孤独少年,这也呼应了当下社会和家庭教育的重要性,使得哪吒的人物形象获得了当代伦理和道义上的认可,并引人共鸣。

最后,化扁形人物为圆形人物,有助于揭示出人物性格的变化轨迹及人性的复杂。在进行人物改编时,改编者应打破"非好即坏"的二分法,让人物具备"呼吸感"和"流动感",而不是固化的性格模板,人物的塑造才会深入人心。据爱德华·摩根·福斯特(Edward Morgan Forster)的界定,圆形人物指的是人物具有多个性格层面,是"性格复杂,宛如人世间的一个真人一般"①。而检验一个圆形人物的方式是看这个人物"能否以令人信服的方式让我们感到意外。如果它不让我们感到意外它就是扁的。假使它让我们感到了意外却并不令人信服它就是扁的想冒充圆的"。但"扁形人物"并非一无是处,它具有鲜明的标识性,能够被观众一眼识别出来,也不必过分思考其动机,且品质依然故我,具备典型意义,如葛朗台、夏洛克、严监生等人都是"视财如命"的守财奴形象,颇具讽刺意味。"一部内容复杂的小说,往往既需要圆形人物,也需要扁平人物。"②这一原则同样适用于影视剧改编,成熟的叙事体系既需要圆形人物作为中心,也需要扁形人物作为辅助,起到烘托主要人物的作用,圆形人物和扁形人物需要互相撞击。在具体的功能分配上,扁形人物更适宜充当插科打诨式的喜剧人物,圆形人物则适合担当悲壮的角色。比如让一个"好人"充当扁形人物,此人单一的性格平

---

① [英]E. M. 福斯特:《小说面面观》,冯涛译,人民文学出版社2009年版,第2页。
② 童庆炳主编:《文学理论新编》,北京师范大学出版社2010年版,第160页。

面便是坚守原则,无论其受到任何创伤和诱惑都毫不动摇,而"坏人"就一坏到底,十恶不赦,任何人和事都无法打动他,那么人物设定若说是反讽尚可有趣味,若一本正经讲故事就会使人物显得索然无味,让观众意兴阑珊,且难以令人信服。

如根据刘醒龙小说《凤凰琴》改编的同名电影(1994)在塑造民办教师时,并未回避教师身上那些与高尚道德品质相悖的"人性瑕疵",在界岭小学工作的教师不仅要承担教学任务,还要照顾学生的生活起居,教师们为了能转正离开山村,甚至采用了打小报告、走关系等不太光彩的手段,而这些行为也并不是在抹黑人民教师,而是在凸显教师作为人的复杂性和多样性,使人物形象更为真实饱满。但故事的主基调仍然是积极向上的,影片的最后教师们选择将转正名额留给年轻教师张英子,参加完全校的升国旗仪式后,张英子带着全校的期望踏上新征程,整体仍旧是在褒扬人民教师,只不过先抑后扬的塑造方式使得人物和故事更能被受众所理解。无独有偶,影片《一个都不能少》(1999)也遵循了同样的手法,魏敏芝来学校上课起初只是为了"50元"的工资,并答应了校长这一个月确保学生"一个都不能少",但学生张慧科却消失了,魏敏芝起初并不是真正关心学生的安危,仅仅是担心无法完成对校长的承诺、无法获得应有的报酬,于是踏上了寻找张慧科的路途。在寻找的过程中,魏敏芝功利性的目的逐渐内化为心理的一种责任,由被动变成主动,最终找到张慧科,也为学校带来了社会援助。"瑕疵"的融入使人物角色更加真实立体,令故事传达的价值观更富说服力。

第二节 人物镜像

将小说人物转化为影视人物时,根据主题对其进行塑造是非常关键的,在此可建构"人物镜像",以更好地塑造典型人物,突出主旨。在弗洛伊德精神分析说的基础上,拉康提出"镜像理论"。其中的重要概念"镜像阶段"指的是发生在婴儿学语言前期的一个时期,当婴儿看向镜子时,起初会以为镜子中的形象是他人,这面镜子是一面认识自我、完善自我的中介,正如肖恩·荷马(Sean Homer)在《雅克·拉康》(*Jacques Lacan*)一书中指出:"这面镜子并不单单指现实中的镜子,还指任何有反射的表面。"①婴儿主体意识觉醒的那一刻,是在触碰到镜面时发现镜中人并不存在,由此引发自我与镜中之人的对立,最后才会意识到镜中的人是自己。由此可见,"镜像人物"(mirror character)是"基人物"(base character)的派生人物,与"基人物"既有对立点也有相似点,其功能是促进"基人物"的觉醒,在他者身上,"基人物"能看到自我,如同在镜中看到自己,以促成"理想我"的形成。当改编者欲彰显人物的鲜活性与深刻性,可参考"人物镜像"这一策略进行实操创作,以下是三种常见的人物关系,值得一提的是,这三种关系并不是互相独立的,只能独立存在于一对人物上,也可能多种关系同时存在于人物身上。镜像关系一方面指涉影视剧中的人物,另一方面也映射至正在观看的观众,使观众在银幕上找到自我指认的对象,形成一种双向认同。

一、对立关系人物

艺术作品中最常用,也最为引人注目的人物结构便是对立关系人物,即人物处于二元对立式的关系。"二元对立"源于弗迪南·德·索绪尔(Ferdinand de Saussure)的结构主义语言学,强调在叙事批评中要将文本视作一个系统进行结构分析,结构学家阿尔吉达斯·朱利安·格雷马斯(Algirdas Julien Greimas)认为"意义"的产生来自"语义素"

---

① Sean Homer, *Jacques Lacan*, NewYork:Routledge, 2005, p.24.

之间的对立,"结构是意义的存在方式,其特征是两个义素之间的接合关系的显示"①。即言之,二元对立是意义产生的基本结构,如今二元对立原则不仅是结构主义批判视阈的重要观点,也成为塑造人物的重要方式。通俗来说,对立关系人物对应着东西方的人格象征,诸如理性与感性、保守与开放、冷静与热烈、守序与叛逆等二律背反的对立象征。设置对立人物的功能之一在于丰富人物形象、加强戏剧冲突,由此文本可以产生更多的意义,情节会在异质两极的冲突中发展,改编后的影视作品也会更富吸引力。

以哪吒故事为蓝本进行改编的国产动画电影《哪吒之魔童降世》借助"太极"符号将故事张力推向极致,影片创造出混元珠,一分为二化为"魔丸"和"灵珠",令哪吒与敖丙卷入善恶难辨的漩涡。影片采用颠覆式的人物改编策略,将原作的角色属性进行倒置,哪吒被设定为"天生灾星"的反面形象,而此前的反派敖丙却被塑造为一个温文尔雅的正面形象,二人彼此对立又互相映照,被世人孤立的哪吒和被龙族视为异类的敖丙都在寻求认同,经历了"相识—敌对—并肩作战"的过程,两人在对立关系中此消彼长,最终因同根同源,阴阳复归为一。改编自梁晓声同名小说的电视剧《人世间》(2022)保留了具有强烈对比性的符号化人物,即传统好男人周秉义和叛逆利己的周蓉,一个是舍小家为大家的守序者,另一个则是利己主义至上的无序者,此种镜像人物的设置,凸显出长幼有序的传统价值意义,也增加了故事冲突。改编自路遥的小说《人生》的电视剧《人生之路》(2023)将高加林与高双星的对立关系刻画得十分深刻,立志"做顶天立地之人,做惊天动地之事"的高加林勤奋上进、志在四方,却因高考被顶替一事被迫留在农村;高双星软弱无能,听从父亲的命令代替高加林入学,在城市生活,二人性格对立,人生路径

---

① [法]A.J.格雷马斯:《结构语义学》,蒋梓骅译,百花文艺出版社2001年版,第36页。

也截然相反。借助二人在农村与城市空间的生存轨迹,凸显了命运的戏剧性,使电视剧更富矛盾张力。改编自阿耐网络小说《大江东去》的电视剧《大江大河》(2018),私营企业经营者杨巡和梁思申的成长背景截然不同,杨巡为养家糊口从小辍学,梁思申的家庭关系紧张,被送到美国留学,而后与舅舅打官司赢得外婆的遗产。杨巡和梁思申经由宋运辉的项目相识,但因杨巡的贪婪,二人最终走向决裂。杨巡和梁思申的生活境遇形成强烈的对照,这也决定了二人思考观念的不同。设立对立关系人物,明晰地凸显了人物之间的矛盾冲突,既凸显了人性冲突与正邪较量的叙事母题,确保改编影视剧在通俗意义上的成功,又突破了传统意义上"正邪对立"的固化模板,使得人物形象更加鲜活立体。

二、相对关系人物

相对关系人物,指两个或多个人物之间在某些方面存在相似、形成互补或互相影响的关系。自我的成长与主体性建构,往往伴随着对他者的质疑、向往和理解,处于该层关系的人物,通常会在镜像人物身上看到自己的影子,发掘自己内心匮乏和渴望的事物,从而冲破镜像的虚幻,进行自我的重建。

改编自作者安妮宝贝同名网络小说的电影《七月与安生》(2016)便强化了女主人公七月与安生的相对关系,七月家庭和睦,过的是平稳和守序的人生,而单亲家庭的安生则充满冒险精神,两个性格迥异的女生却互相羡慕,七月欣赏安生的自由与率性,安生则羡慕七月的安稳人生,电影多次展现七月与安生躺在床上一同探讨人生命题和一起洗澡的画面,都是在突出二人的相对关系。而当苏家明介入两位女孩的生活时,七月才意识到"自我"与"他者"的区别,并与安生产生了冲突,此时"相对关系"转换为"对立关系",苏家明看似是安生和七月火药十足、竞相争夺的东西,实质上是七月和安生透视自己内心的凭依,家明的离场也预示着两位女孩完成了自我的建构,影片的主题也凭借这一镜像人物的成功建构得以升华。改编自作者玖月晞网络小说《少年的你,如此美丽》的电影《少年的你》(2019)中,也存在着明显的相对关系,导演有意规避"爱情"的俗化倾向,设置"相对关系"升华了陈念和小北的人物关系,消解了两性相处的单一性,二人因共有原生家庭的创伤,互相舔舐着精神的伤口,抱在一起的二人,并非单纯异性相吸的肢体暧昧,而是同病相怜的彼此取暖,他们能够在对方身上看到自己的影子,此时的拥抱是纯粹的、惺惺相惜的情感,小北保护陈念,也是在保护自己。影片中出现的两次亲吻镜头也别有用意,第一次亲吻是遭受过魏莱霸凌的陈念,遇到了满是污渍、打架寡不敌众的小北,陈念吻向小北是因为小北的处境和她相似,吻小北即抚慰自己;第二次亲吻是小北为保护陈念替她顶罪,伪造侵害现场时吻向陈念,这一看似粗暴的吻实则是小北维护陈念的坚定决心与不舍之情,早已逾矩男女之爱。在陈念探视小北时,镜头通过叠影的方式让陈念和小北的脸庞同时出现在镜面上,相对式的镜像关系昭然若揭,也意味着二人虽肉身不能触碰彼此,但心灵已然抵达合一。

三、嵌套关系人物

嵌套关系人物,即人物之间互成因果,即人物的前世今生、思想行为和性格特征的表现皆有因果联系。人物的一生并不是单一,而是无数镜像的多层叠加,人物经历的事件都包含着因果关系,主角遇到什么人,和这些人发生了什么事都是构成当下的动因。嵌套关系人物的多维设置,有助于深化人物性格,进一步揭示人物的背景故事和过去经历,解释人物行为背后的原因,使人物更加立体,方便观众更为全面地了解人物。

小说《时时刻刻》中三位女性角色乍看与彼此人生不存在任何交

集,实际上却存在着深刻的嵌套关系,患有精神疾病的伍尔夫在小镇疗养并创作了《达洛维夫人》,在漫长的自我折磨与对亲友的愧疚中选择投河自杀;家庭妇女劳拉作为伍尔夫的忠实书迷,在《达洛维夫人》找到了释放压抑情绪的出口,在生下孩子后离家出走;而克拉丽莎便是可以自己去买花的"当代达洛维夫人",与女友萨利过着令人艳羡的生活,同时还照顾着身怀艾滋病的前任男友理查德。电影《时时刻刻》再次强化了三人之间的嵌套关系,通过平行蒙太奇、重复蒙太奇等手段对三人的时空进行平行叙事,并利用相同的意象将镜头自然地串联起来,如三位女性被闹钟吵醒,不同时空,同一动作或同一物体的相似转场,使时空切换更为平滑顺畅,并加强了三位女性之间的联结。影片《少年的你》的人物设置存在相对关系,而为强化对校园暴力的反思,嵌套关系同样被刻画其中。第一层嵌套关系是陈念和被霸凌的女生,在影片的开场,胡小蝶抬着酸奶箱沉默地走在楼道,陈念与其擦肩而过,回到教室学习;随后是胡小蝶跳楼自杀的消息传遍学校,陈念惊恸不已,为其遗体盖上衣服。胡小蝶的死让陈念深感内疚,陈念在小蝶被欺凌时没有出手相救,霸凌者将新目标对准了陈念,陈念变成了下一个"胡小蝶"。第二层嵌套关系是少年与其父母,无论是被霸凌者还是霸凌者,这些少年的形象无不映射着其父母的形象:陈念的母亲为躲债将女儿当作挡箭牌,小北的母亲再嫁后对儿子的处境置若罔闻,魏莱的父亲因女儿落榜对其进行冷暴力,罗婷的父亲得知霸凌事件后对女儿当众甩耳光……子女的命运与父母的表现紧密相连,父母对子女的恶意会中伤子女,同样也会将利刃递给子女,让他们去伤害更弱小的人。这一镜像还可延伸至银幕前的观众,使其代入到自己的立场进行反思。再如《甄嬛传》中甄嬛与安陵容的关系变化,网络小说《后宫·甄嬛传》安陵容对甄嬛的哥哥甄珩有情,所以在入宫后故意遮掩锋芒,不愿承宠,但甄嬛为助长己方势力,帮助安陵容俘获圣心,后在皇后的挑拨离间之下,安陵容对甄嬛心生嫌隙,终成宿敌,原作中二人反目的直接动因来源于安陵容对甄珩的"爱而不得",使得安陵容的形象稍显扁平,不免落于俗套。而在改编电视剧《甄嬛传》中,安陵容单恋甄珩的支线被删掉,安陵容与甄嬛从姐妹变做仇人的"果"更多来源于安陵容性格自卑敏感的"因",而不是受因于儿女情长,二人"嵌套关系"的改编使得人物变化更加顺理成章,也更富说服力。

斯拉沃热·齐泽克说:"正是幻象这一角色,会为主体的欲望提供坐标,为主体的欲望指定客体,锁定主体在幻象中占据的位置。正是通过幻象,主体才被建构成了欲望的主体,因为通过幻象,我们才学会了如何去欲望"①。镜像人物也是基人物的幻象,基人物通过镜像人物了解自我、建构自我。而透过人物镜像,观众也会对影视剧中人物的性格特征和行为逻辑更加了然于心。

第三节　增删、合并与调整:影视改编中的人物处理策略

根据国外学者约翰·德斯蒙德、彼得·霍克斯的概括,文学中的影视改编可囊括为"紧密型改编(大部分元素被保留在影视中)""居中型改编(放弃和添加很少的元素)"和"松散型改编(文学作为出发点,舍弃大量元素)"②,其中"居中型改编"是改编者最常用的方法,即介于紧密型改编和居中型改编之间,属于既不脱离原著又有在此基础上的创造

---

① [斯洛文尼亚]斯拉沃热·齐泽克:《斜目而视:透过通俗文化看拉康》,季广茂译,浙江大学出版社2011年,第83页。
② [美]约翰·M.德斯蒙德、彼得·霍克斯:《改编的艺术:从文学到电影》,李升升译,世界图书出版公司北京公司2016年版,第4页。

和创新,因为出于对剧作角度的考量,人物在主导剧情的同时也需要为剧情服务。人物角色的增删合并与调整几乎是每个改编本都无法回避的过程经历,因为要确保人物的增删不会影响到主要人物关系的流畅性,同时也要保证故事的完整性和逻辑性,这同样是对编剧功底的重大考验。

一、凝练主题

影视剧通常具有较为紧凑的时间限制,需要对人物进行精简和合并,集中呈现故事的主题和核心情节,对主要人物的精致刻画和对次要人物的精简,可以使观众将注意力投射到对核心故事的关注度上。尤其是将长篇小说改编为电影时,电影的容量无法与小说的容量相匹配,倘使人物角色过多或人物线过于密集,便会使人物关系显得冗杂,影响到电影的整体叙事节奏,因此需要灵活删减次要人物,缩减故事情节以更好地凝练主题。

改编自方方同名小说的电影《万箭穿心》(2012)保留了小说的叙事主线,并对人物进行了适当的删减和改动。对照原作小说来看,影片对李宝莉、马学武、小宝和建建等主要人物进行了保留,删掉了李宝莉的父母,并将马学武的父母合并为母亲一人,也就是李宝莉的婆婆这一角色。在小说中,李宝莉父母存在的作用是塑造李宝莉的"小市民"性格,尽管影片省略了李宝莉父母的戏份,但观众仍然能在李宝莉与人的日常相处中窥见其性格特征,如宝莉没文化,是卖菜人家的女儿,下岗后在小商品市场以卖袜子为生,马学武升职搬新家,李宝莉会因为"省钱"跟搬家工人大吵大闹,使马学武颜面尽失。发现马学武出轨,李宝莉没有思考任何后果,直接向警局举报马学武"嫖娼",将李宝莉的强势性格刻画得淋漓尽致。但与此同时,李宝莉同样是讲义气的,马学武的母亲来投靠儿子,李宝莉尽管不情愿,但还是为婆婆收拾出了房间;马学武投江自尽后,李宝莉开始扛扁担,坚韧地担起养家糊口的重任,抚养小宝、照顾婆婆,小宝在得知爸爸是间接因李宝莉而死时,要与李宝莉断绝关系,李宝莉也只是默默将苦吞下,无奈去找建建搭伙过日子。而影片对建建的改写也同样耐人寻味,小说中的建建钟情宝莉,后替人坐牢出狱后发了财,得知宝莉丧偶后对宝莉展开了追求;但影片中的建建是一个不折不扣的街头混混,因为打架伤人入狱,与宝莉的相识是因二人性格相似,都有属于武汉人的痞气与凶悍,对宝莉更多的是占有式的征服,少了几分真心。这一人物处理策略,突出了底层女性李宝莉的婚姻家庭悲剧,强化了影片主题犹如"万箭穿心"般的悲剧意味。

须一瓜的小说《太阳黑子》是多条线索并进、信息量非常丰富的叙事体系,而曹保平导演在改编电影《烈日灼心》(2015)时,通过简化人物关系的策略专注表现情与法、罪与罚的主题。原作中有六个主要人物,分别是司机杨自道、工人陈比觉、协警辛小丰、尹氏兄妹尹谷春和尹谷夏以及房东卓生发,电影中强化了辛小丰的戏份,以此为主要线索人物展开叙述。原作中的杨自道、陈比觉和辛小丰三个男人因为身负五条命案所以才身怀愧疚,抚养小女孩以慰罪孽,并做善事以赎罪;改编电影中将三个男人做实杀人犯的情节改编为误判,三人并不是杀害女孩其他家人的真正凶手,真凶另有其人,也就是"第四人",辛小丰对女画家起了邪念致使女画家突发心脏病猝死,第四人杀害女画家的其他家人,三人害怕第四人将秘密说出去将第四人灭口,结果第四人并未死。而收养的小女孩尾巴,实际上是被害女孩的私生女,使得收养女孩这一情节也更加合理。倘若三人真的是杀人凶手,凶手从杀人的那一刻起便是罪大恶极,那么观众就会期待三人的伏法落网,赎罪也是合情合理并无"灼心"之感,而第四人登场,让整个故事瞬间大放异彩,也完善了叙事逻辑,人性的复杂与纠葛在此被升华。

二、扩充情节线

面对篇幅短小的小说,改编影视剧需合理增加原创人物或丰富配角人物,以增加叙事容量。作为叙事系统严密的电影和电视剧,需为人物关系增设强有力的细节以支撑叙事,人物设定则需要在原作的基础上适当联想。值得注意的是,原创人物并不是凭空创设,而是要围绕小说的主线合理增设,不能喧宾夺主,这些角色可以是主角的朋友,也可以是敌人,或者是与主线情节平行发展的人物,新角色的设定和行动应该与故事的整体逻辑相协调,要显得真实自然,从而不破坏原作故事的内在一致性,通过增加新角色与主角的互动,或可有效扩充情节线,建构更富层次感的叙事结构。

张爱玲的小说《色戒》是一部仅有万字左右的短篇小说,小说在人物塑造上也偏向意识流的写意式塑造,给予人物性格展现空间的仅有王佳芝和易先生两人,其他的角色大多一笔带过,以功能性的配角而存在,人物关系也比较单一。导演李安在改编电影中,充实了原有的人物关系,如丰富了邝裕民和王佳芝的感情线,将邝裕民塑造为满腔热血的爱国者,他是支持刺杀行动的坚定维护者;并增设王佳芝父亲这一新人物,隐晦地表达了王佳芝的恋父倾向,为王佳芝爱上易先生这一形象埋下了伏笔,丰富了人物动机;同时也温情化了王佳芝与易先生的关系,在小说中,王佳芝与易先生更倾向于"猎人与猎物"的关系,更多的是王佳芝迷失在这场亦真亦假的虚幻中。而在电影改编中,易先生同样也对王佳芝流露出真情,从单纯的引诱与占有关系发展为真心相爱,但又因各自的处境备受压抑和折磨,因这份爱变得完整却又异常痛苦,影片的最后,易先生坐在王佳芝的床边,抚摸着床单的褶皱,二人的情感博弈化为电影中三次张扬的性爱场面,到最终的落寞收场,情感的感染力和冲击力呼之欲出。

顾漫的网络小说《杉杉来吃》爱情主线明确,故事紧凑,全文只有 6 万字,没有情敌的插足,也没有家族的阻挠,故事以主角的爱情故事为主。改编电视剧《杉杉来了》(2014)也没有脱离原作的内核,在还原原作的基础上,适当增改剧情,充实内容。考量到电视剧的剧集,《杉杉来了》将故事线扩充为四条,在封腾和薛杉杉情感主线的基础上,融入了封月与言清、元丽抒和郑棋两对情侣的互动线,以及薛柳柳与前男友游承浩的情感纠葛线,这三段辅线并非简单充实剧情,而是起到了推动薛杉杉与封腾情感发展的作用,同时也彰显了薛杉杉事业能力出彩的一面,无论是元丽抒的"情敌危机",还是与薛柳柳联手实现用一千万还清一年债务的业绩,都在为剧情制造惊心动魄的爽感。薛杉杉的地位与封腾有着天壤之别,薛杉杉时常自我怀疑她的身份配不上封腾。但言清作为封月的丈夫,家境与封家也相差甚远,但言清却是封腾事业得力的帮手,这一对情侣的关系设置也是一个暗含的映射,成为薛杉杉与封腾相爱的动力,言清的经历和诉说也鼓舞了薛杉杉去勇敢追寻真爱。原创人物郑棋,在电视剧中是封腾的兄弟,封腾在郑棋面前会袒露出自己内心柔软、不为人所知的一面。元丽抒作为封腾的青梅竹马,倾心于封腾,是薛杉杉的情敌,但并不是刻意刁难薛杉杉的存在,反而令薛杉杉更好地看清自我,并具有危机意识,而元丽抒最后也认清了内心,经历一番情感动荡后和郑棋两情相悦。表姐薛柳柳因前男友游承浩携款而跑落魄不堪,薛杉杉和薛柳柳一同投身事业,将一千万的债务在一年之内尽数还清。灰姑娘薛杉杉有了女王般的蜕变,也可以心安理得地成为封太太。增设人物形成三条辅线,并层层紧扣,促成了主线结局的圆满。

短篇纪实文学《请转告局长,三大队任务完成了》讲述了一个疑难奸杀案的破案过程,在这起案件中,五名警察的命运就此发生了改变。而电影《三大队》(2023)相比原作最明显的改编便是追凶人数,原作中只有程兵一人追凶,从始至终没有其他队友的帮忙,直到程兵追捕到了王二勇,追凶的经历才被当年的队友得知,出于对电影容量和呈现效果的考量,编剧给程兵增加了四位队友,而这四位队友就是当时一起被判刑的同事,尽管这四位队友先后因为各种情况放弃了查案,最终只剩程兵一人坚守,但众人从坚持到放弃的过程,更加凸显了程兵这一孤勇者为追查正义的执着追求。时代的一粒灰,落在普通人身上就变成了一座山,哪怕凶手最后被缉拿,程兵也无法回到过去的生活,一句"三大队,任务完成"是程兵的释然,也是他坚守信仰的铿锵回响,队友的加入与离场的这一改编不仅充实了影片容量,也使得故事更具戏剧质感。

三、突出主要人物

在人物的编排上,改编者要最大限度地给予出场人物以功能性,使主要人物得到凸显和强化。原著中相同功能或陪衬作用的次要人物可进行合并或删减,避免情节的纷繁复杂,让观众将注意力放在主要人物身上;相反,如果那些被一笔带过的人物,能够侧面映射主要人物的性格,则可以进行详细刻画,引入新情节使次要人物参与到主角的生活中,允许配角在故事中发生转变和成长,并让配角与主角形成对比和映射的特质,有助于提高改编影视剧的戏剧张力。而角色想要达到既定的目的,则需要足够多的对手与其进行交锋,同时也需要队友提供支持和帮助以实现角色的自我成长。

李安在改编安妮·普鲁的小说《断背山》(*Brokeback Mountain*)时,为突出同性恋群体在理智与情感间的抗衡,弱化了原作中除恩尼斯和杰克两位男主角以外的人物,只注重刻画配角人物对于同性恋的看法。在原作中,杰克对于恩尼斯的爱,不仅仅来源于同性恋,更多是因为在那个离群索居的环境中,恩尼斯给予了杰克为数不多的温情,这种爱无关性别甚至超越性别。李安在理解原作的基础上,在电影《断背山》(2005)中对人物做出了新的注解:杰克是一个做什么都难以得到父亲认可的人,他的心里埋下了叛逆的种子,所以杰克选择同性恋,某种程度上也是在反抗社会的主流秩序,是宣泄自我的一个出口。

根据毕飞宇同名小说改编而来的电视剧《青衣》(2002),为丰满主要人物筱燕秋的性格特质,新增了原创人物裴锦素。裴锦素既为筱燕秋的挚友,又是筱燕秋在舞台之外的另一个世俗化的自我。筱燕秋练习《奔月》时,裴锦素毫无保留地支持她的梦想;筱燕秋对乔炳璋心动时,裴锦素提点筱燕秋乔炳璋爱的是舞台上饰演"嫦娥"的筱燕秋,而并不是现实生活中的筱燕秋本人;春来试图利用人情关系与筱燕秋争角时,裴锦素据理力争,捍卫筱燕秋的权益。筱燕秋是沉浸在舞台角色中的"戏痴",对舞台的执着已然超越了人生,裴锦素是守护筱燕秋纯粹的朋友,也是世俗中的清醒者,同样也可以理解为是筱燕秋在现实生活中的一面。

以电视剧《心理罪》(2015)的邰伟为例,为突出邰伟是一个极其讲义气的警察,影视剧增设了邰伟与手下大壮和小米日常相处的情节,以突出邰伟不似传统警察那般威严正直,与手下相处从不摆上司的架子。

电视剧《隐秘的角落》(2019)中增设了朱朝阳母亲与马主任有私情这一情节,私情暴露之后,朱朝阳母亲以极强的控制欲强行逼朱朝阳喝下牛奶,窒息的镜头语言刻画了朱朝阳母亲偏执的自尊心与强烈的控制心态,也将朱朝阳原生家庭之痛揭示得淋漓尽致。

电视剧《三体》(2023)中的汪淼和史强在原作中的刻画较为扁平,只起到了推动剧情发展的戏剧作用,但人物本身并没有特别立体,更多是充当着故事的叙述者,被读者戏称"人形摄像机"。但改编电视剧却重点刻画了这两位人物。自带忧郁气质又固执己见的汪淼,在面对"物理学不存在了"这一诡谲的命题时,在与科学边界学术组织的接触中,从充满怀疑到感到恐惧和绝望,再到看到"宇宙闪烁"时陷入了极大的无措,在信仰崩溃之际,汪淼在家庭中重建希望。而尽管剧中的史强与原作中"长得五大三粗,一脸横肉"的形象相差较大,但电视剧却精准把握了人物"粗中带细"的精神内核,尽管史强外表放荡不羁,但具有敏锐的洞察力,从精神上鼓舞和引导着汪淼,并在胸口同样挂上了倒计时的电子钟,让角色更富"人味儿"。

  网络小说《后宫·甄嬛传》总共刻画了 150 多个人物,但电视剧并没有尽数还原,而是对人物做了"瘦身"处理,删减了对主要人物影响小的配角,诸如甄嬛的哥哥甄珩、甄嬛的二妹甄玉姚,以及甄嬛的同窗刘莲子等人,并将性格相似的人物进行合并。如剧中的年世兰合并了小说中胡韵蓉的性格,使年世兰这一形象更加立体鲜活,作为反派的同时也颇受观众的同情,端妃齐月宾与贞一夫人徐燕宜进行合并,原作中的端妃不争不抢,对皇上的情感也颇为凉薄,与贞一夫人合并后,端妃对皇帝一往情深,不惜背下陷害华妃的罪名,落得终生病痛,使得这一人物更富悲剧魅力。

第六章　类型:经典范式

　　传统类型电影的特征主要表现在定型化的人物、公式化的情节与图解式的影像三个方面。当前的影视作品不再将单一类型作为创作准则,而往往采用类型融合的理念进行构思与制作。类型影视剧不同于影视剧类型,类型化的精髓在于它针对每一个影视题材具有特写的冲突法则和视听表达惯例,是生产者按照消费群体的口味精心制作的商品①,它可以使观众迅速进入观看状态,让观众在进入电影院或打开电视之前就知道自己要看什么,是"制片人、观众等共享的一套感官和心理期望系统"②。理解影视剧类型元素同样是影视改编的关键,当我们检视到一部小说作品中拥有的类型特质,用类型语法将其编码为影视媒介所适配的语言,或可有效触及观众的心理范式,以使改编文本达成良好的艺术表现与传播效果。本章将选取现实、悬疑推理、科幻、玄幻四个重要题材类型,分析其类型要素与改编要点,并分别以《大江大河》(2018)、《隐秘的角落》(2019)、《流浪地球》(2019)、《苍兰诀》(2022)四部影视改编的典范作品作为具体案例进行分析,为影视改编的实践领域做出深入精细的探索。

---

① 郑树森:《电影类型与类型电影》,江苏教育出版社2006年版,第10页。
② [澳]理查德·麦特白:《好莱坞电影》,吴菁等译,华夏出版社2005年版,第70页。

第一节　现实题材小说的影视改编

尽管文艺作品映射着作者的审美想象力,但终归来源于生活,无论是历史性、未来性还是架空式的作品,都与作品的当下性语境有着千丝万缕的联结,蕴含着或隐或现的现实指涉。影视自诞生以来便一直与现实社会有着密切的接壤,从1913年郑正秋、张石川共同导演的中国第一部短故事片《难夫难妻》开始,现实主义的创作思潮便一直影响着中国影视的创作发展,并备受艺术创作者的青睐,是记录时代变迁与社会转型的重要类型载体。1914年,张石川将文明戏《黑籍冤魂》改编为电影,由此拉开中国电影文学的改编之路,《黑籍冤魂》是吴趼人发表于1906年《月月小说》第四期上的短篇同名小说,旨在揭露吸食鸦片贻害人民身体健康与国家安全,具有较强的社会警示作用和现实意义,后被改编为文明戏在上海红极一时,电影再次扩大了影片的影响力。"关注现实"成为中国早期电影创作的重要命题。如郑正秋所言:"首先,须有创造人生之能力;其次,须有改正社会之意义、批评社会之性质。"①从电影诞生至今,现实题材始终是业界的主力军。中国第五代导演执导的电影几乎都取材于文学作品,诸如《红高粱》(1987)、《黄土地》(1984)、《秋菊打官司》(1992)、《霸王别姬》(1993)、《五魁》(1994)、《背靠背,脸对脸》(1994)等电影作品,而这些电影的创作倾向都不约而同地与现实题材进行了对话。2021年11月,国家电影局印发的《"十四五"中国电影发展规划》专门指出,要繁荣电影创作生产,"加强现实题材创作,要重点创作一批反映改革开放,特别是党的十八大以来,党带

---

① 程季华主编:《中国电影发展史》(第1卷),中国电影出版社1997年版,第42-63页。

领人民创造美好生活的伟大历程和人民的精神风貌"的现实题材影视作品,现实题材已然成为主流文化创作的重要方向。而近年来的现实题材影视剧相较于以往单一的主旋律叙事,正在积极向市场靠拢,用类型化的外衣包裹具有现实关照意义的精神内核,使其兼具主流价值、艺术价值和商业价值,如影视剧《大江大河》(2018)、《少年的你》(2019)、《都挺好》(2019)、《人世间》(2022)、《人生之路》(2023)等。

一、现实题材影视剧的类型要素

人们时常将"现实题材"和"现实主义"两个词汇混为一谈,但二者其实隶属于两个概念。现实题材犹如其字面含义,是对于影视剧题材的划分,即聚焦现当代社会,从中择取人物和事件,辅以鲜活的细节来反映当下的现实生活,以凸显"现实主义"精神。"现实主义"指的是影视剧的创作手法及美学风格,即不加任何美化与粉饰,真实地再现现实生活,现实题材不一定要采取现实主义的创作风格,也可以是浪漫主义、温暖现实主义、魔幻现实主义等风格。但现实主义确实是现实题材的重要创作手段,关于现实主义,无论是中外艺术创作者还是文艺理论家都有多方界定,但现实主义包含的三个核心基本价值立场是固定的:其一是具备真实性,即真实反映和描绘生活原本的面貌;其二是具备典型性,在艺术层面的形象刻画上要典型;其三是具备批判性,应敢于暴露现实问题,揭示真相,并从中得到反思与审视。文艺作品的发展史,实质上是人类自身的心灵成长史,而经典的文艺作品通常是时代性与跨时代性的有机统一,把特定时代的精神养料向不同年代的人播撒,由此可提炼出三种类型要素。

(一)营造真实感

对于现实题材来说,在传达深刻的人文内核之前,首先要通过影像语言建构起一个真实鲜活的"生活世界",融合当代的文化元素,呈现当下的时代符号与社会风貌,这是彰显"艺术之真"的根本要求,当现实题材有了浓厚的生活滋味,自然而然会加深观众的代入感,被真实动人的故事所打动。真实的叙事空间,是对现实主义精神的一种开拓,在艺术真实上还原了事件的本来面目。

在网络小说《少年的你,如此美丽》中,曦城作为故事的发生地,作者玖月晞并未赋予其太多的空间意义,而改编电影《少年的你》将架空的曦城移植在重庆,压抑的筒子楼、幽暗的隧道、高架桥下的低矮平房,增强了影片的真实感,也暗示了人物颠沛流离的命运。对于重庆这一地理空间,导演曾国祥在访谈中曾表示:"这里有很多大型立交桥、高楼,也有小巷子,就像个迷宫,把人物放在这里,就有一种逃不出这个地方的感觉。"①重庆依山而建,地势复杂,多山多雾的重庆,隐喻着陈念崎岖潮湿的人生,影片中存在大量的山坡、拐角地带,无法预知到拐角的一处会发生怎样的事情,进而牵动着观众的紧张心弦。在影片的开场,导演运用手持摄影和跳切等视觉效果呈现出学校的样貌,如倒计时、跑操、背单词等日常的片段,营造了高考即将来临的压抑氛围。改编自梁晓声小说《人世间》的同名电视剧为营造真实感,特意搭建了一片极富年代感的东北平民街,大到逼真的酱油厂出渣车间和老旧的东北街道,小到房间里的大通铺、桌子上的瓷制缸、地窖存白菜等细节;人物妆造按照东北的风俗同样十分讲究,花色的毛裤、厚实的雷锋帽等地缘式的影像表达将观众拉入20世纪70年代的东北,为故事提供了真实可信的叙事背景,充溢着浓浓的生活气息。

(二)突出典型性

尽管电影是最接近现实的渐近线,但它也无法完全复刻现实,正如

---

① 《慢新闻|海棠溪正街32号:八角天井Z形阶梯,〈少年的你〉带火了这栋老居民楼》,《上游新闻》2019年10月30日,https://www.cpcb.com/manxinwen/2019-10-30/1945881_pc.html。

影视剧中的人无法还原现实人物一般,因此必要的艺术加工并不是"抹杀"真实,而是更好地反映真实,以达成艺术真实和生活真实的高度统一。影视剧作为一种媒介艺术,其现实主义的呈现方式具有虚构性和假定性,与现实世界是存在本质差异的,在现实世界择取富有特征性或高度概括性的事物,是突出典型化的重要依据。

此外,也不建议过分拔高人物的优良品性特质以突出典型,因为在现实题材作品中,无论是多么出类拔萃的英雄或是伟大领袖,他首先是一个"人"而不是高高在上的"神",因此人物身上的"平民特征"是其平稳落地的重要塑造手段,让观众"相信"人物的真实存在。有血有肉、独具个性的"典型人物"才能与观众建立情感上的联结,满足大众对于"真实感"的期待视野。除却编剧刻画人物形象的功底之外,也十分考验演员演技的专业程度,如《大江大河》中由王凯饰演的宋运辉,人物气质形神兼备,跳脱出人物年代装扮之下的违和感,呈现出角色的成长轨迹与心路历程,演员还加入了抽动鼻翼等小细节使这一角色更具标识性;《都挺好》中由姚晨扮演的苏明玉,在"重男轻女"的家庭中隐忍着成长,受到家庭之伤最痛的人,却成为危机四伏家庭之中的顶梁柱,姚晨融入自己的经历体验,演"活"了苏明玉,观众并不羡慕苏明玉有多么女强人,更多是对她处境的心疼与同情;《风吹半夏》(2022)中由赵丽颖扮演的许半夏,是一位在改革开放浪潮中成长起来的女性企业家,她在一群像"狼一样做生意"的钢铁行业中,凭借着果敢的行动力和吃苦耐劳的拼劲儿获得成功,向观众展示了普通创业女性在变革时代下的拼搏精神,也致敬了民营经济发展带来的可喜成果。

(三)兼具批判性和主旋律

习近平总书记在《在文艺工作座谈会上的讲话》中指出:"文艺创作方法有一百条、一千条,但最根本、最关键、最牢靠的办法是扎根人民、扎根生活……应该用现实主义精神和浪漫主义情怀观照现实生活,用光明驱散黑暗,用美善战胜丑恶,让人们看到美好、看到希望、看到梦想就在前方。"①批判是现实题材影视剧的类型特质,创作者要有直视现实痛点的勇气,但现实题材并不能一味地聚焦批判,也不是以揭露时代丑恶、凌空蹈虚般地抹黑现实为骄傲,更不是将"社会伤口"血淋淋地展示给大众而不给予任何治愈措施,而是要在批判现实之后仍留给观众一个出口,能让观众看到一丝光亮。现实题材的"用武之地",就是当大众遭逢社会现实难题时,寄希望于影视剧去揭露这一问题并给予观众解决困惑的窗口或心灵慰藉,文艺作品应积极面对现实、及时干预现实,引领现实走向主流之道,为百姓的筑梦之旅提供精神动力和情感支撑。

改编自张平小说《凶犯》的电影《天狗》(2006),小说原著的结局呈开放性,李天狗活着的时候被孔家兄弟的强大势力所压迫,最终伤势过重不治而亡,死去之后案件也无法真相大白,唯一的希望寄托在老所长身上,但结果尚不可知,这一开放性结局隐喻着底层人民突破强权桎梏的力量微不足道。但在改编电影中,李天狗并非孤立无援,他有妻儿相依为命,也有同病相怜的受压迫者,同时还有复员军人的恻隐之心,在妻子的照顾下李天狗尚有一丝活路,最后的案件也得以沉冤昭雪,在批判的同时又增加了一丝温暖的底色,颇具人文关怀意识。改编自周梅森同名小说的电视剧《人民的名义》(2017),在荧屏上大胆为观众开启了洞察社会敏感问题的大门,却不以"揭黑之名"行哗众取宠的"猎奇之实",在尺度之外亦注重现实深度的探寻,以虚构的故事反思贪腐这一社会顽疾的深层原因,使得剧作主题得到了精彩的外化。

---

① 习近平:《在文艺工作座谈会上的讲话》,《新华网》2015年10月14日,http://www.xinhuanet.com/politics/2015-10/14/c_1116825558.htm?z=9&wd=&eqid=84bafd620018164d000000036452400f。

二、现实题材影视改编要点：宏大命题微观化

大量文本表明，多重现实观照的意识建构是丰富电影改编内涵、提高电影思想厚度的重要方法。蒋述卓认为："文学的现实性，不是去照搬现实和比照现实，而是要看文学对现实的想象和创造，因为文学的世界和现实的世界是有区隔的，文学总是要根据现实的需要去构建现实和创造现实的。"①影视剧创作也是同理的，是将经验性的故事以恰当的方式讲述给当代观众，最基本的改编策略是将"宏大命题微观化"，具体而言，有以下两种方式。

一类是主旋律现实题材的新主流化，这主要表现在新世纪以来，由国家话语主导的影视生产在意识形态层面注入了"软性话语"。在学者尹鸿和梁建君看来："主流，通常有两种不同的含义。一种是表达了执政集团利益和需求的主流；一种是代表社会多数人利益和需求的主流。"②而新主流电影的意义在于促进两种"主流"的价值趋同，以寻找到国家主流话语、文艺气质和商业诉求的平衡点。为增强主流话语传播的通俗性，影视在审美话语的包装上更倾向于吸纳商业片的类型元素以渲染亲和力，成为一种被落实在日常生活中的事物。红色爱国主义现实题材动画电影《小兵张嘎》(2005)改编自同名小说，在导演孙立军看来，"嘎子是三代人心中的英雄……我们在尊重原著的基础上避免了鲜血场面和暴力镜头，同时加入了很多时尚创作理念"③。在影片中，嘎子并非高高在上的抗日英雄，而是带着属于孩童时期的顽皮，这无疑拉近了与观众的距离。文学作品《潜伏》《亮剑》《人民的名义》《人世间》等为扩大日常性传播，被改编为电视剧走向大众的视野，通过塑

---

① 蒋述卓：《中国当代文学现实主义叙事传统的建构及其意义》，《南方文坛》2021年第1期。
② 尹鸿、梁君健：《新主流电影论：主流价值与主流市场的合流》，《现代传播》2018年第7期。
③ 伍婷作：《中国动画电影叙事研究》，武汉大学出版社2021年版，第120页。

造典型人物、场面调度、蒙太奇技巧等艺术首发来呈现爱国主义、集体主义等宏大主题的话语指涉,避免高高在上式的生硬灌输。

另一类是将普通人物塑造为典型人物,这一类人物所具备的典型性可囊括一个社会群体,是社会中具有代表性的人物,拥有为生民"发声"的气质特色。电视剧承载着更多主导话语与主流价值观,对于典型人物的塑造,其实质是对携带着主流价值观与现实主义精神的人物进行艺术概括。麦家的小说《风声》重点在于讲故事,即对老鬼身份的辨认,作者通过假设、举证,并不断提供新证据,悬念设计层层相扣,让读者陷入推理的过程中,着重关注的是故事的发展,人物的行动也是围绕故事中心。但电影却恰恰与之相反,重要的是"角色"的戏剧张力,电影的感染力取决于角色的表现力,如小说中吴志国是作者为了推动剧情发展而设置的,但并非主要人物,但电影中的吴志国却被浓墨重彩地刻画为一个百折不挠、忠贞不屈的"典型人物",并增设了追杀武田长、保护李宁玉等情节,目的是为突出吴志国的赤诚爱党之心,以彰显战争年代潜伏在敌人身边的"地下党",是如何为了民族的未来勇闯虎穴、舍生取义。平凡普通的底层小人物在琐碎生活中挣扎的身影是《万箭穿心》聚焦的重点,影片以原生态的写实性风格描绘了底层人物的生活状态,底层城市人李宝莉与底层乡下人马学武结婚,"城市身份"的李宝莉在婚姻中占据着"高位",李宝莉为了生活始终在"争夺"之中,无论是与情人争夺丈夫,还是与婆婆争夺儿子,但李宝莉强势的争夺与退步的忍让都未能换来平静的生活,丈夫跳江而亡,儿子知道父亲死亡的直接动因后赶走亲生母亲,李宝莉始终如被命运裹挟的尘埃。万般都是命,半点不由人。小说和电影以大时代变革为背景,却选择家庭作为一个小切口对底层人的困境进行凸显,并融入了现实主义式的悲悯哲学。

值得一提的是,现如今,现实题材网络小说的创作热潮持续升温,由此改编而来的影视剧也如雨后春笋,这不免浮现出一些悬浮的"伪现实主义"作品。在网络小说的写作中,作者所创设的人物是一种高度"人设化"和"类型化"的形象,此时的人物形象已不仅仅是对现实生活的再现,而是如东浩纪所说的一种被"要素化"的人物符号,其区别在于"现实主义小说摹仿的是自然社会中的人,而在轻小说数据库化的写作中,人物则是若干'萌属性'的创造性叠加"。[①] 这对艺术真实感造成了极大的挫伤,因此如何消解"数据库"的痕迹、塑造人物的立体感与捍卫艺术的真诚感是改编者要格外重视的。改编自阿耐网络小说《都挺好》的同名电视剧中的苏大强,是对传统"慈父"形象的极大颠覆,是新时代语境下"审父""去父势"的一位典型性丑角人物,苏大强重男轻女、刁钻迂腐。但形成苏大强怪异性格的动机却未能深入挖掘,且一些行为有刻意抹黑的嫌疑。且苏大强身患阿兹海默症后突然性情大变,有种为"大团圆"结局而故作煽情的突兀感。让观众进入故事世界并沉浸于故事氛围,追随人物的步伐体悟命运的况味。打动人心的故事并不是符号化的呈现,也不是苦情化的演绎,更不是牵强附会的大团圆,而是尊重叙事逻辑和人物情感,扎稳作品的根基和底盘。

三、现实题材影视改编的典范作品分析——以《大江大河》为例

向改革开放四十年致敬的主旋律现实题材电视剧《大江大河》,改编自阿耐的网络小说《大江东去》,讲述了改革开放时期中国的城乡变化,从 1978 年至 2008 年,以多线叙事方式描绘出一幅广阔的经济体制改革变化图,读者可窥见时代巨浪中的细沙是如何建构自己的一片天地的。该剧前后荣获了第 32 届中国电视剧飞天奖优秀电视剧奖、第十

---

① 肖映萱:《"嗑 cp"、玩设定的女频新时代——2018—19 年中国网络文学女频综述》,《文艺理论与批评》2020 年第 1 期。

五届精神文明建设"五个一工程"奖、第 25 届上海电视节白玉兰奖、第 30 届中国电视金鹰奖等奖项,可谓是影视艺术高质量发展的一个研究范本,也是现实题材的标杆之作。本案例重点论述的地方,是改编电视剧《大江大河》如何将宏大的现实命题以平民化的叙事风格进行影像呈现。

(一)影像修辞塑造"真实感"

在改编现实题材,尤其是改革题材的影视剧中,利用影像修辞营造时代的真实感,对视觉真实和细节元素的合理运用,使观众共情于故事世界,成为直接影响着现实题材影视剧生活实感的重要标准。从受众群体来看,经历过时代变革的中老年群体,怀旧式的场景搭建能够有效唤醒观众记忆以形成认同感;而青年受众尽管对旧年代的事物缺乏亲身体验的经验,却在耳濡目染的文化氛围中生出对过去年代的向往,此时大众化的电视剧便可以使青年群体直观地看到历史。《大江大河》用影像修辞还原出一个极具可信度的时代图景,其重塑历史时刻,建构集体记忆符号,充分调动起观众的审美共情。

为突出过去年代的恢宏的历史厚重感,《大江大河》尤为强调画面的质感和美感,采用了 2.66∶1 的画幅进行拍摄,并选用了较为稳定的水平式构图方法,使得场景的呈现更为宽阔,更符合格局变迁的时代感;在色彩上使用低饱和度及冷色调,强化了影像的严肃感与史诗感。在场景搭建与服化道上,改编者十分注重《大江大河》的影像呈现是否符合改革时期的场景,剧中的小雷家村、县革委会、工人宿舍等出现频率较高的场景都是根据可靠资料进行实景搭建的;而具体到细节层面,水泥墙上的红色标语、二八杠自行车、卷边的粮票、喝酒时用的大茶缸子、吃饭用的铝饭盒、旧热水瓶、毛主席的语录等朴素的怀旧之物都是属于那个时代独有的印记,能够引发观众跨时代的情感共鸣。

（二）以小见大：平民化的叙事切口

常言道，历史是一部心灵史。将宏大的历史心灵化，是将宏大题材的小说改编为电视剧的常用策略。展示时代波澜壮阔的恢宏变迁，实质上是展现身处变革时代下人物个体的心路历程，力图从小人物的命运身上窥见历史的流动。《大江东去》作为一篇具备史诗性质的现实题材网络小说，在立意和题材上都是别出心裁的，电视剧《大江大河》遵循原作气质，聚焦"大时代背景下的小人物命运"，以平民化的叙事视角，将镜头对准时代下的普罗大众。以微观叙事构成宏大价值观的人物改编策略，通过对大时代中小人物命运的刻画，以小见大地刻绘出时代史诗。

电视剧中保留了小说中三条主要人物的故事线：宋运辉、雷东宝、杨巡分别代表着国有经济、集体经济、民营经济这三种经济形式，这一看似背景宏大的背后映射的是无数个体的艰辛探索与砥砺成长。宋运辉靠自己的努力考取大学，秉持着理想主义精神与实事求是的态度，在利益盘根错节的国营单位扎根；作为退伍军人的雷东宝，尽管读书不多，却凭借着勇往直前的冲劲成为小雷家村的村书记；心思灵活的杨巡，从小为了维系家庭的生计辍学去东北做生意，在误入歧途和探寻机遇的几重波折中创出了自己的产业，为了增强杨巡与宋运辉的羁绊，把二人工作后偶然相识的情节改编为小时候就认识并一起长大的朋友，使得宋运辉对杨巡的同情和帮扶显得更加合理。此外，剧中人物在探索和奋斗中遇到的艰难险阻，走向歧途与解决问题的态度，也映射着我国各种经济体制碰撞下所产生的矛盾和应对策略，这些矛盾也成为推动事件发展的关键。如宋运辉在升官路途中迷失初心，不幸成为闵厂长的棋子，最终拨云见日回归东海的项目组。雷东宝带领雷家村脱贫致富，却被权力冲昏头脑，不幸锒铛入狱，这也展现了部分乡村企业家的复杂性。杨巡也曾急功近利，在假货风波中才意识到诚信的可贵，在烈日下将假货焚烧殆尽,挽回信誉成为堂堂正正的企业家。除却这三位典型人物,宋运萍、杨主任、老书记、水书记、程开颜等配角也在关键时刻给予主角帮助,帮助他们披荆斩棘、走向理想的道路,这些人物在故事的时空场中形成连结,在变革的年代见证着彼此的努力。伴随着十一届三中全会的召开,国企改革、农村集体经济、个体经济的发展等重要事件都展现在这些人物的命运之中,进而反映出改革开放这一伟大的创举对百姓的生活造成的深远影响。由此可见,通过"小事件""小人物"来体现某类事物的普遍特征,通过典型人物的成长历程来隐喻时代人物,通过典型事件展现社会发展与进步的逻辑规律,是改编者需要用心、用功、用情的关键地方。

(三)人物的细致化描摹

而在具体人物的改编策略上,电视剧《大江大河》十分注重对人物细部的刻画,使人物更加立体可信。为了彰显人物的性格,电视剧往往会放大人物遭遇的矛盾冲突,在恢复高考后,宋运辉和姐姐宋运萍以优异的成绩考上了大学,却因为成分问题无法被录取,宋运辉在革委会理论,用《人民日报》的倡议据理力争,最后争取来一个入学名额,宋运萍为了宋运辉的学业将这个名额留给了他。在原作小说中,宋运萍放弃上大学的情节只是一笔带过,但电视剧却着重展现了宋运萍放弃机会时的难过与不舍,包括卖辫子讨路费去看宋运辉、听到弟弟谈学习收获时的感动等情节。这些新增的情节,展现出姐弟俩对学习的热爱和渴望,呈现了姐弟情深的亲情羁绊,丰满了人物自身以及人物与人物之间的关系。小说中的宋运萍在放弃求学后,就被卷入了已婚生活的一地鸡毛中,甚至因为丈夫雷东宝欣赏博学的人才重新读书;而在电视剧中,即便宋运萍放弃了良好的求学机会,依然不忘丰富自己的学识,在操持家务之外会抽出时间去电大读书,还学习了养殖技术并将其推广到村子带动全村的经济收入,并没有成为依附雷东宝的他者所存在,这种从人格到精神的独立更容易诠释宋运萍的个人魅力。原作中的水书记是一个运筹帷幄、对权力十分渴望的工于心计的形象,电视剧中剔除了水书记的劣根性,而将其刻画为一个虽然对技术一窍不通,却十分热心肠,把宋运辉当作自己真正关爱的学生教导,也是促成宋运辉坚守理想、闯出一片天地的关键人物。

《大江大河》的成功改编启示我们,对社会现实的关照和对时代问题的踊跃回应,是每一位有责任的文艺创作者要积极承担的使命,在多元交融的文化语境之下,主旋律文艺作品的价值不仅仅在于其具有服务主流意识形态的"硬性",对元素进行调配以使之柔化表达的"软性"也十分重要。当"类型"作为一种方法和观念融入现实题材的影视剧改编中,同样是主流思想与市场逻辑的一种结合,其交融之下所形成的共情力无疑扩大了受众的圈层。

第二节 悬疑推理小说的影视改编

提及悬疑类型片的鼻祖,毋庸置疑可追溯至悬念大师阿尔弗雷德·希区柯克(Alfred Hitchcock),其《蝴蝶梦》(Rebecca,1940)、《后窗》(Rear Window,1954)、《西北偏北》(North by Northwest,1959)、《惊魂记》(Psycho,1960)、《群鸟》(The Birds,1963)等作品因高超的悬念技巧获得了口碑与票房的双丰收,使得悬疑题材逐步成为面向商业市场的重要作品。中国最早改编自悬疑推理小说的影视作品,是管海峰于1921年以法国侦探小说《保险党十姊妹》为蓝本改编的电影《红粉骷髅》(1922),该片借鉴美国侦探片的情节范式,又融合了中国武侠小说元素,在商业上取得了较好反响,是电影与文学联姻的良好开端,《红粉骷髅》也无疑成为中国悬疑推理片的先声。但中国早期的悬疑推理片症候在于,过度聚焦二元对立的是非善恶观,注重警匪博弈的冲突情节,缺乏对人性复杂度的挖掘与文化意义的叩问。为争夺市场,部分悬疑影视剧不惜走向猎奇化道路,以暴力惊悚、色情低俗、过分展示犯罪细节等刺激性元素吸引眼球,给社会招致不良影响且污染传播环境,2004年国家广电总局下发《关于加强涉案剧审查和播出管理的通知》,悬疑涉案剧无法上星播出,自此该类型剧陷入了十年沉寂期。

  2014年,随着"互联网+"时代的到来,大众生活步入了第二媒介时代,文本图像编码的传播速度和范围大幅度增加,去中心化的"网络空间"迅速遍及各个社交场域,解构了传统媒介的信息权威,讯息连接成网而不再受物理空间的限制。跨媒介传播成为火热的流行范式,网络剧发展呈现井喷之势,网络剧审核环境相比电视剧更为宽松,在历经电视媒介的断层后,悬疑涉案剧《暗黑者》(2014)以网络剧形式重回大众视线。2015年,凭借"IP元年"改编的热潮,网络自制悬疑剧《心理罪》令大众耳目一新,悬疑涉案剧凭借网络媒介逐渐复苏于市场。复苏后的悬疑涉案剧多以"悬疑+"的创作思路进行IP改编,如《无心法师》(2015)融合"悬疑+玄幻"元素;《美人无馅》(2016)融合"悬疑+爱情"元素;《法医秦明》(2016)融合"悬疑+职业"元素,悬疑涉案剧呈现出多元化的类型杂糅趋势,不再是单一的警匪破案桥段。2017年,号称首部硬汉派悬疑推理网络剧《白夜追凶》大火,悬疑涉案类型剧重焕生机。2018年中共中央、国务院下发《关于开展扫黑除恶专项斗争的通知》,并在几年内取得诸多突破,影视作为社会的一面窗子,要对主流思想进行积极回应,于是讨伐黑恶势力、挖掘社会顽疾、直面暴力与人性的幽暗等内容允许被更大程度地展现,悬疑推理题材倾向于揭露现实顽疾的社会推理派,创作也渐入佳境,如《隐秘的角落》(2019)、《沉默的真相》(2020)、《开端》(2022)等优秀悬疑改编剧。当下的悬疑推理剧延展了意义深度,不再单纯展现二元对立式的善恶冲突与解谜,而是提供了洞察社会矛盾、省察人性深度与反思现实生活的多元意义。

一、悬疑推理影视剧的类型要素

（一）解谜的快感

悬疑是"随着情节的展开，观众或读者期待得知事件的将来进程，以及人物如何应付这些事件。对于将会发生何事，尤其是对那些我们已经注入怜悯之心的人物命运的一种焦虑的不确定感叫做悬疑"[①]。悬念可以被理解为两层含义：一层是观众对主人公命运的担心、一种接近于恐惧的心理状态；另一层则是观众求知的欲望，即期待用理性和逻辑去解释未解之谜，知晓事件的来龙去脉。而知晓真相的驱动力，来自面对社会不安定因素，观众希望看到"天网恢恢，疏而不漏"的结局，以满足人类对科学和警力的自信。

悬念是使观众保持强烈的观影兴趣的动因，也是悬疑推理影视剧创设吸引力的关键。悬念最大程度地调动观众的参与意识，使其投入解谜的快感之中。观众在观看悬疑推理剧时，会不自觉地代入角色之中，此时编导顺着观众的思路慢慢揭开案情和真相，提防观众识破我们埋下的叙事陷阱，并不着痕迹地将观众的思考带向错误的方向，以造就真相大白后的"意外"效果。而造就这一效果的技巧，便是发现新线索与情节反转。亚里士多德（Aristotélēs）在《诗学》（*On the Art of Poetry*）中曾把叙事的要素总结为"发现"或"突转"："所谓'复杂的行动'，指通过'发现'或'突转'，或通过此二者而达到结局的行动。但'发现'与'突转'必须从情节的结构中产生出来，成为前事必然或可然的结

---

① ［美］M. H. 艾布拉姆斯：《欧美文学术语辞典》，朱金鹏、朱荔译，北京大学出版社1990年版，第251页。

果。"①如西班牙电影《看不见的客人》(Contratiempo,2017)中企业家艾德里安在事业蒸蒸日上时被卷入一宗谋杀案中,想请一名律师为其辩护,在律师的干预下,艾德里安放下戒备将事件的来龙去脉一一交代,观众也在律师与艾德里安的交谈中逐渐弄明白事件的来龙去脉,在经过几次反转后,案件真相大白。而最后的"大反转"是律师的身份,原来与艾德里安沟通的律师是命案中被害者的母亲,真正的律师并未提前时间到来。真相昭然若揭,谜题浮出水面的那一刻,真实的人性也更显幽暗。

此外,悬疑推理影视剧不能仅追求情节的刺激性,而忽视了人物形象的塑造,否则会致使观众无法入戏,自然也无法领会到悬念的惊心动魄感。如悬疑影片《控方证人》(Witness for the Prosecution,1957)塑造了一个饱满的律师形象,他会为了吸一口雪茄和护士百般周旋,也会为了正义为沃尔进行辩护,并在庭审现场展现出极其专业的职业素养,尖锐地指出控方律师的漏洞,将证据一一进行反驳。而沃尔的使命便是演无辜、扮可怜,努力塑造出一个被冤枉的好人形象,沃尔的"工具化"让观众将更多关注度放在律师身上,期待这个律师为沃尔洗脱冤屈,而反转是冷漠无情的妻子出场,又再度引发观众的好奇。若演员没有令人信服的演技或配合上不够精湛,那么任凭悬念的设置多么令人匪夷所思,都无法令观众沉浸于解密的快感。

(二)被压抑的欲望

"影视艺术说到底还是'苦闷的象征',现代人尽管没有什么形而上的痛苦,但他们有愿望和压抑。"②悬疑是文化和精神消费的产物,解压和推理、猎奇与追求刺激是人类的天性。悬疑推理剧关注个体的欲望

---

① [古希腊]亚里士多德:《诗学》,罗念生译,人民文学出版社2008年版,第32页。
② 周月亮:《影视艺术哲学》,中国广播电视出版社2004年版,第8页。

世界,是幽暗意识的曲折反映。现代社会,比起生存压力,大众更多承受的是或轻或重的心理压力。但当观众在观看悬疑片时,需调动全身心的注意力,凝神思考,置身其中,一定程度上转移了大众内心的压抑感。"作家使我们从作品中享受到我们自己的白日梦,而不必自我责备或感到羞愧。"[1]悬疑片虽然携带着天然的恐惧感与紧张感,但观众深知自身是安全的,并非自己真正陷入险地,因此他们自身的压力与焦虑可以得到短暂的释放。悬疑小说存在大量惊险刺激的桥段描写及悬念隐喻,图像化的镜头表达更能给予观众强烈的视觉冲击及悬疑体验感。改编者在面对悬疑题材,要善用镜语句法去触及人类心理的幽暗意识,这并不是剧作层面上的炫技,而是一场与观众心理的刺激博弈。

由此可见,悬疑片指涉的是人"被压抑的欲望",而并不是单纯的求知欲,这也是"悬疑"和"好奇"最大的不同,好奇是当一个问题有了答案,人们便不再执着事件本身,悬疑是人内心积淀已久的恐惧阀门,但人们又迫不及待想去触碰这个开关。正如《惊魂记》中令人倍感惊悚的淋浴场面,很多人在看这部影片前就已然知晓,但这个悬念依然驱使着观众去窥探,并未产生削弱的效果,也并不会消解观众的观影兴趣,反倒让更多人有了一探究竟的兴趣。《隐秘的角落》中观众已知三个孩子目睹了张东升谋杀公婆的瞬间,但观众仍然对三个孩子如何处理这段录像,以及张东升知道后会如何对待这三个孩子充满探索的欲望。

(三)震惊体验

刺激(震惊体验),常常以极具冲击性的景观触及观众的注意力,如暴力、血腥和色情等场景。悬疑片中的犯罪者,通常都是隐匿在普罗大众之中的"衣冠禽兽",他们的罪念也是观众潜意识中的罪念,区别在于

---

[1] [奥地利]西格蒙德·弗洛伊德:《弗洛伊德论美文选》,张唤民、陈伟奇译,上海知识出版社1987年版,第37页。

剧中人将它付诸现实,而观众则深藏在内心。观众看到的场景是躁动不安、充满威胁的危险世界,但观众所处的场景又是相对安全的,此刻又产生一种逃逸灾祸的心理快感。优秀的悬疑推理影视剧,都会尽可能延续"悬念"及"震惊体验",以使观众在延宕的情绪获得省思。

如希区柯克式的窥视角度和主观镜头,使观众置身于导演的叙事陷阱。挑逗观众的窥阴癖与犯罪欲望,以达成震惊式的体验。在影片《后窗》中,出于窥视欲,观众跟随主人公的视角,窥视着房客的日常起居,观众会潜意识地感到"道德不安",但这种不安感并未影响我们的观看,还被编导赋予了合乎常理的理由——观众需要继续观看,因为想要得知对面的房客是否杀害了妻子,为了正义的真相,观众需要参与到破案之中。在影片《惊魂记》中,诺曼以"恋母情结"为由谋杀了玛丽恩,而在此前,观众已然在诺曼与"母亲"的阴暗世界中游荡已久,并对诺曼保持着持续的好奇心,在诺曼谋杀掉玛丽恩后,观众因诺曼患有"俄狄浦斯情结"分裂症竟有种宽恕诺曼的意味,希区柯克剥开观众的道德伪饰,使其直面个人欲望与幽暗心理,大胆地挑逗着观众的欲望和道德情感。

二、悬疑推理题材影视改编要点:欲念满足与艺术克制

对于看过原著的观众,或许文本的悬念已不是重点,但并不影响观众重复"仪式"的愉悦。"作为复制的改编明显不是快乐的延宕;它本身就是一种快乐……就像仪式一样,这种复制品带来舒适感、一种更全面的理解以及随着知道接下来将要发生什么的感觉而来的自信。"[①]悬疑推理题材影视剧的精彩之处在于改编者对人物犯罪动因的深挖及对社

---

① [加]琳达·哈琴、西沃恩·奥弗林:《改编理论》,任传霞译,清华大学出版社2019年版,第78页。

会矛盾鞭辟入里的分析,如果悬疑推理片中只以让扑朔迷离的案件得以浮出水面为目标,那么当观众在原作小说中知晓真相后,悬疑已知,观众便不会再度为千篇一律的改编作品买单。

  悬疑推理题材的改编影视剧,需要合理控制剧情要素,在有限的时间内涵盖原作中的多个情节桥段,尽可能营造出跌宕起伏的情节快感,以赋予观众惊奇的冒险体验和强烈的探知爽感。"震惊体验"的制造,即吸引力蒙太奇,这也是电影区别于其他艺术门类的特征,也是悬疑剧中不可或缺的要素。"越是靠近欲望的一端,其影像的刺激能力便越强;越是靠近表象的一端,影像的刺激能力便越弱。"[①]刺激性事物在不同艺术形式间的表现尺度有所不同,如拉奥孔在临终前的挣扎场面具备刺激性,文字可以将他挣扎的反应尽可能生动形象地细致描绘,但雕塑在表现相同事物时则需要一定的艺术克制,如果过于直观呈现惨烈场景,如拉奥孔狰狞地张着嘴巴呼喊,面部的扭曲会破坏雕塑整体的和谐美感,也会引起观众的生理不适。相比文字艺术所营造的想象空间,视觉艺术会直接通过感官刺激到观众的神经,当刺激阈值超出人类的接受能力,便会遭遇抵制,加上听觉艺术更是如虎添翼,这也是血腥、暴力和色情场面在主流电影中屡屡受禁的原因。但刺激性场面对于影视来说,尤其是悬疑题材而言,又是不可或缺的,因此对暴力、血腥、色情等"大尺度"的场面处理需要分寸感,既不能摒弃掉悬疑剧所特有的震惊冲击,也不可使尺度场景喧宾夺主,因此镜头语言需要一定的艺术克制技巧。

  改编电视剧《阳光之下》(2020)的原作小说《掌中之物》中含有大量禁忌内容的描写,很多伦理失序的情节几乎都踩在影视改编的"雷区"之上,因此当它改编为电视剧的消息传来,网友最大的好奇就是这部作品

---

① 聂欣如:《类型电影原理》,复旦大学出版社2019年版,第5—6页。

要如何改编才能顺利过审。由此可见,原作所充斥着的"震惊体验"已经为改编剧带来一定的讨论热度。改编电视剧《阳光之下》摇身一变成了刑侦剧,在保有艺术分寸的基础上,借助场景的布置与演员的演技,对刺激性事物进行隐喻式的呈现,仍旧牵动观众的心魄。余华原著《河边的错误》中,阿婆被前夫施暴,却因独特的性癖好享受其中,因此并不抗拒疯子用长鞭殴打,这一段如用视听语言进行还原的场面势必会异常吊诡,改编电影《河边的错误》(2023)利用了足够克制的镜头隐喻了这一事件的存在,既不会带给观众不适的视觉冲击,也留下了可供解读的思考空间。电影中的暴力并不一定是肢体暴力,也可以是心理、情绪和精神上的暴力。

三、悬疑推理题材影视改编的典范作品分析——以《隐秘的角落》为例

2020年6月16日,爱奇艺迷雾剧场的第二部自制悬疑短剧集《隐秘的角落》独家上线,瞬间红爆互联网,《隐秘的角落》改编自紫金陈的网络小说《坏小孩》,将悬疑涉案剧与家庭伦理剧进行了有效的融合,使得该片在复杂跌宕的案件背后包含着"家庭伦理"的故事内核。该片体现了"悬疑+家庭"的创作思路,类型杂糅的悬疑剧,多以网络小说改编剧的形式进入大众生活,不是像过去那样依仗一个宏大主题背景下惩恶扬善的涉案剧,没有一个绝对的善恶好坏,犯罪者并非与被害人有不共戴天之仇,警察和侦探也不是神化的形象,这样的影像表达更贴近新时代大众的思想,拉近受众的心理距离,趋近现实,北京日报称赞其影视剧为"二流小说的一流改编"①。本案例重点探讨的维度,是电视剧

---

① 胡祥:《〈隐秘的角落〉:二流小说的一流改编》,https://baijiahao.baidu.com/s?id=1671794985177784249&wfr=spider&for=pc。

《隐秘的角落》的人物改编策略。

（一）反英雄的人物塑造策略

网络悬疑剧中最亮眼的人物设置，是在"法理情"中挣扎的边缘人物。这类人物处于社会链中较高的地位，拥有着高智商或者精英文化的特质，但在残酷的现实中因为无法改变自身的处境而被迫沉沦。反英雄人物的塑造思路，打破了单纯的二元对立模式，呈现出了正反角色边界模糊、角色反向塑造的特征。而这种天才群体的失意，也最能引起受众的猎奇感和共鸣感。所谓情感参与心理，即调动受众的情感因素，使受众的情感与电影人物之间的情感产生共鸣，让受众在心理上参与剧情。基于这一心理，为了吸引更多电影观众，导演往往会设置更多能够调动受众的情感因素，让观众感到自己与主人公的生活经历和生活经验有共同之处，当悬疑片中主角的情感与观众的情感相似时，观众便会对剧中主人公产生身份认同感。如张东升是数学天才，却屈身做普通培训机构的数学老师，在家庭中也无法获得足够的尊重，被逼上极端的道路；朱朝阳同样是智商超群的优等生，却承受着原生家庭的创伤和目睹杀人的精神压力。或许"天才"这一身份并不普遍，但他们无奈痛苦的经历却是人生常态，最能引起观众共鸣。

（二）人物弧光的注入

人物的扁平感症候在网络小说中普遍存在，欧阳友权认为："在大多数网络作家笔下，事物是平面的，现象就是所有的内容；人物是表层的，外在行为的背后并没有什么深层的潜意识；世界是真实的，日常生活的世界是统一的；写作是透明的，能指就代表了文本的深度。"[①]但在《隐秘的角落》中，改编者为规避这一缺陷，进行了人物弧光的浸染。罗

---

① 欧阳友权：《网络文学概论》，北京大学出版社2008年版，第118-124页。

伯特·麦基在《故事》一书中指出："最优秀的作品不但揭示人物的性格真相，而且在讲述过程中展现人内在本性中的弧光或变化，无论变好或变坏。"即每一个人物都不再是扁平的符号，抑或仅仅为了推动剧情发展所出现的工具人，人物弧光使得每一个人都鲜活了起来，能让观众感到人物内心的波澜世界，而不仅仅用于满足自我的观影快感。最为典型的是角色严良的设置，他在原作中名叫丁浩，是一个不学无术、终日沉迷电子游戏且打架成瘾的"傻大个"，时常因自己的愚笨而牵连整个团队，但在电视剧中，严良具备了担当的魄力。在"勒索张东升"的情节中，原作中向张东升索要三十万的人是年纪最小、心机却最为深重的普普，电视剧改编为年龄最大的严良面不改色地向张东升提条件，并且严良愿意承担真相，让朱朝阳复制一张卡，事成之后自己到警察局自首。同时，影视剧中新增的人物"老陈"，不仅从侧面丰富了严良的人物形象，也是整部剧的正义之光。在严良的成长过程中，他的母亲是"缺席"的，他的父亲虽然没有死去，但是他的精神状态已经无法给到严良更多的温暖，但是老陈的出现却是严良生命中的一道光。美学家李泽厚认为："情感不但是审美的动力，而且审美也最终呈现为一种特定的情感感受状态。"[1]观众如果对影视剧投入了情感，就会从客观上增加受众对于影视剧的忠诚度，与剧中人物同呼吸、共命运，良善人物在悬疑剧中唤起观众的怜悯之心，也是主流化改编的策略之一。

（三）人物的曲线式成长

如果说《坏小孩》展现的是夜色之深重，那么《隐秘的角落》所展现的就是白昼是如何慢慢变成夜色的，呈现出曲线式的成长，这在朱朝阳身上展现得尤为明显。原生家庭破碎，朱朝阳自幼跟随母亲周春红生活，坚强且执拗的周春红给予了朱朝阳全部的爱，而成绩优异、乖巧懂

---

[1] 劳承万：《审美中介论》，上海文艺出版社2001年版，第268页。

事的朱朝阳也成了周春红得以坚强的心理支柱。但另一方面,母亲偏执的爱、父亲的不闻不问、后妈的冷漠轻蔑、学校同学的排挤欺凌等使得朱朝阳从小隐忍、自卑,呈现出了同龄人少有的城府与成熟。严良与普普两个伙伴的突然闯入,打破了朱朝阳原有的平静生活。作为凶案的目击证人,朱朝阳三人以善的名义去做了恶的事情。故事中的朱朝阳形象正反边界模糊,观众眼中的他善良、懂事但又可怕得让人捉摸不透。周春红的身边新增了原创人物马主任,马主任是她的领导,同时也是个离异的男人,二人虽有上下级关系,但都是单身,谈恋爱本无可厚非,而周春红为了不伤朱朝阳的心,一直让两人的关系处于地下。为了表明自己与朱晶晶之死无关,迫于压力,周春红才在大喇叭里把与马主任开房之事公之于众,间接暴露了私情,不料却被朱朝阳听见。碍于脸面与情面,周春红与马主任断绝来往,这不但显露出周春红是个内心强硬、有控制欲的人,而且构成了周春红和朱朝阳母子关系的转折点,从此之后,二人的互相猜疑以及控制与反控制的程度变得激烈。同时,父亲朱永平对朱朝阳的情感并不是冷漠的,麻将场的戏份似乎也在映射朱永平与王瑶的再婚或许不仅仅是朱永平的喜新厌旧,还暗示了生意场上的情非得已与复杂暧昧,让朱永平这一人物没有坏到极致,甚至还增加了陪朱朝阳游泳、两人约定一起去漂流等凸显父子温情的一系列情节。还有一个人物重塑形象是警察叶军,他在小说中是一个严父的形象,对叶驰敏的要求极其严格,考不好还会责罚叶驰敏,但是在影视剧中,叶军对叶驰敏非常宽容,对女儿的成长也十分关心,尽管叶驰敏也是一个单亲家庭的孩子,但他们父女相处的模式与朱朝阳和他母亲的相处模式形成了鲜明的对比,这些人物的重塑同样从侧面丰满了朱朝阳的人物性格。

同样,原作中无恶不作的反派张东升,电视剧却将他的"恶"之根源缓缓展现,岳父岳母的反对、亲朋好友的冷嘲热讽、妻子的感情出轨,张东升默默承受着生活给予他的一切压力,剧中用多个细节表现了张东升在极端压力下的扭曲、压抑、忍受,重点大学毕业的他最终也只能在小城里当一个少年宫的编外中学辅导老师,以至于婚后妻子的家族成员都看不起他的出身。张东升一直在渴望认同,寻找归属感,正如他每天都要戴着假发在人前若无其事地掩饰自己的自卑,张东升想要通过自己的努力实现阶层的上升,但事业无法给他带来尊贵的社会地位。因此婚姻家庭便成了他的救命稻草,于是他把阶层上升的期望全部寄托在他的婚姻上,但妻子偏偏出轨,婚前协议把离婚后的张东升打回一无所有的底层生活。此时不再年轻、事业迷茫,也失去家庭的张东升再无出路,被压抑到极致的张东升只能以试探公婆作为自我救赎的途径,最终变成杀人犯。但此时的张东升并未泯灭良知,尚且心存善念,朱朝阳被王立绑架,他明明可以拿着三十万离开,却还是选择了救人。故事的最后,张东升甚至将普普视作女儿对待,可最后还是遭到了"复制卡"的背叛,这也是压死张东升的最后一根稻草。同时,为了契合受众的思考层面,即在理解和感知影片的基础上,进行深层次的思考与回味,这也是一种深层的接受心理,受众需要花费一定的心力,但一旦达成深层次的理解,将会以一种"顿悟"的形式出现。《隐秘的角落》进行了寓言化的设置,剧中反复提到的数学天才笛卡尔,关于他的结局有两个不同版本,这样的意象也隐喻着该剧的结局,是选择真相还是相信童话。同时这也是人文关怀的体现,受众各取所需,选择心中所向,在含蓄的思考中感悟答案。人物之间的摩擦,受众通过剧情构建的拟态社会将自身投射进去,代入角色与之共鸣。从叙事来看,开放性结局的设置也引发了大众的热烈探讨,这无疑延长了电视剧的热度,无形之中摄取了观众的注意力,令观众不自觉地陷入思考。在信息碎片化的时代,能引起受众思考层面的共鸣并非易事,可见开放式结尾改编之处的一举多得。

　　从故事原型的意义上来说,人间的故事早就写完了,太阳底下不再有新鲜的故事。留给当代的,不再是前人没有叙述过的故事,而应聚焦于如何寻找新的叙述角度和叙述方式。一部作品的精致与否,一定程度上取决于人物的深刻程度。悬疑片若只是试图通过奇巧情节和悬浮的情感宣泄来表现人物,将难以表现深致的心理,人物仅成为一个符号出现,冲突也将只停留在表面。在悬疑片的创作过程中,创作者除了注重外在戏剧冲突,还需通过人物内心情感的合理表达来打动观众,从而提升悬念片的感染力和观赏力,以契合受众的观影心理和当下社会主流的审美心理,遵循艺术创作规律并秉持匠心的态度去打造品质之作。

第三节　科幻小说的影视改编

在世界文学史中,公认的第一部科幻小说是于1818年由英国作家玛丽·雪莱(Mary Shelley)创作的《弗兰肯斯坦》(*Frankenstein*),这部广为传播的作品于1910年被首次改编为电影,标志着科幻小说影视改编的开端。在中国近代史中,科幻小说的影视改编的发展历程也有着丰富的历史。从鸦片战争到抗日战争,血与火并未给彼时中国带来真正的文明,但福祸相依的另一面是,它带来了科幻小说这种国人从未耳闻的"舶来品"。1904年,《绣像小说》杂志发表了一部名为《月球殖民地》的原创作品,其作者"荒江钓叟",笔名还是旧时文人品位,但内容在当时却荒诞离奇,同其他类型文学进入中国开花结果的过程一样,《月球殖民地》从内容而言,深受儒勒·凡尔纳的科幻小说作品《气球上的五星期》(*Cinq Semaines en ballon*)启发,描述了一位湖南革命党人,因躲避清廷迫害流亡日本,偶然结识了鬼才发明家,两人结伴乘坐飞艇环游世界寻找离散妻子,途中还被外星人带到月球,这部作品将传统章回体形式与新生科幻内核嫁接联合,跳脱出民间对月宫嫦娥的幻想,堪称是中国原创科幻小说的开端。1938年,影视出品人杨小仲在较为艰苦的条件下改编拍摄了中国第一部科幻电影《六十年后上海滩》,但由于胶片的遗失以及届时中国的影视行业不受重视,未曾在国内普及,加之战争影响,这部电影未能广泛传播,随后中国科幻电影的发展陷入了停滞。中华人民共和国成立后,文艺事业在党和人民的支持下百花齐放,1954年,郑文光创作的《从地球到月球》被认为是中国第一部纯正的科幻小说,展现了中国科幻文学的新起点。1963年,根据科幻作家刘慈欣的说法,中国第一部真正的科幻电影《小太阳》上映。这部电影讲述了一群小朋友制造小太阳以改变气候从而为农耕做贡献的故事,在一定的自然科学基础上,加入了不少的奇幻想象,标志着中国科幻电影的重新起步,但它也并非完全原创作品,题材来源于苏联作家沙符郎诺娃(Шавронова)的小说《人造小太阳》(Искусственное маленькое солнце)。影片《小太阳》虽然具有其划时代意义,但科普与儿童教育依然是其出发点,这也间接导致了我国本土科幻不可避免浸透低龄与工具性的基因,与本土动画影视的发展遥相呼应。

近年来,中国科幻电影的发展取得了显著成果。其中,根据刘慈欣小说《流浪地球》改编的同名电影一经上映,便引起了广泛关注,该影片被视为中国科幻电影的里程碑之作。这部电影以其独特的叙事方式和深刻的科学思考,赢得了观众和评论家的高度评价。总体来说,中国科幻文学和电影的发展历程充满了曲折与艰辛,但从早期的《六十年后上海滩》《小太阳》到近年来的《疯狂的外星人》(2019)、《流浪地球》系列、《独行月球》(2022)等影片,中国科幻作品在不断探索中逐渐取得了令人瞩目的成就。

一、科幻影视剧的类型要素

克里斯蒂安·黑尔曼(Christian Hellmann)在《世界科幻电影史》

中将科幻电影界定为"发生在一个虚构的但原则上是可能产生的模式世界中的戏剧性事件"①。另一方面,由许南明、富澜、崔君衍等国内学者主编的《电影艺术词典》将科幻电影定义为"以科学幻想为内容的故事片"。这个定义强调了科幻电影的核心要素是科学幻想,即对未来的世界或遥远的过去的情景做幻想式的描述。同时,这个定义也指出了科幻电影的体裁是故事片,这意味着科幻电影通常通过讲述一个故事来展现其科学幻想元素。② 综合这两个定义,我们可以将科幻电影理解为一种以科学幻想为内容的故事片,它发生在一个虚构的但原则上是可能产生的模式世界中,通过戏剧性事件展现对未来的世界或遥远的过去的情景的幻想式描述。这个定义既强调了科幻电影与现实世界的联系,又突出了科幻电影的类型要素和题材特点。

(一)被奇观包裹的"生存焦虑"

"奇观"是普遍的类型元素,灾难片、奇幻片、恐怖片、战争片都有隶属的奇观,灾难片和战争片也可以有逻辑地制作想象性奇观。科学奇观是想象的,但这种想象包含着一定的科学逻辑,不能天马行空地进行凭空捏造,前沿的视效技术制成高科技的场景必然伴随着严密的逻辑思维。因此需要找到科幻类型元素的核心,才有可能全面地定义何为"科学奇观",海德格尔曾对今天的科学表示明显的"不安",并且难以捉摸"这种不安从何而来,对何而发"③。而这也是科幻影视剧时常运用的叙事桥段,即"想象性焦虑",也可称之为"生存焦虑",只不过这层焦虑在该类型中被披上了科技幻想的面纱,"焦虑"即科学奇观的核心类

---

① [美]克里斯蒂安·黑尔曼:《世界科幻电影史》,陈钰鹏译,中国电影出版社1988版,第11—12页。
② 许南明、富澜、崔君衍:《电影艺术词典》,中国电影出版社2005版,第69页。
③ [德]马丁·海德格尔:《演讲与论文集》,孙周兴译,生活·读书·新知三联书店2005年版,第62页。

型。这也是科幻奇观与恐怖片、灾难片和战争片奇观最大的不同,恐怖片、灾难片和战争片的核心情绪是"恐惧",恐怖片来源于对怪力乱神的想象性恐怖,灾难片和战争片则是人为造成的死亡恐惧,所呈现的是一种"近忧",是对已然事物的心理反应;而科幻片的核心情绪"焦虑",是一种"远虑",更倾向于对未然事物的心理反应。

"焦虑"与"恐惧"是不同的,一如西格蒙德·弗洛伊德(Sigmund Freud)的具体阐释:"'焦虑'指的是这样一种特殊状态:预期危险的出现,或者是准备应付危险,即使对这种危险还一无所知。'恐惧'则需要有一个确定的、使人害怕的对象。"① 恰如马丁·海德格尔(Martin Heidegger)的不安,我们焦虑,是因为人类的"畏之所畏是完全不确定的"②。如影片《独立日》(*Independence Day*,1996)、《时间机器》(*The Time Machine*,2002)等面对外星人种族优势的焦虑;《科学怪人》(*Mary Shelleys Frankenstein*,1994)、《弗兰肯斯坦》《西部世界》(*Westworld*,2016)等面对人工智能可能会失控的焦虑;《科学怪人的新娘》(*Bride of Frankenstein*,1935)、《第六日》(*The 6th Day*,2000)、《月球》(*Moon*,2009)、《猿人争霸战:猿族争霸》(*Rise of the Apes*,2011)等面对"造人"技术的伦理焦虑;《黑客帝国》(*The Matrix*,1999)、《阿凡达》(*Avatar*,2009)、《未来战警》(*The Surrogates*,2009)等真实与虚拟界限逐步混淆的失真焦虑等。通过探讨这些焦虑感,我们可以更好地理解科幻电影的核心情感诉求,以及它在表达人类对未知世界的担忧和憧憬中的重要作用。

---

① [奥地利]西格蒙德·弗洛伊德:《弗洛伊德后期著作选》,林尘、张唤民、陈伟奇译,上海译文出版社1986年版,第10页。
② [德]马丁·海德格尔:《存在与时间》(修订译本),陈嘉映、王庆节译,生活·读书·新知三联书店2006年版,第215页。

（二）幻想外衣之下的"科学内核"

科幻电影的内核要素是"科学内核"，而具有幻想元素并不足以成为科幻片的类型特征。科幻电影和奇幻电影都有"幻想元素"，但二者的区别在于，前者的架构基础基于科学依据和较为现实的世界观，而后者则更多地依赖于空想和幻想，奇幻电影也有逻辑依据，但这种逻辑可以由创作者自圆其说。科幻电影的创作逻辑并不能天马行空，它的主要魅力在于，科幻电影以科学为基础，构建出一个令人信服的未来世界，这个世界中包含了许多科幻元素，如高科技设备、外星生物、时间旅行等，但这些元素只是科幻电影的表面特征。真正让科幻电影区别于其他类型电影的，是其内核中的科学逻辑与理性精神。

科幻电影的"科学内核"要求电影创作者在构建未来世界时，遵循一定的科学规律和逻辑，这使得科幻电影保持一定的现实感和可信度，让观众在享受视听盛宴的同时，也能对科学与未来产生思考。如电影《星际穿越》(*Interstellar*,2014)基于"宇宙时间"与"地球时间"探讨人类生存价值的问题，讲述地球中人类赖以生存的食物逐渐消失，父亲库珀驾驶飞船穿越虫洞来到了五维空间，通过重力波向女儿传递奇点数据，试图拯救地球中的家人，从而体现了创作者对生态的忧思。影片的叙事建立在虫洞理论和时间旅行等科学假设之上，无论是世界末日还是宇宙旅行，影片对科学规律的追求已然达到极致，并在科学基础上予以对未来的想象，影片中的"黑洞"实际上是一个"时间盒子"，黑洞的时间是静止的，地球时间在黑洞的宇宙空间中就像流动的胶卷，因此女儿才会懂得书房中的"幽灵"实际上就是自己的父亲。电影《流浪地球》基于天体物理学的黑洞、引力波、暗物质、宇宙膨胀、多层时空等理论，设想太阳系进入晚年时期，地球环境急剧恶化，人类需要建造发动机推动地球向宜居地迁徙，而"地下城"则是人类暂时的避难所，一切物象都有着对应的依据。

相比之下,奇幻电影则更多地依赖于空想和幻想。奇幻电影中的世界观和角色往往超越现实,包含了许多魔法、奇幻生物和神秘力量等元素,如"哈利·波特"系列、"指环王"系列等,这些元素虽然具有想象力和创意,但缺乏严密的科学理论和猜想假设,使得奇幻电影更像是一个逃离现实的梦境,并不会真实发生,但科幻片里的场景却有可能真实发生。影片《宝葫芦的秘密》(2007)和《长江七号》(2008)等看似充满软科幻元素,但这种科幻元素并没有严密的逻辑设定,其本质还是喜剧电影。因此,要理解科幻电影,就要严格把握科幻电影和奇幻电影的区别,科幻的核心要素是科学内核,奇幻的核心要素是空想和幻想。这种差异使得科幻电影在引发观众对科学与未来的思考方面,具有独特的艺术与审美价值。

二、科幻题材影视改编要点:奇观营造与逻辑自洽

20世纪,在"语言论革命"蔓延的社会环境,"语言"的概念已从狭义的听说读写表达升级为广义的符号系统,众多非语言性的符号也进入了语言符号的视阈之中。奇观也被视作一种符号,奇观电影理论出现于西方,而"奇观"的概念溯源,最早出现在法国理论家居依·德波(Guy Debord)的《景观社会》(*The Society of the Spectacle*)中:"在现代生产条件无所不在的社会,生活本身展现为景观的庞大堆积。直接存在的一切全都转化为一个表象"①。德波虽未明确提到奇观并对此进行概念阐释,却是最早意识到奇观本质的学者,奇观在德波看来,是影像的外部展现形式,由表象所支撑的感性观看幻象,虚拟的影像符号影响着人类的生存环境,是在现代媒体技术迅速发展的新技术语境中所形成的语言形式,可被视作语言的一种延伸形式。大众认识世界的

---

① [法]居伊·德波:《景观社会》,王昭凤译,南京大学出版社2006年版,第3页。

途径有直接经验和间接经验,而影像作为视觉化的形象就充当着间接经验,一方面影响着受众认识世界的方式与展现科技的力量,但与此同时,也存在着视觉异化和牵制受众思想等问题,因而奇观被认作是一种修辞。如今的"奇观"已不再是简单的吸睛技术,而是展现现代电影品格的一种技术创作手段,而需要建构未来时空、超现实时空的科幻电影,"奇观"的营造便格外重要,影像越逼真或越奇幻,带给受众的体验就愈发震撼,而"震撼感"如何融入叙事,则需要看技术的精湛程度。电影技术绝不是孤立存在的电影要素,而是与电影语言及电影形态一体三面的共生结构。在当今影视创作领域,新技术的应用产生了巨大的推动力,使得镜头语言能够更准确地还原科幻小说的意象。

在探讨科幻题材,尤其是"硬科幻"小说的改编难度时,首先需要了解科幻作品所涉及的宏大宇宙观和复杂的文明关系。这些作品通常构建了一个独特的世界观,其中包含了多种宇宙文明、高科技和未来幻想元素。在改编这些作品时,编剧和导演需要充分理解这个独特的世界观,并将其转化为一个清晰、连贯的电影叙事。然而,仅仅将清故事的宏大宇宙观和文明关系是不够的,还需要辅之以精美的视效来还原"高概念"的科幻世界。科幻作品往往涉及许多超越现实的科幻元素,如外星种族、高科技设备、未来城市等。为了在电影中逼真地呈现这些元素,影视制作团队需要运用先进的视效技术,包括计算机生成图像、绿幕拍摄和3D打印等。在改编过程中,创作团队还需要面对诸多挑战。例如,如何在有限的预算内完成大量的视效镜头制作?如何确保视效与故事情节相辅相成,而不是过于夸张或分散观众注意力?此外,制作团队还需要考虑观众的接受度,如何在忠于原著精神的同时,使影片更容易被普通观众理解并欣赏?从某种程度上说,大数据技术使影视工作者对观众审美心理的把握更加精准,而适当的"影像奇观"也为作品的整体叙事平衡提供了辅助,成功的"科幻奇观"让观众察觉不出技术的痕迹，如《第九区》(District 9,2009)具备贫民窟美学的外星人居住地；《火星救援》(The Martian,2015)中火星上的沙尘暴天气；《流浪地球》中被冰封的中国城市；《独行月球》中的月球基地等逼真的奇观，都有赖于创作者对现实物像、科技装备、天体现象、现有宇宙规律的极致探索，并将其与剧情对接，才能使科幻奇观与叙事系统完美缝合。

然而如果一味地依赖新兴技术，过于关注视觉感官呈现和个性化镜头语言，而忽略对文学作品深层文化内蕴的叙事结构的严谨性，就可能适得其反。原本"厚重"的文学理念和精神可能变得肤浅单薄，化为影像语言，这对于未来数字影视产业的发展是极为不利的。比如《上海堡垒》(2019)中充溢着"上海大炮""上海陆沉""捕食者""无人机"等恢宏的奇观，上演了一场在末日之下中国城市迎战外星文明的科幻大场面，但最终却以惨淡的票房与不尽如人意的口碑收场，其失败之处在于科幻奇观并未与叙事体系形成自洽，致使影片核心本末倒置。科幻奇观带来的意义也绝不仅限于视觉的官能性愉悦，还有更多意义上的指涉。适当的"科幻奇观"可以为作品增添视觉效果，但过度依赖技术可能致使观众注意力分散，影响剧情的流畅性和叙事的连贯性。因此，我们在创作过程中要谨慎权衡技术运用与叙事需求之间的关系，确保技术服务于叙事，而非主导叙事。

三、科幻题材影视改编的典范作品分析——以《流浪地球》系列为例

《流浪地球》改编自刘慈欣的同名科幻小说，讲述了人类面临太阳即将毁灭地球的危机，不得不开启"流浪地球"计划，建造行星发动机，试图逃离太阳系，寻找新的家园，引发了观众对未来生存的想象性焦虑。目前已推出两部电影。《流浪地球1》一经上映便引起了现象级的社会关注度，成为具备里程碑意义的中国科幻电影，开启了"国产科幻

电影元年"。影片围绕2075年的"木星危机",以刘培强一家为叙事主体,讲述为了避免木星与地球相撞,众人奋不顾身保全人类的故事。《流浪地球2》作为《流浪地球1》的前传,讲述人类在2044年意识到了太阳系老化,百年之后地球将遭遇的危机,决定开启自救计划。为保留人类文明,国际组织提出了三个解决方案,分别是移山计划、飞船计划和数字生命计划,最终移山计划成为可行性方案,并更名为"流浪地球计划"。《流浪地球》系列电影的改编既借助了西方好莱坞科幻片的类型元素,达到了受众的预期,又植根于中国文化土壤、聚焦于家国同构的民族主义叙事本位,将中国拯救世界的大国叙事搬上银幕,唤起了中国观众的民族认同感,这样的"本土化改编"是令人惊喜的。

(一)"中国崛起"的文化名片

小说《流浪地球》携带着丰富的后人类的想象,正是刘慈欣在小说中反复强调的后人类追问,将中国写作推向了一个新高度。《流浪地球》的开篇始于"我"的独白:"我没见过黑夜,我没见过星星,我没见过春天、秋天和冬天。我出生在刹车时代结束的时候,那时候地球刚刚停止转动。"小说将人类放置在灾变情境中,面对末日危机,曾经辉煌的文明该如何延续,"去道德化"地反思了科学技术过度发展给人类社会带来的忧患。这一末日叙事恰好契合了西方世界的后人类思潮,以及金融危机语境下的人文主义危机。中国作为西方眼中的异质性他者,不再是民俗奇观与底层叙事,刘慈欣的科幻小说似乎为西方世界带来了具备救赎意义的力量。

电影《流浪地球》以大众化和本土化的改编方式,隐匿了小说的先锋性,将人文主义崩溃、末日论的多重真相叙事置换为家国同构、共同捍卫地球并"带着地球去流浪"的民族主义叙事,将原作更为深刻的内核置换为大众熟悉的"父子情深""人定胜天""拯救世界"等主题。而这一次拯救地球的不再是西方人的面孔,而是基于中国方案、以中国主导而形成的"人类救援共同体",这与西方少数派乘坐飞船抛弃家园、向外扩张的西式价值观是截然不同的,中国要展现的是带着数十亿地球人一同去流浪的集体主义信念。这一意义在于,电影《流浪地球》通过影像这一媒介,试图抗衡并战胜丛林法则支配下的"西方中心论"。对既有的视觉性话语进行重写,试图颠覆第五代导演所塑造的那些被封建习俗压迫的人、穷困潦倒的底层人民、被凝视的东方女郎等被迫害被奴役的"东方他者",让中国化身为银幕上的救世主,救世主的形象可以是硬汉吴京式的航天英雄,也可以是在广播中哭求世界人民加入中国方阵团结一心的少女韩朵朵。这是中国科幻电影试图在逆全球时代、后冷战时代为世界打造"中国崛起"新文化名片的一次尝试。

(二)"西为中用"的在地化美学

随着电影工业全球化程度的加深,中国观众从好莱坞式科幻片中汲取类型片公式及其带来的期待式情绪,并将其反映到对国产科幻片的评价上,形成了一种有趣暧昧的"全球化视野"和跨领域的审美偏好。《流浪地球》的成功离不开国产科幻片的观众基础,更离不开由好莱坞式科幻片培养起来的、期待看到好莱坞式科幻片中类型元素的观众。然而,这并不意味着《流浪地球》中对好莱坞式科幻片类型元素的运用是"生搬硬抄"。相反,影片中对类型元素的运用是有技巧、有明显本土化风格的"中西合璧",中华文明与文化的特征元素恰当地融入了影片,这种运用无疑是一次成功的学习。

《流浪地球》有效地避免了此前国产科幻电影堆砌特效的弊病,让故事与画面保持在同一层级上,将其与具有中国特色的风格相结合。如"地下城景观"并不像西方科幻影片中充溢着光怪陆离的赛博朋克风,而是参照"中国观众更熟悉"的"苏联重工业风格"[①]来设计物象,体现了一种对过去工业化时代的怀旧情感。此外,机械感的地下城却充溢着满满的烟火气,中国人照样在春节期间播放着喜庆的音乐、舞狮、打麻将等。而灾难景观如冰封明珠塔、上海奥运大厦等熟悉的中国地标,再结合韩子昂对灾难前平凡生活的追思,给予了中国观众好莱坞大片无法给予的地缘亲和感。通过展现熟悉的城市景观在末日背景下的变化,影片成功地营造了一种科幻与现实交织的独特氛围,让观众在欣赏影片的同时,也能思考人类在面临灾难时的选择以及背后的原因。《流浪地球》在影像化的过程中,以西方的类型元素为外衣,注入中国式的文化景观,形成了"西为中用"的在地化美学风格,也是影片在国际传播语境中获得成功的重要原因之一。

(三)"命运共同体"的大国叙事

不同于好莱坞式的个人英雄主义叙事,中华文化自古以来就重视集体利益高于个人利益,强调社会和谐与团结。在儒家思想中,强调个体对家庭、社会和国家的责任。在中国历史上集体主义思想也得到了广泛的实践,在抗日战争时期,中国人民团结一心,抵抗外敌,取得了伟大的胜利;中华人民共和国成立后,集体主义思想以"为人民服务"精神为代表,在土地改革、社会主义建设和改革开放等各个历史时期都发挥了重要作用。而从改编的叙事策略来看,《流浪地球》系列的成功深层原因之一是将中华文化的集体主义思想贯穿全片。无论是面对生存环境恶化的宇宙危机,还是用数字生命延续文明的伦理考验,《流浪地球》系列都给出了"中国式"的答案。

在运输"火石"的事件中,为保全杭州地下城 35 万百姓的生命,

---

① 张成:《创造科幻电影的"中国经验"——导演郭帆与专家对谈〈流浪地球〉和电影工业》,《中国艺术报》2019 年 4 月 1 日第 4 版。

CN171-11救援队不顾千辛万险运送火石,司机为保全火石将车头脱钩、韩子昂和刚子选择将火石先拉上电梯,不惜以牺牲生命为代价。刘培强作为中国首批航天员入驻领航员国际空间站,尽管争取来了儿子入驻地下城的权益,但也要忍受与家人的分离之苦,面对病重的妻子,刘培强将地下城居住权转交给尚还康健的岳父,而妻子和岳父也认同了刘培强的这一选择,体现了刘培强一家对于家庭的责任感。面对月球危机,是中国航天员率先表态,自愿出列三百名宇航员完成"炸月球"的任务。在木星强大的引力磁力场之下,刘培强义无反顾,将领航员空间站作为燃料,驾驶着空间站一同冲向木星,以牺牲自我换来人类的安全。如此种种,都体现了"牺牲小我,成全大我"的集体主义精神。而在电影新增的情节线"数字生命"中,拥有数字生命的女孩丫丫,在关键时刻,在与父亲的配合下用超强的记忆力,完成了服务器的连接任务,而图恒宇也在数字空间中最终与女儿团聚,数字生命计划最终帮助了流浪地球计划,深刻诠释了人类与科技也能团结共存的积极意义。

《流浪地球》系列作为中国的科幻电影,在强调本土化的同时,也展现了一种"地球共同体"的宏观叙事立场。正如影片所阐释的"人类把最精密的仪器,都用在彼此毁灭之上",这种立场的选择使得影片在探讨人类命运共同体的主题时,能够超越国别界限,引发全球观众的共情。在微观叙事层面,影片又不断强调中国立场,即"团结,才能延续文明的火种",使得影片具有了中国科幻片独有的气质。在电影创作中,立场的转变往往会引起整体叙事风格的转变。影片强调本土立场的话语方式,实际上是将传统文化、民族习性、社会心理等因素融入其中,从而塑造出独特的叙事风格。《流浪地球》成功的关键,正是在于其将本土立场与全球视野相结合,通过讲述"流浪地球"这一宏大叙事,展现了人类在面对危机时的团结与勇气。这种叙事方式不仅让观众感受到了国产科幻片的独特魅力,也为其他类型片的创作提供了新的思路和方向。

第四节　玄幻小说的影视改编

玄幻题材是一种独特的类型,它以中国古典神话与民间故事为灵感源泉,与中国传统文化有着千丝万缕的联结,并依托于互联网技术和网络小说 IP,迅速以黑马之势席卷影视剧市场。我国真正意义上的玄幻影视剧可追溯至 2005 年的电视剧《仙剑奇侠传》,并取得了平均收视率 1.13% 的佳绩。早期的玄幻题材作品虽数量较少,但部部收视长虹,2009 年的《仙剑奇侠传三》、2014 年的《轩辕剑之天之痕》《蜀山战纪》《古剑奇谭》等玄幻剧,几乎是播一部就红一部。自 2015 年之后,改编自网络玄幻小说《花千骨》的同名电视剧横空出世,自此掀起了玄幻影视剧的改编热潮,涌现出大量现象级改编影视剧,如《三生三世十里桃花》(2017)、《香蜜沉沉烬如霜》(2018)、《琉璃》(2020)、《苍兰诀》(2022)、《长月烬明》(2023)、《长相思》(2023)等作品,并被翻译成多种语言,逐步走向国际市场,对传播中国的文化形象起到了极大的推动作用。与此同时,《择天记》(2017)、《斗破苍穹》(2018)、《武动乾坤》(2018)、《莽荒纪》(2018)等改编自爆款男频网络玄幻小说的电视剧也不甘示弱,纷纷进行影视化改编,欲分得市场的一杯羹,口碑却不尽如人意。而在近几年,玄幻题材也陷入了同质化的创作模式中,出品数量众多但精品却甚少,但不得不承认,玄幻题材拥有中国得天独厚的文化基因,潜力极强,是值得深挖的题材类型。

一、玄幻影视剧的类型要素

针对"玄幻"的界定,学者陶东风解构"玄"和"幻"两个关键词,认为"玄"指超越常规和匪夷所思,"幻"则突出想象性和虚拟性,亦即建构一个与现实迥异的"架空世界",颠覆自然规律和社会法则。① 玄幻题材在创作中不受现实与科学逻辑的束缚,以其超现实、超时空、超自然的神秘幻想内容,吸引了广泛的受众群体。值得一提的是,玄幻题材与奇幻题材还有神话题材最易混为一谈,即使三类题材看似相似,但还是有着较为本质的区别。与奇幻题材的不同之处在于,玄幻题材的文化背景是东方、以道教文化为主的现代化表述;而奇幻题材是西方体系下的创想;玄幻题材的主人公多为神仙、妖魔、道士等具备特殊法力的人,奇幻题材多为魔法师、吸血鬼、精灵人、霍比特人等半人半神、半人半兽、似人非人的生物。而神话题材虽与玄幻题材有着承继关系,但神话题材的叙事体系大多取材于《山海经》《西游记》和《聊斋志异》等古代志怪小说中的神话符号系统,而玄幻题材所架构的世界观多来源于当代人基于神话原型的虚构和再创,如《花千骨》中的长留山、《香蜜沉沉烬如霜》中的葡萄精、《侍神令》中的阴阳师等。

（一）神话原型文化意指

玄幻影视剧相比其他类型影视剧最具特色的便是其包含中国独有的玄学元素,"玄学"是魏晋南北朝时期产生的哲学思想,与《老子》中的"玄之又玄,众妙之门"一脉相承。玄幻影视剧的故事背景一般源自远古神话、神魔小说、志怪小说的创新演绎,塑造了神魔共存的世界观,深刻反映了中国传统文化的内涵。通过神魔之间"二元对立"的永恒命题增加剧情张力,并为观众呈现了一个在虚幻仙境中英雄成长、斩妖除魔的神话故事,唤起了观众内心深处对超自然的遐想与追求。

一是长生之术。在玄幻世界,生命的长度可以被无限延长,生灵的潜力也被赋予了无限的可能性,他们可以穿梭时空、日行千里、瞬间移

---

① 陶东风:《中国文学已经进入装神弄鬼时代? 由"玄幻小说"引发的一点联想》,《当代文坛》2006年第5期。

动、施展无敌法力、经历轮回重生,一切不可想象的事物在玄幻世界中都能够实现。这些在现实世界毫无科学依据的想象,在玄幻剧中都可以尽情得到施展。实际上,追求长生不老之术、探寻永生与追求无边的法力,是深植于民族集体记忆中的远古灵魂崇拜。在远古时期,由于技术的落后,先民面临自然灾害、残酷的战争与饥荒带来的死亡威胁,他们相信通过祭拜仪式可以化解这些灾难。然而,在发现祭拜不再奏效时,先民转而信仰各类神明,希望神明能接受其崇拜和供奉,从而助其摆脱苦海与命运不测。我国四大名著之一的《西游记》中便充斥着大量追求永生不死的情节,如唐僧肉被视为长生不老之药、天庭神明可以永生等。在玄幻剧中,修仙则意味着可以延长生命,获得永生,但又不愿掺杂仙界的人情世态,所以主人公往往会选择在人间寻得一片"世外桃源"归隐。

二为灵魂永生与图腾崇拜的原型。在生产力低下的远古时代,人们对自然灾害的认知模糊,所以将希望寄托于抽象的灵魂,认为肉体的消散是不可抗力的,但是人的灵魂可以永恒存在。这种原型延续在了玄幻影视剧中,玄幻影视剧中的人物往往在追求精神不死的过程中,展现出不畏生死、舍己为人的精神品质。如《仙剑奇侠传三》中的龙葵舍身跳进铸剑炉,景天为拯救天下苍生,不惜用阳寿去换其他人的寿命,即便肉身会泯灭,但精神却永驻世间。此外,动植物幻化成人的形象层出不穷,这些形象与远古动植物图腾原型有着紧密的联系。例如《仙剑奇侠传三》中的花楹、《花千骨》中的糖宝、《择天记》中的轩辕破和《香蜜沉沉烬如霜》中的锦觅等,都是由物象幻化而成,它们的原型均源自古代动植物图腾崇拜。人类对自然界的探索与想象塑造了一系列充满奇幻色彩的动植物幻化形象,这些形象揭示了人类对于动植物与人类生命一体化的深刻认知,即原始图腾崇拜的观念。在先民的心目中,人类与特定物类之间存在密不可分的联系,他们坚信自己的氏族或部落源于某种动植物,并认为万物皆有灵,将这些动植物视为自己的血缘亲属或祖先。在这些充满神秘色彩的图腾中,动物图腾占据了重要的地位,如凤、龙、虎等,都成为先民们崇拜的对象,与此同时,也有不少植物图腾的存在,如茶树、珍草等。此外,一些自然现象如月光、星星等也被视为图腾,成为先民们心目中神圣的象征,这些动植物与他们的生活存在密切的联系,先民们将它们视为部落的保护神,因此对他们充满敬畏和崇拜。这种对动植物、自然现象的敬畏与崇拜,正是远古先民图腾崇拜的真实写照。

(二)新神话外衣下的现实包裹

所谓"新神话主义",即故事虽然发生在古老的神话背景之下,但故事所映射的价值观念却是现代式的,所营造的冲突同样是现世个体所面对的困境与迷惘,经由数字时代的视效奇观包装,营造了景观化的玄幻世界,使个体在诗性遥远的架空世界体验爱恨情仇、打怪升级的新式快感,以对抗分裂浮躁、仓促无力的现实人生。玄幻影视剧顺应了网生代对想象力消费的需求,在接受层面抵达他们在超现实世界建构自我身份的情感认同,在感官层面满足他们对视听震撼力的审美期待。在信息时代高速运转的时代下,见惯了"闪恋闪婚""闪分闪离"的年轻人们,越发怀念慢节奏的爱情、与"一生一世一双人"的赤子之心,于是大众将期望寄予古人和神仙,感慨他们在"三生三世""十生十世"的轮回中重复爱人,抵达宿命般的爱情。玄幻剧中的爱情充溢着"禁忌"的色彩,"师徒恋""骨科""人妖恋"等不宜在现实生活中存在的爱情关系在玄幻影视剧中频繁出现,浓墨重彩地渲染爱情之神圣,超越了时间、辈分、族群等一切庸常,将观众置身爱恨交织、又虐又爽的情境之中。

此外,新神话主义还提供了一种施展抱负的平台。在练就绝世神功、可上九天揽月下五洋捉鳖的无限时空中,观众仿佛置身于游戏世界,能够自行选择奇幻的身份和能力,实现铲奸除恶、匡扶正义等理想抱负,从而抚慰了现实中难以实现的遗憾。因此在玄幻影视剧中,常常能看到类似的救国救家主题故事,这种为了国家利益和人民大众的安康而踏上探险之路的大义之举,与中国传统文化中的仁义之德不谋而合。在玄幻影视剧中,主线情节基本采用了相似的叙事结构:一位原本平凡的小人物,突然被告知未来人间或者其生存环境将面临一场浩劫,而他是被选中的"救世主"。为了拯救苍生于水火,他必须寻找特定的法器或者圣物,但每一程都困难重重、性命攸关,且越到后期阻碍越大,主人公临危受命开始了寻宝救国之路。例如《轩辕剑之天之痕》,男主人公陈靖仇作为陈国皇室的唯一血脉,在父母被害后承担起了守护陈国的重任。在师父的指引和帮助下踏上了寻找上古法器、拯救国家和人民的征程,在经历了无数磨难后,成长为一个有责任担当的侠客。在《仙剑奇侠传三》中,平平无奇的普通人景天意外被蜀山长老任命为寻找五灵珠的救世主。《诛仙青云志》中的张小凡更是一介凡俗,却依然能够修炼剑术、降妖除魔,担起守护苍生的重任。在寻宝的过程中,角色往往要经历痛苦和失去,如《仙剑奇侠传一》中赵灵儿的死亡、《仙剑奇侠传三》中茂茂和龙葵的舍生取义等感人至深的情节设置,都让观众为之动容。

(三)中式美学的镜语建构

相较于其他类型的电影,玄幻影视剧更倾向于构建中式美学的镜语体系,让观众置身其中,沉浸于中国玄幻世界的光怪陆离。通过对中国传统文化元素的巧妙运用,包括但不限于色彩美学、服化道、音乐配乐等,不仅是对于现实的超越与想象,更是一种文化认同和文化自信的体现,在满足观众审美需求的同时,也对中国文化符号进行了再现和传承。

色彩搭配是中式美学的重要组成部分,玄幻影视剧在色彩运用上延续了中国传统美学的特点。如电视剧《花千骨》场景色彩主要以青、灰为主，营造出一种庄重古朴的古典风格。在人物服装色彩方面，主要以白色为主调，各宗派的弟子都以白衣素裹的形象出现，其中白子画这一角色更是身着素衣长袍，气质清冷超脱，这与白子画长留上仙的身份十分契合。玄幻影视作品在视觉表达上还常常运用传统符号与意象，以升华影片的文化底蕴。《三生三世十里桃花》中的十里桃林桃花盛开、落英缤纷，营造出一个唯美至极的场景：主角白浅身着轻薄的纱衣襦裙，静静躺在树干上，享受着美酒和桃花飘香，整体呈现出的是一种素雅清新的水墨风格。剧中主要人物的服饰没有过于张扬艳丽的颜色，多以白、青、粉、绿为主，整体风格清新自然，将中国传统的美学韵味和仙侠情怀完美融合，给观众带来了一场视觉与心灵上的双重盛宴。中式色彩所营造出的意境，不仅展现了剧中人物的情感世界，更是对中国文化传统的一次深刻诠释和再现。

音乐与画面的有机结合也是玄幻影片在镜语建构上的一大特点，玄幻影视剧的主题曲和背景音乐通常使用民族古典乐器，如琴、箫、笛等，以展现古典音乐的节奏和韵律。精彩的情节与插曲配乐相融合渲染氛围的同时，也让剧中人物形象更加生动鲜活，进而深化了电视剧的主题思想。如电视剧《仙剑奇侠传三》中，音乐元素被精心运用，不仅是有抒情功能的背景音乐，更是对人物关系的情感诠释：《此生不换》诉说着徐长卿和紫萱的三世虐恋；《忘记时间》象征着飞蓬与夕瑶的千年相思之苦；《偏爱》讲述景天和雪见"一生一世一双人"的浪漫爱情；《生生世世爱》诠释了龙阳与龙葵之间的千年兄妹之情等，这些音乐元素将观众情绪引至共鸣处，使其更加身临其境地感受到剧中人物情感的起伏和变化，从而增强观众对剧情的理解和认同。电视剧《香蜜沉沉烬如霜》中的一曲《左手指月》，经由陶笛的吹奏，将观众带入主人公荡气回肠却又肝肠寸断的情感世界，道尽了爱而不得的恩怨痴缠，将剧中神魔之间的爱恨情仇渲染得淋漓尽致。

二、玄幻题材影视改编要点：摒弃悬浮与跨媒介叙事

现阶段较为火爆的玄幻影视剧，大多改编自人气旺盛的网络玄幻小说，但这并不意味着"人气IP"就是"流量密码"。相比女频IP，男频IP的影视改编效果一直反响平平，号称男频网文界神话的《斗破苍穹》《武动乾坤》《莽荒纪》三部重量级男频IP的口碑却相继遭遇失败，制作方大下血本却悉数折戟，收视惨淡的同时，还招致大批原著粉丝的口诛笔伐，究其根本，是改编方过于看重IP的热度而忽视了与市场受众的匹配度，致使男频玄幻小说改编影视剧漂浮着急功近利的悬浮感，这在女频玄幻小说改编影视剧中同样存在，只不过女频受众指向女性使得"违和感"没有那么明显。本小节主要以男频玄幻小说改编剧为例，探讨其应如何摒弃悬浮，找寻到适宜本体的叙事新出路。

《莽荒纪》本是玄幻小说的翘楚，但改编电视剧不仅没展示出玄幻世界宏大价值观，相反为了迎合女性观众，还将主线剧情强行扩充至以言情线为主。武打戏设计粗糙，原作的世界观和思想深度被搁置。小说《莽荒纪》着重描绘主人公纪宁的成长，然而电视剧为扩充剧情，还增加了其他配角的很多戏份，平白无故又多了几个痴男怨女，弱化了主角的爱情线，既没有讨好女性观众，还引来书粉的一同诟病。改编电视剧被戏称"披着羊皮卖狗肉"，只是用了IP的名字，内容却和原作没有任何关系。事实上，男频玄幻小说非常注重财富，男主角在成长过程中几乎时刻需要财富，无论是收集法宝还是修炼等级，都需要消耗财富值。此时则需要主人公不断提升自身实力，以换取更多的财富，财富值可以加快主人公提升武力值，武力值越高，财富值也会随之提升。武力值的提升类似于电子游戏中的升级，而收集财富则是电子游戏中的金币系统。"收集财富—提升武力值—守护亲友—被众人敬仰成神"是其一贯遵循的创作模板，《吞噬星空》是这一模式的典型代表作。主角罗峰的

财富值异于常人,甚至采用了"混元"万亿级计量单位。玄幻小说中主人公的财富不会像现实生活中那样够用就行,而是倾向于追求无限量的极致财富,财富几欲多到通货膨胀。但主人公并非贪婪爱财,而是物尽其用,遇到更大的机会就将这些资本积累用于投资,以进行资本增值,进而获得更大的权力和实力。充斥着武器、练级、匡扶正义等元素的作品更适合游戏改编,更适合在游戏养成系统中获得更好的体验,同质化的内容进行影视化却没有太大的亮点。玄幻小说的本质其实是武侠小说的升级版,在金庸和古龙的世界中,一个大侠可以轻而易举地击败几百人。那么在架空的玄幻世界中,随着主人公的升级,主人公一个招数可以毁灭一个星球。诸如《莽荒纪》中的纪宁因中计误杀了一个世界,将近数十亿的生命命丧于纪宁的招式下。玄幻世界的建构本质是电子游戏的套路,虽然有着众多的受众群体,但其影视化的难度却是极高的。

而跨媒介叙事的思路,或可给予改编者一些新思路。叙事学学者克劳德·布雷蒙认为,故事独立于叙事话语,同一个故事可以用不同的方法讲述:"它(故事)可以从一种媒介转换到另一种媒介,而不失其特质。"[1]文学的核心在于讲故事,对网络文学的跨媒介叙事来说,故事世界则更需要明显的独特性。男频 IP 世界观通常要比女频 IP 更为宏大,想要接纳更多受众,需要将宏大题材以轻松易懂的方式讲述出来,而不是采取删除或者大幅度改动的方式,讲述一个徒有其名却丢失灵魂的空壳。伴随融媒体时代的到来,大众接受信息的方式不仅仅在一个平台,现代文化和娱乐产业不得不在多平台之间进行"跨媒介"叙事,大众文化研究学者亨利·詹金斯提出:"跨媒介叙事是指为了打造统一

---

[1] [美]西摩·查特曼:《故事与话语:小说和电影的叙事结构》,徐强译,中国人民大学出版社2013年版,第7页。

协调的娱乐体验,一个虚构故事的诸多元素被系统地分散到不同传播渠道。理想的状态下,每种媒介都对展现故事作出独特的贡献。"①可见,在多个媒介平台共同创造一个故事是跨媒介叙事的目的所在。而男频IP本身具有的系统流成长设定,也十分适合跨媒介的多平台改编开发。

男频玄幻小说通常会连载多年,内容看似松散海量,但提供了"二次创作"和"IP再开发"的无限可能性,没必要严格按照原作结构来进行影像化还原,既不现实,拍出来也不好看,改编方完全可以抓住一个原作中没有展开但却很有"梗"的点进行创作。如原作《莽荒纪》中的北方混沌国与北休世界神的故事并不详尽,这在影视剧与网游改编中可以进行二次创作。这点可参考网易移动游戏公司自主研发的二次元回合制手游《阴阳师》,经过4年的精细化长线运营,阴阳师IP已经形成十分丰富的泛娱乐产品矩阵,覆盖并满足了不同领域、不同圈层受众的娱乐需求,在漫画、动画、广播、音乐、杂志和联动领域皆有涉猎。《阴阳师》游戏开篇便可总结出核心故事,它讲述了在一个阴阳共生、妖鬼纵行的平安世界里,失忆后的阴阳师安倍晴明,协同好友和式神,共同解决各类人鬼事件,以维护阴阳两界平衡并逐渐找回丢失记忆的故事。改编自猫腻同名小说的电视剧《择天记》开播初期凭借流量明星的人气收获一批流量,随后就一路走下坡路。但在IP产业链的其他媒介领域还算略有小就,《择天记》同名动画片上映,首日网播达400万次,刷新了我国动漫的新纪录,另外《择天记》由腾讯游戏开发的一款MMORPG手游获得了一批粉丝的喜爱。与《择天记》开发模式相似的另外一部男频文《斗破苍穹》,由搜狐畅游研发了3年的大型玄幻网游

---

① [美]亨利·詹金斯:《融合文化:新媒体和旧媒体的冲突地带》,杜永明译,商务印书馆2012年版,第157页。

《斗破苍穹OL》以及手游同样赢得了书迷的追捧。与女频文相比，男频文在改编游戏上有更大的开发空间，因为男频文已经架构了一个完整世界观，有利于游戏结构的构建，而且男频文大多数是打怪升级的剧情桥段，与游戏本身的竞技特点相符合，且游戏玩家中80%是男性用户，男频文的读者基于对原著的人物和剧情的熟悉在游戏中有更好的沉浸式体验。两种媒介相互补充的模式，让玩家跳脱出被动接受叙事的局限，而是转向了对游戏的主动探索，从而真正获得身临其境的感受。

三、玄幻题材影视改编的典范作品分析——以《苍兰诀》为例

《苍兰诀》改编自九鹭非香在晋江文学城连载的网络小说《魔尊》，热度与口碑兼具，是2022年度爱奇艺剧场热度排名第一的网络剧，豆瓣APP有近74万用户为其打分，斩获了8.1的佳绩。该剧讲述了上古时期一手遮天的东方青苍与赤地女子大战时受伤，后被众神诛杀封印至昊天塔中，仙女小兰花无意救出了东方青苍，二人受困于同心咒，东方青苍在寻求解咒过程中不得不对小兰花爱护有加，却在相处中逐渐对小兰花心生情愫，由此展开了一段甜虐交织的故事。《苍兰诀》的惊艳之处在于其保留原作爽点的同时，在"套路化"的剧情中运用"反套路"，既有非同寻常的虐恋情深，又不失"用爱熄恨，拯救苍生"的侠义精神。

（一）符号化人设的解构

"人设"即人物设定，最初来源于动漫游戏作品中对人物外貌、性格、技能和装备等方面的设定，后引申为文学要素广泛应用于网络小说的写作中。建立人设并保证人设走向符合读者预期，成为迎合和取悦受众最为关键也是最方便的一种创作手法。在网络小说影视改编中，

确保人设"不崩"也同样是满足书粉预期的重要手段。但在玄幻 IP 剧泛滥的当下,尽管固化的人设是一种安全讨巧的人物塑造方式,却极易造成观众的审美疲劳,致使同质化现象严重。而电视剧《苍兰诀》出圈的方式,便是建构了符号化的人设并对其进行解构,并合理地引出深层人设。

《苍兰诀》中的男女主人公东方青苍与小兰花,依然是古早网络小说的旧有设定,分别代表着"霸道总裁"与"傻白甜"的典型人设,但"霸道总裁"没那么快爱上我,"傻白甜"不傻,才是电视剧的深层人设。男女主人公的相见乍看存在"一见钟情"的套路,但通过"同心咒"的设定将其戏剧化地进行呈现,东方青苍时时刻刻关照小兰花的安危,但这并非东方青苍已钟情于小兰花,而是"同心咒"会使两人同感共情,同生共死,前期东方青苍关心小兰花实则是担心自己的性命,而他显露出的"霸道"实际上是他不善言辞的表现,而不是爱上女主所表露出的控制欲。而东方青苍对小兰花真正的动情时刻,是二人因同心咒朝夕共处,日久生情,而不是浪漫宿命外衣之下的见色起意,爱情的萌生经由了一个合理化的过程。原作中,东方青苍不屑于七情六欲,也不会在意月族子民的安危,唯一的执念就是复活赤地女子与之决一胜负。而在电视剧中,东方青苍已被冰封的心慢慢被小兰花感化,并通过枯萎的"七情树"逐渐枝繁叶茂这一鲜活的意象体现出来,冷酷霸道的东方青苍学会了尊重与悲悯。后期的东方青苍"卑微追妻",又满足了观众对于虐恋情深和"美强惨"人设的期许。而女主角小兰花无父无母,是一个在水云天身份低微的"小透明",师父离开司命殿后更是无依无靠,管理和维护司命殿的命薄。她的"傻"实质上是一种懵懂,是由于长期独居在水云天,无法融入外界的生活,但小兰花并未放弃对生活的热忱,内心始终坚毅且不卑不亢,并未把期望寄托在任何人身上。与东方青苍相爱的过程中,也始终保持着独立清醒。即便小兰花得知前世与东方青苍是宿敌,也并未与之反目成仇,因为在小兰花看来,前世的仇恨太过遥远,比不得眼前的人重要。男女主在剧情中的表现,颠覆了观众对传统角色的认知,为作品注入了新的活力。人设还是原来的人设,但人物不再是工具性的符号,故事也有了不一样的新鲜感。

(二)叙事"套路"中的"反套路"

在罗兰·巴特看来:"类型就是一套基本的成规和法则,随着时代的变化而变化,但总被作家和读者通过默契而共同遵守。"[①]网络小说的类型化创作其实可以理解为一种"套路",借助网站提供的细分和互动功能,网文的套路愈加形成定势为读者打造出"欲望空间"和"幻想空间",甚至形成了一套"全民疗伤机制"。[②] 而改编后的电视剧也遵循着这一既定套路以减少创作成本、规避商业风险,但"套路"用多了也会适得其反,如《千古玦尘》(2021)、《沉香如屑》(2022)、《镜·双城》(2022)等 IP 玄幻剧因过度同质化便招致了反噬。而电视剧《苍兰诀》的精妙之处在于其并没有回避套路,而是在叙事"套路"中巧妙地采取了"反套路",给予了受众耳目一新的观剧体验。

《苍兰诀》在从小说到电视剧的改编过程中,保留了故事的世界观架构和传统玄幻剧惯用的恋爱主线,在沿袭中亦有创新。在原作《魔尊》中,小兰花和东方青苍在误打误撞之下互换身体到共用一具肉身,上演了半身不遂、左右互搏等一系列啼笑皆非的故事。电视剧《苍兰诀》保留了二人互换身体这一情节,看似霸道冷酷的"反派"举手投足间又呆又怂,而小兰花则秒变"冷面美人",制造出的反差效果令人忍俊不禁。但电视剧中身体互换只是短短一瞬,喜剧效果点到为止,并未像原

---

① 陈平原:《小说史:理论与实践》,收入《陈平原小说史论集》,河北人民出版社 1997 年版,第 1316 页。
② 邵燕君:《网络文学的"网络性"与"经典性"》,《北京大学学报(哲学社会科学版)》2015 年第 1 期。

作小说中二人长期共用一个身体,而为制造二人间的羁绊,电视剧做出了大胆的改编:小兰花与东方青苍互换身体时结下了同心咒,导致二人五感共通,生死一体,尽管没有共用一具身体,但一方肉身消亡意味着另一方也会陨灭。于是,东方青苍开始守护小兰花,但因七情缺失,"你是我的,你的命属于我,你的呼吸属于我,你的心跳属于我……""本座要让她成为这世界上最开心的女人""不管你要去哪儿,都得让本座知道,懂了吗?"等与小兰花的对话颇像霸道总裁说出的"土味情话",甚至做了所有霸道总裁都在做的强势行为,却因"不自知"而显得格外喜感。

与此同时,《苍兰诀》增加了长珩仙君、老月尊、丹音、结黎等原创人物,充实了原作的故事线,也丰满了主要人物的形象。长珩仙君与女主小兰花拥有互相救赎的一段缘,小兰花暗恋长珩,可长珩与息山神女已有婚约,神女于三万年前杳无音信,所以长珩始终没有逾矩,其实他也爱着小兰花。但小兰花其实正是息山神女的转世,可惜二人终是有缘无分。长珩充当着温润如玉的男二角色,却没有陷入惯常的"三角恋"套路,一如既往地支持着小兰花,没有上演为爱"不疯魔不成活"的狗血剧情。而丹音虽对长珩情根深种,但并未深陷其中,能够毅然决然地抽身脱离,摘掉了"恶毒女二"的帽子。东方青苍是三界内唯一拥有业火的人,老月尊为了让儿子练就绝世神功,不惜斩断东方青苍的情丝,并以生命为代价毁掉了东方青苍的七情树,这也解释了东方青苍在遇到小兰花后,从"绝情"到"有情"的性格变化轨迹。此外,《苍兰诀》也对已有人物的叙事线进行了扩充,如赤地女子与荣昊的师徒情谊、觞阙与东方青苍的主仆之情等。剧中看似刻板的角色在各种"反套路"的设计中焕发出新的内涵:平等尊重的爱情跳出了此前一言不合就"虐恋情深"的套路,"用爱熄恨,拯救苍生"的大义主题使文本回归到传统玄幻故事的广阔格局中。

（三）传统文化的影像式承载

随着科技的进步和数字化媒体的普及,传统的文字、图片媒体逐渐被音频和视频所取代,视听文化成为大众文化消费中极具影响力的产品形态。在电视剧《苍兰诀》中,改编方巧妙地将诸多我国传统文化元素融入剧情,以符合新时代大众审美的视听影像呈现出来,使得观众在欣赏剧情的同时,也能够感受到中华民族优秀传统文化的独特魅力。

《苍兰诀》的场景建构有着浓郁的民族地域文化。仙界水云天、月族苍盐海与人间云梦泽这三个虚构的空间建构在五行中的"水"元素上,与道家文化中"以水喻道""上善若水,水善利万物而不争"的传统道义不谋而合,即三界万物以水为根。云天代表着秩序与规则,并参考了传统万佛窟形制的"云中水阁",云海中的云鲸灵感来源于《逍遥游》中的"鲲";而苍盐海意味着力量与野性,设计灵感来源于"丝绸之路",运用五行之中的"火"元素并融合波斯风格,充溢着异域风情;云梦泽象征着自由与梦想,并参考唐朝特色,致力打造开放包容、繁华烟火的盛世之景。

与此同时,《苍兰诀》在服化道的设计上融入了诸多中国传统非物质文化遗产元素,在苏绣、团扇、檀香扇、漆器、夏布、绒花这六大非遗艺术之上,剧中还融合了32种非遗传统工艺,2 000多件饰品。这些非遗元素的融入并没有产生割裂的突兀感,而是与剧情紧密结合,浑然天成。如长珩仙君珍藏的小兰花手帕,兰花图样是苏大名绣之一的苏绣,兰花代表高洁典雅,再搭配上精湛的绣工,象征着小兰花在长珩心中的圣洁地位。人间场景的云梦泽服装参考了唐朝形制,男子身着大袖宽袍,女子衣着襦裙,布料采用"富贵丝"的夏布,屋内的漆器锦盒、屏风雕窗等,以生活细节体现富有烟火气的世俗风情。

面对数量井喷但故事大同小异、价值观有所偏差的玄幻剧,电视剧《苍兰诀》凭借解构化的人设与反套路叙事传递出"爱与大义"的精神内核;又立足本民族文化资源,将传统文化符号融入叙事与镜语体系,呈现出浓厚的中国古典美学之风,在获得本土受众认可的同时,在海外市场亦战绩斐然,在推动中华优秀传统文化走向世界的文化输出领域做出了贡献。

参考文献

专著

[1] ［奥地利］西格蒙德·弗洛伊德:《弗洛伊德后期著作选》,林尘、张唤民、陈伟奇译,上海译文出版社1986年版。

[2] ［奥地利］西格蒙德·弗洛伊德:《弗洛伊德论美文选》,张唤民、陈伟奇译,上海知识出版社1987年版。

[3] ［澳］理查德·麦特白:《好莱坞电影》,吴菁等译,华夏出版社2005年版。

[4] ［德］马丁·海德格尔:《存在与时间》(修订译本),陈嘉映、王庆节译,生活·读书·新知三联书店2006年版。

[5] ［德］马丁·海德格尔:《演讲与论文集》,孙周兴译,生活·读书·新知三联书店2005年版。

[6] ［德］瓦尔特·本雅明:《摄影小史》,许绮玲、林志明译,广西师范大学出版社2017年版。

[7] ［法］A.J.格雷马斯:《结构语义学》,蒋梓骅译,百花文艺出版社2001年版。

[8] ［法］安德烈·巴赞:《电影是什么?》,崔君衍译,文化艺术出版社2008年版。

[9] [法]吉尔·德勒兹:《电影1:运动-影像》,谢强、马月译,湖南美术出版社2016年版。

[10] [法]吉尔·德勒兹:《电影2:时间-影像》,谢强、蔡若明、马月译,湖南美术出版社2004年版。

[11] [法]居伊·德波:《景观社会》,王昭凤译,南京大学出版社2006年。

[12] [法]罗兰·巴特:《罗兰·巴特随笔选》,怀宇译,百花文艺出版社2009年版。

[13] [法]马赛尔·马尔丹:《电影语言》,何振淦译,中国电影出版社2006年版。

[14] [法]乔治·萨杜尔:《世界电影史》,徐昭、胡承伟译,中国电影出版社1995年版。

[15] [法]热拉尔·热奈特:《热奈特论文集》,史忠义译,百花文艺出版社2001年版。

[16] [法]萨特:《词语》,潘培庆译,生活·读书·新知三联书店1988年版。

[17] [古希腊]亚里士多德:《诗学》,罗念生译,人民文学出版社2008年版。

[18] [加]安德烈·戈德罗:《从文学到影片:叙事体系》,刘云舟译,商务印书馆2010年版。

[19] [加]琳达·哈琴、西沃恩·奥弗林著:《改编理论》,任传霞译,清华大学出版社2019年版。

[20] [美]M.H.艾布拉姆斯:《欧美文学术语辞典》,朱金鹏、朱荔译,北京大学出版社1990年版。

[21] [美]爱德华·茂莱:《电影化的想象——作家和电影》,邵牧君译,中国电影出版社1989年版。

[22]〔美〕布莱克·斯奈德著:《救猫咪:电影编剧宝典》,王旭峰译,浙江大学出版社2011年版。

[23]〔美〕达德利·安德鲁:《电影理论概念》,郝大铮、陈梅等译,上海文艺出版社1990年版。

[24]〔美〕达德利·安德鲁:《经典电影理论导论》,李伟峰译,世界图书出版公司2013年版。

[25]〔美〕大卫·波德维尔、克里斯汀·汤普森:《世界电影史》,范倍译,北京大学出版社2014年版。

[26]〔美〕菲利普·迪克:《逆时钟世界》,李懿译,四川科学技术出版社2022年版。

[27]〔美〕亨利·詹金斯:《融合文化:新媒体和旧媒体的冲突地带》,杜永明译,商务印书馆2012年版。

[28]〔美〕克里斯蒂安·黑尔曼:《世界科幻电影史》,陈钰鹏译,中国电影出版社1988版。

[29]〔美〕理查德·沃尔特著:《剧本:影视写作的艺术、技巧和商业运作》,杨劲桦译,天津人民出版社2023年版。

[30]〔美〕刘易斯·雅各布斯:《美国电影的兴起》,刘宗锟等译,中国电影出版社1991年版。

[31]〔美〕罗伯特·麦基:《故事:材质、结构、风格和银幕剧作的原理》,周铁东译,中国电影出版社2001年版。

[32]〔美〕罗杰·F.库克:《后电影视觉:运动影像媒介与观众的共同进化》,韩晓强译,广西师范大学出版社2023年版。

[33]〔美〕玛丽-劳尔·瑞安编:《跨媒介叙事》,张新军等译,四川大学出版社2019年版。

[34]〔美〕乔治·布鲁斯东:《从小说到电影》,高骏千译,中国电影出版社1981年版。

[35] [美]托马斯·沙茨:《好莱坞类型电影》,冯欣译,上海人民出版社2009年版。

[36] [美]西摩·查特曼:《故事与话语:小说和电影的叙事结构》,徐强译,中国人民大学出版社2013年版。

[37] [美]悉德·菲尔德:《电影剧本写作基础:从构思到完成剧本的具体指南》,鲍玉珩、钟大丰译,中国电影出版社2002年版。

[38] [美]约翰·M.德斯蒙德、彼得·霍克斯:《改编的艺术:从文学到电影》,李升升译,世界图书出版公司2016年版。

[39] [美]约瑟夫·坎贝尔:《千面英雄》,朱侃如译,金城出版社2012年版。

[40] [日]东浩纪:《动物化的后现代——御宅族如何影响日本社会》,褚炫初译,大鸿艺术出版社2012年版。

[41] [斯洛文尼亚]斯拉沃热·齐泽克:《斜目而视:透过通俗文化看拉康》,季广茂译,浙江大学出版社2011年。

[42] [苏]巴赫金:《巴赫金全集》,白春仁等译,河北教育出版社2009年版。

[43] [匈]巴拉兹·贝拉:《电影美学》,何力译,中国电影出版社2003年版。

[44] [英]戴维·洛奇:《小说的艺术》,卢丽安译,上海译文出版社2010年版。

[45] [英]E. M.福斯特:《小说面面观》,冯涛译,人民文学出版社2009年版。

[46] [英]R. G.柯林武德:《历史的观念》,何兆武、张文杰译,中国社会科学出版社1986年版。

[47] [英]托·斯·艾略特:《艾略特文学论文集》,李赋宁译,百花洲文艺出版社1994年版。

[48] [英]伊冯娜·格里格斯:《文学改编指南:改编电影、电视、小说和流行文化中的经典》,阎海英译,中国华侨出版社2021年版。

[49] 阿耐:《都挺好》,江苏凤凰文艺出版社2018年版。

[50] 阿耐:《艰难的制造》,北京联合出版公司2017年版。

[51] 阿耐:《余生》,华文出版社2005年版。

[52] 陈平原:《小说史:理论与实践》,收入《陈平原小说史论集》,河北人民出版社1997年版。

[53] 陈犀禾:《电影改编理论问题》,中国电影出版社1988年版。

[54] 陈阳:《影视文学教程》,中国人民大学出版社2020年版。

[55] 陈源斌:《陈源斌小说代表作》,漓江出版社1997年版。

[56] 程季华主编:《中国电影发展史》(第1卷),中国电影出版社1997年版,第42-63页。

[57] 程季华主编:《中国电影发展史》(第2卷),中国电影出版社1963年版。

[58] 戴锦华、王炎:《返归未来:银幕上的历史与社会》,生活·读书·新知三联书店2019年版。

[59] 丁亚平:《中国电影通史》,中国电影出版社2016年版。

[60] 费孝通:《乡土中国》,上海人民出版社2013年版。

[61] 傅修海:《影视改编与文学经典的传播》,广东高等教育出版社2021年版。

[62] 胡菊彬:《新中国电影意识形态史(1949—1976)》,中国广播电视出版社1997年版。

[63] 金宇澄:《繁花》,人民文学出版社2017年版。

[64] 劳承万:《审美中介论》,上海长江文艺出版社2001年版。

[65] 木心:《哥伦比亚的倒影》,广西师范大学出版社2006年版。

[66] 聂欣如:《类型电影原理》,复旦大学出版社2019年版。

[67] 欧阳友权:《网络文学概论》,北京大学出版社 2008 年版。

[68] 朔方等:《流浪地球 2 电影制作手记》,中信出版社 2023 年版。

[69] 童庆炳主编:《文学理论新编》,北京师范大学出版社 2010 年版。

[70] 汪流:《中国的电影改编》,中国广播电视出版社 1995 年版。

[71] 汪民安:《文化研究关键词》,江苏人民出版社 2020 年版。

[72] 王海洲:《中国电影与文化传统》,中国电影出版社 2022 年版。

[73] 吴迪:《中国电影研究资料(1949—1979)(上卷)》,文化艺术出版社 2006 年版。

[74] 伍婷作:《中国动画电影叙事研究》,武汉:武汉大学出版社 2021 年版。

[75] 夏衍:《电影论文集》,中国电影出版社 1979 年版。

[76] 许南明、富澜、崔君衍:《电影艺术词典》,中国电影出版社 2005 年版。

[77] 张新军:《可能世界叙事学》,苏州大学出版社 2011 年版。

[78] 张瑜:《可能世界理论与文学理论》,人民出版社 2021 年版。

[79] 张宗伟:《中外文学名著的影视改编》,中国广播电视出版社 2002 年版。

[80] 赵凤翔、房莉:《名著的影视改编》,北京广播学院出版社 1999 年版。

[81] 郑树森:《电影类型与类型电影》,江苏教育出版社 2006 年版。

[82] 周月亮:《影视艺术哲学》,中国广播电视出版社 2004 年版。

[83] 庄庸、刘肖:《国家网络文艺战略研究:中国文化强国新时代》,福建教育出版社 2018 年版。

[84] 庄园:《女作家严歌苓研究》,汕头大学出版社 2006 年版。

[85] 紫金陈:《长夜难明》,云南人民出版社 2017 年版。

[86] 紫金陈:《坏小孩》,湖南文艺出版社 2014 年版。

期刊论文

[1] [法]朱莉娅·克里斯蒂娃:《词语、对话和小说》,祝克懿、宋姝锦译,《当代修辞学》2012年第4期。

[2] [美]汤姆·甘宁:《现代性与电影:一种震惊与循流的文化》,刘宇清译,《电影艺术》2010年第2期。

[3] 陈帅:《接续传统 灌注情怀 力求经典——网络文学作家猫腻访谈录》,《创作与评论》2017年第4期。

[4] 陈思诚、李金秋、冯斯亮:《"我一直想拍一部侦探电影"——〈唐人街·探案〉导演陈思诚访谈》,《当代电影》2016年第2期。

[5] 戴锦华:《残雪:梦魇萦绕的小屋》,《南方文坛》2000年第5期。

[6] 纪德君:《宋元时期瓦舍众伎的交流与互鉴》,《学术研究》2021年第7期。

[7] 蒋述卓:《中国当代文学现实主义叙事传统的建构及其意义》,《南方文坛》2021年第1期。

[8] 李杰:《比较文学中的大众传媒研究》,《中外文化与文论》2001年第1期。

[9] 李洋:《利奥塔与异电影的谱系学》,《新美术》2020年第6期。

[10] 刘叶子:《"影视+旅游"的意义空间生产与文旅产业发展》,《中国电视》2023年第12期。

[11] 秦俊香:《从改编的四要素看文学名著影视改编的当代性》,《北京电影学院学报》2003年第6期。

[12] 尚澎:《东方建筑与中国电影的美学建构路径:空间的映射》,《北京电影学院学报》2019年第5期。

[13] 邵燕君:《网络文学的"网络性"与"经典性"》,《北京大学学报(哲学社会科学版)》2015年第1期。

[14] 陶东风:《中国文学已经进入装神弄鬼时代？由"玄幻小说"引发的一点联想》,《当代文坛》2006年第5期。

[15] 肖映萱:《"嗑cp"、玩设定的女频新时代——2018—19年中国网络文学女频综述》,《文艺理论与批评》2020年第1期。

[16] 徐兆寿、巩周明:《网络文学二十年影视改编概论》,《中国现代文学研究丛刊》2019年第5期。

[17] 杨鹏鑫:《逆向叙事电影:形态建构与美学意味》,《电影艺术》2019年第7期。

[18] 尹鸿、梁君健:《新主流电影论:主流价值与主流市场的合流》,《现代传播》2018年第7期。

[19] 张德祥:《"名著"改编中存在的问题》,《文艺评论》2005年第3期。

[20] 张飞明:《爱森斯坦与乔伊斯》,《书城》2007年第8期。

[21] 张陆:《文学经典改编电视剧对我国文化传播作用分析》,《中国广播电视学刊》2017年第11期。

[22] 张新军:《可能世界叙事学的理论模型》,《国外文学》2010年第1期。

[23] 张燕、钟瀚声:《张恨水〈啼笑因缘〉的多元改编历史与香港文化呈现》,《民族艺术研究》2021年第5期。

报纸

[1] 马季:《中国网络文学给世界提供全新阅读模式》,《中国文化报》2023年8月24日第3版。

[2] 牛梦迪、郑雪如:《〈幸福到万家〉:乡村振兴的新样式》,《光明日报》2022年7月26日第9版。

[3] 王国平:《作家,是否适合编剧这顶"帽子"?》,《光明日报》2011年12月22日第9版。

[4] 张成:《创造科幻电影的"中国经验"——导演郭帆与专家对谈〈流浪地球〉和电影工业》,《中国艺术报》2019年4月1日第4版。

[5] 中共中央办公厅、国务院办公厅:《关于实施中华优秀传统文化传承发展工程的意见》,《人民日报》2017年1月26日第6版。

外文文献

[1] Marie-Laure Ryan, *Avatars of story*, Minneapolis: University of Minnesota Press, 2006.

[2] Marie-Laure Ryan, "Transmedia Storytelling: Industry Buzzword or New Narrative Experience?", *Storyworlds: A Journal of Narrative Studies*, 2015, 7(2).

[3] Patricia Pisters, *The neuro-image: a Deleuzian film-philosophy of digital screen culture*, Stanford University Press, 2012.

[4] Sean Homer, *Jacques Lacan*, New York: Routledge, 2005.

致　谢

　　本书在写作过程中得到曹敬波、张丹琳、李昕遥的帮助,在此一并致谢。